FANTASY FRONTIER SPIRIT

BUTLE
GRACE

집사 그레이스

집사 그레이스 5
박안나 판타지 장편 소설

초판 1쇄 찍은 날 § 2005년 3월 7일
초판 1쇄 펴낸 날 § 2005년 3월 17일

지은이 § 박안나
펴낸이 § 서경석

편집장 § 문혜영
편집책임 § 최하나
편집 § 장상수 · 김민정

펴낸곳 § 도서출판 청어람
등록번호 § 제1081-1-89호
등록일자 § 1999. 5. 31
어람번호 § 제1-0586호

주소 § 경기도 부천시 원미구 심곡1동 350-1 남성B/D 3F (우) 420-011
전화 § 032-656-4452 팩스 § 032-656-4453
http://www.chungeoram.com
E-mail § eoram99@chollian.net

ⓒ 박안나, 2004

ISBN 89-5831-452-4 04810
ISBN 89-5831-269-6 (SET)

FANTASY FRONTIER SPIRIT

BUTLE GRACE

집사 그레이스

5

박안나 판타지 장편 소설

도서출판
청람

Contents

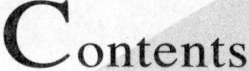

story 25

바다에 흘린 눈물은 기억할 가치가 없다

바다에 흘린 눈물은
기억할 가치가 없다

마차에 기대서 자민트를 따라가는 그레이스의 뒷모습을 지켜보던 이안은 결국 쓸쓸한 미소와 함께 품에서 담배 한 개비를 꺼내 입에 물었다. 불을 붙이자 치지직 타 들어가는 담배에서 나는 알싸한 냄새가 그의 콧속으로 파고들어 왔다.

이내 맵고 쓴 텁텁한 연기가 폐부 깊숙이 들어찼다가 입을 통해 다시 나가면서 그의 눈앞에 뿌연 안개를 만들다 사라졌다. 담배 때문에 목이 칼칼하고 코끝이 얼얼하더니 이제 눈마저 따끔거렸다.

담배라는 것, 배울 게 절대 못 된다는 건 알고 있다. 피워봤자 몸만 상하고, 한 번 찌들기 시작하면 씻겨내기 어려운 독한 냄새에, 자신부터 시작해 남에게까지 이로운 것은 하나도 없는 물건이었다.

그것을 다 알고 있음에도 결코 끊을 수 없는 이 지독한 것을 대체 언제부터 시작하게 된 것일까.

고개를 갸웃해 보지만 이젠 기억도 나지 않는 옛일이 되고 말았다. 아니, 기억하자면 못할 것도 없지만 굳이 그럴 필요를 느끼지 못했다. 옛것이라고 해서 모두 다 좋은 것은 아니었다.

옛날의 기억들, 오래된 사람들, 오래 묵은 물건들. 그것들의 가치는 그때그때 다른 법이었고, 콜록거리며 담배를 처음 배우게 된 사연이란 추억거리도 못 되는 이야깃거리였다. 분명 시시콜콜한 계기로 처음 담배를 배우게 되었을 것이다.

하지만 그때의 느낌만은 너무도 생생하게 기억하고 있다. 손가락 사이에서 만져지던 매끈하고 바스락거리는 기다란 담배의 감촉, 빨아들이는 순간 저도 모르게 눈가에 맺힌 눈물과 목 안을 가득 메우던 따끔하고 매운 연기. 절대 좋다고 할 수 없는 첫 경험이었다. 그런데 어느 순간부터 이 끔찍한 독물이 지독하게 좋아지기 시작했다. 너무 좋아서 이것 없이는 살 수 없을 만큼 미쳐 버렸다.

"알게 뭐야."

새하얀 담배 연기를 내뿜으며 이안은 투덜거렸다. 담배라는 것은 버리기 위해 피우는 것이었다. 연기와 함께 시간과 기억과 근심을 내버리고, 재가 되어버린 담배처럼 망가지는 자신의 몸을 버리기 위한 물건이었다.

어차피 이제는 아무리 흡연을 한다고 해도 몸이 망가질 일은 없었다. 매일 하나씩 늘어나는 기억들에 비례해 버려야 할 기억들도 하나씩 늘어나는 그에게 담배만큼 좋은 청소 도구는 없었다. 이안이 담배를 좋아하는 이유는 그것만으로도 충분했다.

시야를 가리던 담배 연기가 서서히 흩어지는 것을 지켜보다가 이안은 자민트를 따라나서던 그레이스를 떠올리고는 피식 웃었다. 자기 감정을 드러내는 게 서툰 그레이스는 온몸으로 따라가기 싫다고 외쳐 대면서도, 결국엔 군말없이 자민트를 따라나섰다.

'해야만 하는 일'이 아니라면 하기 싫은 일은 절대로 하지 않는 도련님 같은 성격의 그레이스가 말이다.

하지만 바보가 아닌 이상 그도 셰어도란트에 오는 내내 뭔가 이상하다는 낌새는 느끼고 있었을 것이다. 그래서 싫어도 따라나선 것일게다. 무거운 발걸음과 저절로 흘러나오는 한숨은 본능적으로 느끼는 불안감일 테고, 그걸 이기고 스스로 부딪치자 결심한 것은 용기일 것이다.

궁금해서 미칠 것 같으면서도 내내 참았을 것이다. 현실을 맞대하기보다는 먼저 이안에게 듣고 싶었을 거다. 그래서 감당하기 어려운 진실을 듣게 된다면 먼저 도망쳐 버리고 싶었는지도 모른다. 주저하며 무언가를 물어보려던 그레이스의 모습을 몇 번이나 보았지만 이안은 끝내 모른 척하고 말았다. 결국 주인공은 그레이스였다.

사건을 풀어가는 것은 주인공의 몫이다. 도망쳐 버린 주인공, 이야기의 중심에서 벗어나 있는 주인공이 끌어가는 줄거리는 재미가 없는 법이었다.

그러나 다행히도 그레이스는 두려워서 도망가고 싶으면서도 피하지 않고 앞으로 걸어갔다. 자신이 맞닥뜨릴 진실에 대한 어렴풋한 두려움을 간직한 채. 만약 그레이스가 끈덕지게 이안을 물고 늘어졌다면 그는 모든 걸 이야기해 주었을 것이다.

하지만 그레이스는 이안에 대한 배려와 믿음으로 자신의 불안을 참아냈다.

"많이 컸는걸."

이젠 꽁초가 되어버린 담배를 손가락으로 비벼 끄며 이안은 감회에 젖었다. 어린 새끼 고양이처럼 예민하고 경계심만 많던 녀석이 이제 슬슬 고개를 들고 혼자서 도도한 걸음을 내지르기 시작한 것이다.

"하지만 아직은 어리지. 그러니 제발 어른들이 하라는 대로 따라가. 진실만 보지 말고 네게 유리한 것들만 믿어. 아무리 거슬려도, 참을 수가 없다고 해도 그냥 무시해 버려."

높이 쳐든 시선 아래로 보이는 진실은 중요하지 않다.

때론 진실이란 이름의 하찮음이 얼마나 사람의 마음을 헤집어놓는지 잘 아는 이안은 그레이스가 상처받는 걸 원하지 않았다. 그러니 제발 필요하지 않은 것은, 상처받을 것은 그냥 무시해 버리라고 간절히 기도하는 이안의 입술에서 바람처럼 가벼운 한숨이 흘러나왔다. 담배 연기와는 다른 무게와 의미가 그의 가슴을 짓눌렀다.

그도 처음엔 보이는 것만을 그대로 믿었다.

너무도 닮은 얼굴. 이것뿐이었다면 그레이스를 그렇게 쉽게 리카도의 아들이라 인정하지 않았을 것이다. 이안, 그는 굴러먹은 경험만으로도 웬만한 위인의 전기 못지않은 이야깃거리를 가진 사람이었다. 외모 하나만을 보고 혈연관계를 단정할 만큼 결코 섣부른 성격의 소유자도 아니었다.

하지만 그레이스를 처음 만났을 때에 아무 의심 없이 보는 그대로 믿어버렸다, 너는 그의 아들이구나라고.

더 이상의 의심은 있을 수가 없었다. 지금껏 한 번도 만난 적 없는 사람들이라고 하기에는 믿기지 않을 정도로 둘은 너무도 닮아 있었다.

그들이 공통으로 가지고 있는 깔끔하고 단정한 이미지도 한몫했지만, 둘은 근본적으로 본질 자체가 비슷한 사람들이었다.

성격이 같다는 것이 아니었다. 그레이스와 리카도는 비슷한 깊이와 맑음을 가진 고요한 강을 내면에 가지고 있었다.

나약하고, 겁 많고, 상처받기 싫어하면서도 누구보다 강하다. 그래서 타인에 의해 심하게 출렁이고 더럽혀진대도 다시 돌아보면 언제 그랬냐는 듯이 다시 고요하게 흐르고 있는 아름다운 사람들이었다. 넓고 깊은 바다처럼 격정적인 매력은 없지만, 바라보자면 괜히 두려운 마음이 드는 난폭한 바다와는 다르게 언제나 편안함이 느껴지는 존재들이었다.

작고 고요한 호수처럼 아기자기한 따스함은 없지만, 쉬지 않고 흐르는 물이 항시 깨끗하고 활발하듯 그레이스와 리카도는 그와 같았다. 두 사람은 강을 닮았고, 그 내면에 어딘가로 하염없이 흘러가는 강을 품고 있었다.

그래서 아들이라고, 아버지라고 생각했었다. 생각은 진실이 되고 진실은 믿음이 되어 깨지지 않을 현실이라 단정했다.

하지만 어느 순간 보고야 말았다. 그리고 기억하고 만 것이다. 너무도 깊이 새겨 있는 리카도라는 사람에 대한 관념과 그레이스에서 보이는 또 다른 내면의 깊이를. 그래서 그들은 닮았지만 결코 똑같을 수가 없는, 단순히 비슷한 사람들이라는 것을 깨닫고 만 것이다.

특히 무언가를 느낀 그레이스는 여행 도중 자민트에게 셰어도란트와 베르크너 공작에 대한 많은 질문을 했다. 그리고 간간이 나오는 공작의 동생인 드노엘에 대한 이야기들까지 세세히도 물어보고 들었다.

옆에서 아무 생각 없이 듣기만 하고 있던 이안마저 무언가를 감지할 정도로 말이다.

"가끔 어리석게 구는 것이 현명할 때가 있는데……. 그레이스에게 그걸 바라는 것은 무리겠지?"

혼잣말처럼 되뇌는 말이 씁쓸해서 절로 목이 칼칼했다. 제발 자신이 깨달은 그것을 그레이스가 보지 못하기를, 내내 아무것도 모르고 그냥 살아가 주기를. 알게 되더라도 아무것도 모르는 척 그대로 무시하고 똑똑하게 굴었으면.

하지만 무리일 것이다. 그레이스라면 첫눈에 리카도를 보는 순간 알 아차릴지도 모른다. 리카도의 어설픈 거짓말을 말이다. 이안조차 감쪽 같이 속아버린 거짓이었지만 당사자인 그레이스라면, 누구보다 눈썰미 가 좋은 그라면 한눈에 진실이 무언지 볼 수가 있을 것이다.

슬프게도 그레이스는 자신의 아버지가 어떤 사람인지 너무도 잘 알 고 있었다. 버젓이 아닌 것을 맞다고 대답할 그레이스가 아니었다. 그 의 결벽증은 단순히 물질의 깨끗함만을 추구하는 간단한 것이 아니었 다.

"그놈의 결벽증. 흙탕물에서 뒹굴고 사는 방법 좀 배우면 오죽 좋 아?"

마차 안으로 들어가며 이안은 가냘픈 한숨처럼 중얼거렸다. 절대 그 레이스가 이안의 소원대로 따르지 않을 거라는 걸 알기에 마음은 더욱 답답하기만 했다. 조금의 요령과 뻔뻔함만 있다면 세상 사는 게 얼마 나 편한지 그레이스는 아직 몰랐다.

마차에 들어와 구석에 놓여 있는, 넓고 고급스러운 내부와는 어울리 지 않는 그레이스의 낡은 가방을 집으며 이안은 다시 고소를 지었다.

그러고 보니 자신도 어리석은 고집불통이었던 것은 마찬가지였다. 그렇게나 말리던 카이룬의 말을 듣지 않고 어리석게 굴던 결과가 지금의 이 어리고 작은 소년의 모습을 하고 있는 몸뚱이였다.

하지만 후회하냐고, 다시 한 번 선택의 기로에 서게 되면 어떻게 할거냐고 묻는다면 이안의 대답과 선택은 한결같을 것이다. 후회 따위할 리가 없었다. 지금과 다른 길은 더욱이 생각할 수도 없었다.

어리석음이 불행을 자초한다는 보장도 없거니와 혹여 불행해진다고 해도 후회 같은 건 하지 않을 거다. 아니, 못한다. 그런 식으로 자신의 삶을 부정하는 행위 따윈 오만한 이안으로서는 절대 인정할 수 없는 자아 파괴였다.

이안도 그레이스처럼 자기 뜻대로 하고 싶은 것만 하면서 세상을 살아왔다. 방법론에서는 다르지만 자신의 뜻을 절대 숙이지 않는 면에서 너무도 똑같았다.

"남 말할 처지가 아니라는 말인가? 하긴 이것으로도 족하겠지. 내가 후회하지 않듯 그레이스, 너도 후회하지 않는다면 그걸로 되는 거야."

그레이스의 가방에서 카이룬의 일기를 꺼내 겉장을 가만히 쓰다듬던 이안은 그리움이 깃든 목소리로 속삭였다.

"훗, 당신은 내가 후회할 거라 했지만 결코 그럴 일은 없을 거야. 원래 인간은 어리석은 존재잖아. 어리석은 이가 바보 같은 짓 좀 한다는데 누가 말리고 비난할 수가 있겠어. 단지 걱정해 주는 거뿐이지. 당신이 내게 그랬던 것처럼, 지금은 내가 그레이스를 걱정하면서 충고를해. 웃기지? 이제야 당신의 마음을 이해할 수 있게 되었다는 게. 아마 나중에 세월이 흘러 그레이스도 또 다른 이를 지금의 나처럼, 예전 당신이 나에게 그랬던 것처럼 걱정하고 안타까워하겠지. 시간이 흐르고 사람은 바뀌어도 그 마음은 언제나 같을 거야. 그렇지 않아, 카이룬?"

인간은 언제나 진보해 왔다. 윗세대의 실수와 업적을 바탕으로 좋거나 나쁘거나 어떤 식으로든 앞으로 전진해 왔고, 그 결과를 평가하는 것은 뒷세대의 몫이었다. 때론 지긋지긋해하고 가끔은 서글프고 다정한 부모 세대의 이야기에 자녀들은 고개를 돌리거나 눈물을 짓고, 미소를 지으면서 앞으로 계속 전진해 왔다.

그러면서 그네들의 부모가 다져 놓은 길을 자기 자식들을 위해 다시 단단하게 다져 놓았다. 좋은 길이면 더욱 고르게, 나쁜 길이라면 조금이라도 편안하게 만들기 위해 몸부림치고 치열하게 살아왔다.

다음 세대에게 어떠한 평가를 받든 바보스럽고 우직하게, 인간은 언제나 그렇게 삶을 반복해 왔다.

그들이 사라지고 없는 자리에 또 다른 이들이 그네들과 같은 마음을 가지고 똑같은 방식으로 생을 이어갈 것이다. 그래서 인간은 오랜 세월을 계속 진화해 왔음에도 여전히 맹목적이고 변함없이 어리석은 것이다.

그레이스와 자신도 그 어리석은 사람들 중 하나였다.

*　　　*　　　*

베르크너 소 마첸 리카도, 그는 불만이나 어려움이란 단어를 모르고 살아온 몇 안 되는 혜택받은 자들 중 하나였다.

그에게는 열한 살이나 어린 남동생이 하나 있었다. 잘생기고 총명하며, 재능이 넘치는 어린 동생을 부모님들이 사랑하는 건 당연한 일이었다. 리카도가 태어난 후에 더 이상 아이가 생기지 않아 자식이라곤 그

하나뿐이라 포기하고 살았던 분들에게 드노엘은 하늘이 주신 선물이었다.

여태껏 부모의 관심과 애정으로 바르게 자라온 리카도 역시 뜻밖에 생긴 동생이 사랑스럽고 소중하기는 마찬가지였다. 그러기에 부모님의 사랑이 동생에게 쏠린다고 해서 질투를 느끼거나 투정하는 일은 절대 없었다.

그 역시 부모님과 더불어 드노엘을 진심으로 아끼고 사랑했다. 그러기에 어린 동생이 많은 사람들에게 사랑받는 장면을 볼 때마다 절로 흐뭇하고 자랑스러웠다.

자신이 받았을 사랑을 동생에게 빼앗겼다는 유아적인 발상이나 의심은 하지 않았다. 무엇 하나 부족함없이 태어나고 자란 그에게 동생에게 몰리는 관심이나 애정은 결코 그를 불안하게 만들지 못했다.

그것이 가진 자의 오만이었다는 것을 나중에야 깨닫게 되었지만 어린 리카도는 모든 게 만족스러웠다.

모든 것이 순탄했다. 평온하고 자유로우며, 아름다운 인생이었다. 부모님이 탄 유람선이 풍랑으로 전복하는 바람에 스물도 안 되는 나이에 공작 위를 물려받고 어린 동생의 보호자가 되었을 때까지, 적어도 그는 행복한 인생의 혜택받은 인간이었다.

그래서 자신이 그랬던 것처럼 동생에게도 무엇 하나 부족함없이 느끼게 해주고 싶었다. 부모님이 못다 준 것을 동생에게 주고 싶었다. 사랑했다. 자식처럼 친구처럼, 평생을 그렇게 다복하게 살아갈 거라 의심하지 않았다.

그리고 스물여섯 살에 평소 친분이 있던 가문의 여자와 결혼을 결심했다. 특별한 애정이 있어서는 아니었다. 그저 어렸을 때부터 보아온 여자 애였기에 어느 누구보다 편하고, 서로를 잘 이해할 거라 생각해서였다.

사교계에서 몇몇 여자들과도 사귀어보았고 관계를 맺기도 했지만, 어느 누구도 그에겐 특별한 존재가 될 수 없었다. 아무도 특별하지 않다면 누구라도 상관이 없었다.

이왕이면 다른 이들보다는 편한 이가 나을 거라는 계산에 가장 가까운 곳에 있는 이를 선택했다.

당시 그의 신부는 열여덟 살로 나이 차는 있었지만 여타 귀족가의 결혼과 비교한다면 그렇게 문제 될 것도 아니었다. 평범하다는 말이 어울릴 정도로 당연하고 자연스러운 결합이었다. 사랑하지는 않았지만 부인에게 충실했고, 나름으로 잘 대해주었다.

잘해 나가리라고, 그는 전혀 의심치 않았다. 내리 딸들만 태어나는 바람에 부인이 간혹 히스테리를 부리기는 했지만 못 견딜 정도는 아니었다.

그와 부인은 젊었기에 후사에 대한 걱정은 하지 않았다. 그의 부모님처럼 나중에라도 자식이 생기지 말라는 법은 없었기 때문이다. 그리고 만약에라도 아들이 태어나지 않는다면 동생인 드노엘을 후계자로 삼으면 되는 일이었다. 아니면 동생의 소생인 조카에게 대를 잇게 하면 된다고 편안하게 생각하고 있었다.

하지만 리카도가 생각하던 바를 무심결에 부인에게 말한 순간, 그의 평화는 깨지고 말았다.

아들이 없다는 것에 늘 강박관념처럼 불안을 느끼고 성질을 부렸지만 그럭저럭 공작 부인으로서 최선을 다하던 여인이었다. 나이 차가 별로 나지 않는 시동생에게도 자상한 형수님이어서 그때까지 리카도는 그녀에게 아무런 불만이 없었다. 어쩌면 처음부터 아무런 기대도 하지 않았기에 바라는 것도 없었는지 모른다.

그러나 그의 말에 비명과 함께 악을 써대다가 기절한 후 의식을 차린 부인은 완전히 다른 사람이 되어 있었다. 괴팍했지만 얼추 다정한 면도 있던 여자가 드노엘을 볼 때마다 손톱을 세우며 으르렁거리기 시작했던 것이다.

또한 이미 성인이 된 시동생을 새파랗게 날이 선 시선으로 노려보며 괴롭히지 못해 안달이 난 사람이 되고 말았다. 급기야는 드노엘에게 몇 번의 암살을 시도했을 정도로 그녀의 증오와 불안은 날로 거세지고 정도는 심해져만 갔다. 그나마 다행이라면 드노엘은 형수가 보내는 자객들에게 살해당할 정도의 위인은 아니라는 것이었다.

그러나 동생에게 없었던 상처가 하나씩 생길 때마다 너무 미안하고 죄스러워서 리카도를 힘들게 만들었다. 중간에서 막아준다고 해도 부인은 친정의 힘까지 끌어들여 드노엘을 죽이고자 했다.

그로서는 동생과 부인, 어느 한쪽도 버릴 수 없는 답답한 입장이었다. 부인의 광기가 자신으로 인해 생겼음을 아는 터였다. 동생에게는 미안하고, 부인에게는 안쓰러움 마음뿐이었다.

부인의 히스테리가 날로 심해져만 가자 드노엘은 매일 상처 입은 꼴로 형인 리카도를 노려보기 시작했다. 고분고분하던 착한 동생은 어느 순간부터 형의 말에 반항하기 시작했지만 그때는 그게 당연하다고 생각했다. 화가 나고 어이도 없었겠지.

형수의 질투와 불안감으로 인해 괜히 형의 자리나 넘보는 놈으로 전락되었으니 불쾌하고 속이 상해서 저러는 것이라고 가볍게 생각했다. 또한 그럴수록 부인과의 사이는 더욱 나빠져 더 이상 손볼 수 없을 정도로 삐거덕거렸다. 부인을 이해해도 그녀와 공감할 수 있는 부분은 없었다.

더욱이 당시 그에게 있어 가장 소중한 것은 자식도, 부인도 아닌 드노엘이었다.

누구보다 소중하고 사랑하는 동생이었다. 어느 누구도 감히 드노엘에게 상처를 줄 수 없다고, 동생을 불행하게 만든다면 그게 누구라도 용서하지 않을 거라고 부인에게 소리쳤다. 그게 부인이라 할지라도, 나의 자식들이라 해도 절대 용서할 수 없다고.

"용서? 지금 나에게 하는 소리야? 날 용서하지 못하겠다고, 당신이?"

리카도의 말에 그의 부인은 신경질적으로 웃어대며 대꾸했다. 마치 그를 비웃듯이 날카로운 웃음소리가 한참 동안 넓은 방 안에 울려 퍼지더니 어느 순간 뚝 그치며 서늘한 비수와도 같은 말들이 리카도에게 날아왔다.

"당신은 그런 말 할 자격이 없어! 부인보다 자식보다 사랑해서 소중하기만한 동생에게 어느 누구보다 큰 상처를 준 사람이 당신이니까. 왜냐면 그렇게나 사랑한다는 동생에게 가장 귀중한 것을 빼앗았거든, 당신이!"

"무슨……?"

"그래, 사랑스러운 도련님이 요즘 당신을 보는 시선이 견디기 힘들지? 증오로 똘똘 뭉친 살기 어린 시선이 견디기 힘들 정도로 말이야. 그것 때문에 더 화가 나서 내게 이러는 거잖아. 하지만 유감스럽게도 도련님은 아주 오래전부터 그런 눈으로 당신을 노려보고 있었어. 당신이 나와 결혼하기로 했던 그날부터!"

"……!"

"몰랐어? 드노엘이 이 세상에서 유일하게 사랑하는 존재가 나라는 걸. 당신도, 돌아가신 부모님도 아닌 바로 나야. 그래서 요즘 당신에게 더욱 화가 나 있는 거야. 지금까지는 잘 숨겨왔는데 더 이상은 참지 못한 거지. 당신 때문에 사랑하는 나에게 미움받고 있으니까."

아름다운 입술을 비틀며 비웃는 부인의 말을 이해하기란 어려운 일이 아니었다.

동생인 드노엘이 그의 부인을 사랑했고, 그녀와 결혼한 형을 증오하고 있었다는 이야기. 굳이 자세한 설명을 덧붙이지 않아도 너무도 확실하게 알 수 있었다.

그리고 후계자 문제 때문에 화가 난 그녀의 분노가 자신에게 쏟아지자 그 감정을 더 이상 감출 수가 없게 된 것이다. 깊고 어두운 증오는 자신을 살해하려는 형수가 아닌, 그녀를 그렇게 만든 형에게로 향해 있었던 것이다.

"난… 난, 왜 말하지 않았지? 말해 주었다면……."

놀라움을 넘어서 화가 났다.

"그럼 나와 절대 결혼하지 않았겠지. 그래서 울며불며 내게 매달려서 자기한테도 한 번만 기회를 달라던 당신 동생에게 경고했던 거야. 당신한테는 절대 말하지 말라고. 뭐, 어차피 드노엘 혼자서 날 좋아했던 것이라 문제 될 일은 없었지만 난 당신을 잘 알아. 동생이 원하는 여자와 결혼할 만큼 날 사랑한 게 아니었잖아? 그냥 적당히 가문 좋고, 상대하기 편한 여자라면 아무라도 좋았겠지. 안 그런가요, 공작님?"

공작 부인은 고급스러운 목재 의자에 우아하게 앉아 기다란 손가락으로 자신의 볼과 입술을 매만지며 남편에게 맘껏 조소를 날렸다.

"그런 사람에게 사실을 밝힌다면 난 뭐가 되지? 당신이라는 대어를 놓치고 그 젖비린내 나는 둘째와 결혼이라도 하라고? 미쳤어? 내가 공작 부인이 될 수 있는 기회를 포기하고 아무 작위도 없는 녀석과 결혼이라니. 아무리 그가 위대한 베르크너 가의 사람이라고 해도 절대 사절이야. 그래서 말 잘 듣는 당신 동생에게 말했지. 난 너에게 관심없다. 만약 네 형에게 네 감정을 조금이라도 들킨다면 그날로 내 얼굴은 보지 못할 거라고 말이야."

내 말 이해했냐는 표정으로 눈썹을 올리며 어깨를 으쓱해 보이는 부인을 쳐다보는 리카도의 얼굴이 점점 새하얗게 질리고 있었다. 그런 남편을 보는 여자의 마음도 좋을 리는 없었다. 평생 숨기고 싶은 자신의 또 다른 일면이었다. 드노엘은 그녀의 모든 것을 사랑하고 받아들였다.

그녀의 탐욕, 잔인함, 야망과 추함을 모두 보고서도 그녀를 원했다.

하지만 리카도는 드노엘과 달랐다. 단지 성격이 괄괄한 줄만 알았던 아내의 본성을 알게 되면 결코 전 같이 그녀를 대하지 못할 사람이었다. 원칙과 정도를 중요하게 생각하는 사람이니까.

하지만 입 안에서 근질거리는 사악한 혀의 놀림을 도저히 참을 수가 없었다. 저 깎은 듯이 사는 남자가 완벽하다고 생각하는 현실이 무언지 제대로 가르쳐 주고 싶었다. 어차피 아무리 싫어도 리카도는 그녀를 평생 옆에 두고 살 수밖에 없었다. 아내를 내치거나 첩을 들이고 바람을 피우는 짓은 절대 하지 못한다.

리카도는 그런 남자였다. 늪에 빠져 목숨이 경각에 달렸다 하더라도 자신의 본분을 내버리는 짓 따윈 절대 하지 못하는, 미련하고 꽉 막힌 성격의 소유자였다. 그는 영원히 그녀만의 남자였다. 어느 누구와도 공유할 수 없는 그녀만의 것. 그래서 마음대로 상처주고 괴롭혔다.

마음껏 엉망으로 만들 것이다. 어느 누구도 탐낼 수 없게, 버리더라도 다른 이가 주워갈 수 없도록 갈기갈기 찢어서 사방에 흩뜨려 놓을 것이다. 자기가 가질 수 없다면 아무에게도 주지 않는다.

그래서 드노엘도 놓아주지 않았다. 딱히 무슨 애정이 있어서는 아니었다. 다만 그녀만을 바라보던 열정적인 눈으로 다른 여자를 보는 게 싫을 뿐이었다. 한 번 내 것이었으면 죽을 때까지 내 발등을 핥아야만 했다.

어린 감수성으로 애정에 목말라 하는 소년은 다정한 형수의 모습에도 크게 감격해했다. 어떤 형태로든 자신을 좋아만 해준다면 바랄 게 없다는 순진한 소년을 조정하는 것은 일도 아니었다. 순조롭게 아들을 낳고 공작의 아내로서, 공작의 어머니로서 모두에게 사랑과 공경을 받으며 살아간다는 것이 그녀의 꿈이었다. 이렇게만 나갔다면 그녀는 끝까지 남편에게 자신의 본성을 숨기고 잘살 수 있었을 것이다.

"그런데 아들이 없으면 당신의 동생을 후계자로 삼겠다고? 동생에게 아들이 생기면 조카에게 그 자리를 물려주시겠다고? 내가, 내가 무엇 때문에 당신과 결혼했는데! 난 베르크너 공작 부인뿐만 아니라 공작의 어머니가 될 거야. 죽어서도 사람들이 내 무덤 앞에서 고개 숙이게. 내가 이 자리를 내줄 것 같아? 당신도 마찬가지야."

삐뚤어진 입에서 나오는 소리는 삐뚤어진 말밖에 없었다. 한껏 조소를 머금은 혀는 매끄럽고 유혹적이며, 독사의 이빨처럼 치명적이었다.

"당신이 드노엘에게 후사를 물려주겠다고 하면 지금까지 당신에게 충성이네 뭐네 하며 맹세하던 인간들이 어머 그렇습니까, 역시나 현명하신 공작님이라고 할 것 같아? 아마도 뭐 하나 얻어먹을 것이 없나 바로 드노엘에게 달라붙을걸. 당신을 찬양하던 그 입술로 드노엘의 발등에 입을 맞추면서 말이야. 나이 들어 모진 꼴 당하기 싫으면 당신도 생각 똑바로 하는 게 좋아! 편안한 노후를 누리고 싶다면 나를 안고 아들이나 만들라고. 어차피 당신 주제에 첩을 만들어서 바깥에서 아들을 데려올 만큼 박력이 있는 것도 아니잖아?"

우아한 자세로 앉아 있던 여자는 농염하게 자리에서 일어나 리카도의 앞에 서며 말했다. 말을 하면서 하얗고 가느다란 팔을 그의 목에 두르며 유혹하듯이 몸을 밀착하는 여자는 아름다웠다. 하지만 탐욕으로 가득 찬 향기로운 몸이 줄 쾌락은 상상하는 것만으로 구역질이 나고 추잡했다.

여자가 하는 말은 모두가 리카도에게는 독이었다. 그리고 독은 서서히 그의 몸에 퍼져 치유할 수 없는 의심과 상처를 남겼고, 리카도는 자신에게 독을 먹인 아내를 결코 용서할 수가 없었다.

그녀의 말은 모두가 부정할 수 없는 사실을 담고 있었다. 그렇기에 이제 그는 전처럼 순수하게 동생을 사랑할 수만은 없게 된 형이 되고 말았다. 이젠 동생의 모든 행동을 의심하고 계산할 수밖에 없었다.

그는 부인을 알지 못했고, 동생을 몰랐다. 둔하게도 그는 주위에서 일어나는 일들에 대해 전혀 모르고 있었던 것이다.

정확하게는 무관심했다는 말이 정답일 것이다. 주위 사람들이 무슨 생각을 하고, 무얼 원하는지는 그의 주된 관심사가 아니었다. 모두에게 친절하고 사정을 봐주면서 신경 써주었다. 하지만 그뿐, 실상 타인의 마음 같은 건 깊이 헤아려 본 적이 한 번도 없었다.

어렸을 때부터 후계자라는 이름으로 엄격한 교육을 받고 자란 그였다. 그의 부친은 애정과는 별개로 교육은 엄하고 까다로운 분이셨다. 신분의 고하를 막론하고 누구든 평등하게 대하라고 배웠다.

존경은 나에게서 나와 결국 나에게로 돌아오는 거라 듣고 자랐다. 거기에 타고난 성품이 더해져 남을 대함에 있어 언제나 예의와 정중함을 잊지 않았다.

하지만 그것은 몸에 배인 버릇일 뿐 진심으로 타인의 내면을 깊이 이해하려 했던 적은 없었다. 그는 베르크너 공작의 후계자로 사람을 이해하는 법보다 지배하는 법을 먼저 배웠다. 그가 타인을 대하는 방법은 그 사람을 지배하기 위한 수단이었지 진정한 사려와 애정은 결여되어 있었다.

그래도 드노엘은 특별하다고 생각했다. 사랑하기에, 아끼고 보살펴야 하는 소중한 동생이었기에 누구보다도 잘 알고 있다고 자신했다. 그러나 아니었던 것이다. 결국 위에서 내려다보는 사람은 상대가 고개를 숙여 버리면 아무것도 볼 수가 없었던 거다.

그리고 리카도는 보이지 않는 상대의 얼굴을 보기 위해 허리를 숙이는 방법을 알지 못했다. 아무리 총애하는 동생이라 할지라도 그것은 마찬가지였다. 어차피 동생도 그에게는 밑에 사람. 그가 지배해야 할 사람에 불과했고, 그건 아내와 자식들도 다르지 않았다.

해서 아무리 온화하고 너그러운 리카도라 할지라도 자신에게 기어오르려는 행위를 참아주는 데는 한계가 있었다. 그는 독수리 둥지의 주인이었으며, 그것은 누구도 범할 수 없는 불가침의 영역이었다. 사람이 좋다고 해서 생존 본능마저 없다는 것은 아니었다.

지배하기 위해 태어나고, 지배하는 법만을 배운 그가 하극상과 자신을 위협하는 것을 용서할 리가 없었다.

리카도는 단호한 손짓으로 아내의 몸을 자신에게서 떼어놓으며 뒤로 물러섰다. 거칠다 할 수 있는 그의 행동에도 그녀는 여전히 웃을 따름이었다. 얄밉게도 잔인한 비웃음이 떠나지 않는 아내는 여전히 아름다웠지만, 처음 만났을 때나 지금이나 그는 그녀의 미모에 감동한 적이 한 번도 없었다. 이 순간만큼은 진심으로 신께 감사하는 덕목이었다.

물론 아내를 사랑하지 않는다고 해서 그녀를 버릴 수 있다는 것은 아니었다. 아내의 장담처럼 어느 한쪽이 죽기 전에는 그건 불가능한 일이었다. 신의 이름 아래에서 했던 부부의 맹세를 저버릴 만큼 배덕을 저지를 강단이 리카도에게는 없었다. 첩이나 정부를 얻는 짓도 하지 못한다.

그에게 있어 애욕을 추구하는 것은 타락이었으며, 그것은 복수라기보다는 자기 자신을 망가뜨리는 일이라 여겼기 때문이다.

하지만 없는 듯 무시할 수는 있었다. 더 이상 그녀의 몸에서 자신의 자식들이 태어날 수 없게.

몇십 분 전만 해도 리카도는 동생이 자신의 뒤를 잇는다는 거나 동생이 결혼을 해서 아들을 낳으면 그 아이를 후계자로 삼는다는 문제에 전혀 거부감이 없었다. 하지만 지금은 달라졌다. 아내가 퍼뜨린 독에 중독이 된 리카도에게 더 이상 동생은 귀엽기만한 피보호자가 아니었다.

이제 드노엘은 그의 자리를 위협할 수 있는 불측한 존재였다. 이런 마당에 동생이 결혼을 해서 아들을 낳는다면 곤란했다. 더 이상 아내에게서 아들을 바라지 않는다면 그녀의 예언처럼 가장 위험한 것은 리카도였다.

하지만 걱정하는 일은 결코 일어나지 않을 것이다. 요염하게 웃는 저 아름다운 아내가 그의 옆에 있는 한은, 그리고 그녀에게 아들이 없는 한 동생에게 여자가 생기는 일도 없을 것이다. 드노엘이 저 여자의 매혹에 빠져 헤어나오지 못한다는 단서가 있어야 하지만 말이다. 아니더라도 그녀라면 무슨 수를 써서라도 드노엘에게 후사가 생기는 일만큼은 막을 것이다.

후계는 앞으로 생길 외손자들 중 똑똑한 녀석으로 하나 골라서 잇게 해도 무관한 일이었다. 물론 그 이야기는 아주 나중에, 아내가 늙어 더 이상 기운찬 간섭 따윈 할 수 없을 정도가 되었을 때의 일이다.

후계자를 낳지 못한 아내란 어떤 꼴이 되는지 모든 사람들에게 보여준 후에 말이다. 그녀에게는 유감스러운 일이겠지만 리카도는 누구보다도 오래 살 자신이 있었다. 그녀가 나이 들고 병들어 죽기를 기다릴 인내 역시 충분했다.

아마 이날부터였을 거다. 이렇듯 추하고 독선적인 계획으로 인해 리카도가 스스로를 끔찍이 혐오하기 시작한 것이.

단지 동생이 자신의 아내를 사랑하기 때문에 질투한 것이라면 의외로 인간적인 자신에게 동정심이라도 생겼을지 모른다. 하지만 리카도는 그것보다 더 원초적인 본능에 사로잡혀 있었다. 자신의 자리를 빼앗길 수도 있다는 불안감에 싸인 인간이란 정말로 추했다. 결국 자기 구역을 지키기 위해 발버둥치는 짐승과 무엇이 다르단 말인가.

자신의 부하들이 동생을 받드는 장면을 연상하는 것만으로도 욱신거리며 밀려오는 불안감과 불쾌감이 주는 치명타는 상상을 초월했다. 자신과 비교해 무엇 하나 모자란 구석이 없는 동생은 자신이 죽은 후가 아닌, 살아 있을 때부터 사람들의 추앙을 받고 있었던 것이다.

드노엘을 흠모해 그에게 충성을 바치는 기사들도 늘어나고 있었다. 사람들은 당연하게도 드노엘을 '작은주인님'이라 부르고 있었다. 단지 공작의 동생이기에 그런 호칭이 붙은 것뿐이라고 의미를 축소시키기에는 이미 때늦은 후였다.

　유감스럽게도 리카도는 이 점만큼은 아내에게 감사해야 했다. 만약 그녀가 아니었다면 그는 자신이 지배하는 사람들이 무얼 계획하는지, 누구를 바라보는지 결코 알지 못했을 거다.

　아슬아슬한 곡예로 몇 년을 버티며 살아왔다. 그사이에 리카도는 아들이 없는 수장의 위치라는 것이 얼마나 위태롭고 조마조마한 것인지 깨닫게 되었다.

　자리를 위협하는 것은 본인의 능력과 지도력과는 상관없는 아주 근본적인 문제였다. 후계자가 없는 것, 그것만큼 미래가 불투명한 것이 또 있을까. 아들이란 존재는 아버지에게 있어 경쟁과 위협의 대상이 아닌 든든한 배경이었다.

　반면 너무도 매력적이고 잘난 젊은 동생은 삶의 기조마저 뒤흔드는 위험한 존재였다.

　하지만 리카도는 여전히 자상한 형, 너그러운 주군, 아름다운 사람으로서 모든 이를 내려다봐야 했다. 그가 조금이라도 자신을 중심으로 돌아가는 불온한 움직임을 주시하고 있음을 드러내 보인다면 그것으로 끝이었다.

　만약 잠깐이라도 리카도가 경계하고 있음을 내비친다면 앞으로 동생에게 가할 그의 모든 행위가 견제와 질투로 보일 게 확연했기 때문이다. 그렇게 된다면 지금껏 차근차근 준비해 놓은 모든 계획에 제약이 따른다.

　다행히 그는 지배하지 않는 것처럼 지배하는 법을 배웠다. 존경받는 주인으로서 사람들에게 절로 우러름을 받아내는 법이 무언지 알고 있었다. 하지만 예전에는 노력하지 않아도 자연스럽게 흘러나왔다면, 이제는 완벽한 연기로밖에 인식되지 않았다. 그는 점점 훌륭한 연기자가 되어가고 있었다.

그는 더 이상 깨끗하지 않았다. 사람들이 칭송하던 아름다운 영혼의 소유자도 아니었다. 동생을 질투하고 두려워하는, 그래서 누구보다도 욕심이 많은 부인을 이용하는 나약하고 계산적인 인간일 뿐이었다.

그러나 리카도는 마지막의 마지막까지 아름다운 사람으로 남아 있어야 했다. 추악한 범죄조차도 단지 실수로 보이게끔 깊은 믿음과 덕망을 지닌 사람이어야 한다.

그러니 조심해야만 했다. 절대 들키지 않게, 살얼음 위를 걷듯 조심스럽고 은밀히 사람들을 속여야만 한다. 그 자신조차 속아 넘어갈 정도로 철저하게. 아무도 그의 마음속 죄악을 알지 못할 거라고 스스로를 위안하며, 결국은 그도 어쩔 수 없는 인간임을 들키지 않게 부단히 노력하고 애를 썼다.

흐린 날 어두운 구름 사이로 쏟아지는 햇살처럼, 이란 너무도 상투적인 표현이 잘 어울리는 여자를 만나기 전까지 그는 무척이나 힘들고 외로웠다.

"콜록, 콜록."

드노엘은 어두운 침실 구석에서 마른 목을 자극하는 밭은기침을 주먹으로 막으며 두꺼운 판자로 꼼꼼하게 봉인되어 있는 창문을 노려보았다. 균일한 크기와 간격으로 창문을 막은 판자들 사이로 흘러 들어오는 햇빛은 인간이 필요로 하는 밝음에는 한없이 못 미치는 미미한 수준이었다.

해서 그의 방은 언제나 어두웠고, 눅눅한 습기로 가득했다. 병든 그의 몸처럼 곰팡내가 나는 불결한 방은 애초부터 빛을 싫어했지만, 이렇게 선택의 권리를 박탈당하고 보니 왠지 빛이 그리워졌다. 살갗에 닿던 따사로운 감촉이 못내 간절했다.

드노엘은 잠시 뜨거운 햇볕이 내리쬐는 푸른 초원에 서 있는 자신을 상상해 보았다.

"훗!"

하지만 곧 밭은기침은 스스로를 향한 조소로 바뀌었다. 두 발로 땅을 밟아본 지가 언제였던가.

아련한 느낌보다는 과연 그랬던 과거가 있었는지조차 의심스러웠다. 어쩌면 태어났을 때부터 제 발로는 걸어본 적이 없는 미숙아였는지도 모른다는 착각마저 들었다. 절대 그럴 리가 없음에도 말이다.

"빌어먹을 년!"

결국 드노엘은 앙다문 잇새로 욕을 하며 주먹으로 의자의 손잡이를 내려쳤다. 그가 지금의 비참한 꼴이 된 것은 모두 한 여자 때문이었다. 형이 사랑하던 여자, 이름이 뭐였는지는 생각나지 않았다. 그런 하찮은 계집애 따위 얼굴도 기억날 리가 없었다.

하지만 그 존재는 절대 잊을 수가 없다. 감히 더럽고 볼품없는 천한 것 주제에 형을 유혹해 형수에게 창피를 주었던 계집애. 그 때문에 형수가 얼마나 분노하고 가슴을 치며 울었던가. 자신을 죽이려 했던 형수였지만 그녀의 눈물을 보는 순간 드노엘은 가슴이 미어져 숨을 쉴 수가 없었다.

그녀가 죽으라면 죽을 수도 있었다. 하지만 그러면 더 이상 그녀를 볼 수가 없었다. 죽는 것은 정말 두렵지 않았다. 지옥이라면 이미 살아 있는 채 매일 경험하고 있었기에 어느 곳에 있다고 해도 그에게는 고통으로 가득한 세상일 따름이었다.

그러나 그녀가 없는 세상이란 죽음이나 지옥이란 단어들과는 비교도 할 수 없는 두려움을 그에게 안겨주었다. 살아서 매일 심장이 갈라지는 고통을 받아도 괜찮았다. 살아 있기 때문에 그녀에게 미움받는다고 해도 어쩔 수가 없었다. 그래서 매일매일 이렇게 울부짖었다.

"계속 나를 쳐다봐. 그게 비록 죽여야 할 자를 죽이지 못한 자의 분함이라 할지라도, 그렇게라도 제발 나를 바라봐 줘."

사랑받지 못한 자의 마음이란 이리도 초라하고 서글픈 것이었다. 그러니 죽어줄 수가 없었다. 저 탐욕스럽고 어리석으며, 자기 자신만 아는 여자가 너무 사랑스러워서, 너무 가지고 싶어서 그는 매일 밤 꿈속에서 형을 죽였다.

그랬기에 형수가 형 때문에, 그 보잘 것 없는 여자 때문에 괴로워하고 수치스러워서 힘들어하는 것을 볼 수가 없었다. 아니, 어쩌면 기뻤는지도 모르겠다. 언제나 살기 가득한 시선으로밖에 그를 보지 않았던 형수가 자신에게 매달려 간절히 부탁했으니 말이다.

"그 계집애를 망가뜨려 줘! 리카도가 보는 앞에서 더없이 더럽고 추하게. 우리의 정직하고 강직한 공작님은 그런 것을 몹시 혐오하니까. 아무리 원하고 탐해도 그는 절대 그 계집애의 털끝 하나 건들지 못하겠지만 절대 용납할 수가 없어! 감히 내게 말했다고, 그 계집애를 사랑한다고! 하, 사랑? 사랑!"

언제부터인가 셰어도란트에 퍼진 조그만 계집애와 공작의 스캔들.

그것만으로도 형수는 자존심에 상처를 입고 비참함에 떨어야만 했다.

아들을 원하던 형수는 에드윈이 태어나고 나서 몇 년이 지나도록 다음 아이를 갖지 못했다. 리카도가 그녀와의 부부 관계를 더 이상 맺지 않았기에 가지고 싶어도 가질 수가 없었던 것이다. 이 사실은 공작령 안에선 모르는 자가 아무도 없을 정도로 너무도 유명한 이야기가 되어버려서 비밀이라고 할 것도 못 됐다.

공작이 더 이상 찾지 않는 공작 부인, 게다가 그녀에게는 뒤를 받쳐 줄 아들도 없었다. 점점 공작 부인의 위세와 영향력이 약해지는 것은 당연한 일이었다. 그런 마당에 공작이 어리고 젊은 하녀에게 눈을 돌렸다 함은 너무도 뻔한 전개가 아닌가.

소문을 듣자마자 그녀는 리카도에게 쫓아가 따졌다고 한다. 대체 이게 무슨 소리냐고 손톱을 세우며 남편에게 덤벼들어 단정한 얼굴에 상처를 만들었단다. 그런데 점입가경으로 남편에게 들은 것은 변명이나 후회가 아닌, 차분하고 조용한 고백이었다고 한다.

아니, 리카도는 아무 말도 하지 않았다. 그저 부인이 만들어놓은 상처에서 흐르는 피를 손수건으로 닦으며, 차고 냉정한 시선으로 그녀를 바라보았을 뿐이었다. 하지만 참으로 웃기는 것이 부부라는 거다.

단지 이름뿐인 부부였는데도 그녀는 무심한 듯 보이는 그의 눈에서 모든 대답을 듣고 만 것이다.

'그녀를 사랑해. 하지만 내게는 당신이란 아내가 있지. 그것으로 모든 이야기는 끝난 거 아닌가?

찰나의 순간 그녀는 남편의 마음속에서 울리는 외침을 들었다고 한다. 물론 질투에 눈이 먼 여인의 망상이었는지 모른다. 그러나 여인이란, 부인이란 존재들은 현명한 마법사나 치밀한 전략가보다도 더 영리하고 약삭빠를 때가 있었다.

수년 동안 살을 맞대고 자식을 낳은 남자가 숨기고픈 마음속 비밀이 너무 크게 들려서 알지 않아도 되는 것까지 알게 되는 때가 있다고 한다.

"그러니까 제발 그년을 어떻게든지 엉망으로 만들어버려! 리카도가 더 이상 그년을 보지 못하게, 더러워서 쳐다보기도 싫게 망가뜨려 버려! 넌 그래 줄 수 있잖아. 내가 원하는 것은 뭐든지 해줄 거잖아."

드노엘은 오직 그만을 쳐다보며 애원하는 여인에게 웃으며 대답했다.

"당신이 원한다면."

여자의 눈에서 흐르는 눈물을 닦아주던 손을 자신의 입술에 갖다 대며 드노엘은 고개를 끄덕였다. 차마 형수의 얼굴에 입술을 가져가지 못하는 그의 사랑의 표현은 여기까지였다. 하지만 이것만으로 족했다. 그녀가 자신을 필요로 한다면 그는 무슨 짓이라도 할 것이다.

그녀가 자신을 쳐다만 봐준다면 그는 악마가 되어도 좋았다.

망가뜨린다는 것에는 여러 가지 방법이 있었다.

불구로 만들어 버린다거나 어디에도 돌아다닐 수 없게 얼굴을 흉측하게 만들어 버리는 것에서부터 여자로서 가장 수치스러운 일을 당하게 하는 것까지. 할 수 있는 것들은 많고 많았다.

하지만 여기서 가장 중요한 것은 어떻게 해야 형이 가장 고통받는가에 있었다.

단순하게 불구로 만든다거나 몸에 큰 흉을 만드는 것으로는 리카도를 괴롭게 만들지 못했다. 오히려 불쌍하게 된 여자 애의 보호자를 자처할 구실만 줄 뿐이었다. 리카도는 상대의 얼굴이 흉해지고 몸 한구석을 못 쓰게 된 불구가 되었다고 자신의 마음을 접을 사람이 아니었다.

물론 계집애의 불행에 괴로워하겠지만 그 마음이 지금 자신이 겪고 있는 아픔만은 못할 거라고 드노엘은 장담할 수 있었다.

많이 아파해야 했다. 고통스럽고 괴로워서 단장의 아픔이 무언지 뼈저리게 느꼈으면 좋겠다고, 세상이 모두 내 편이라는 듯 언제나 웃고 있는 그 얼굴이 일그러져서 추하고 더러워진 자신의 마음처럼 되었으면 좋겠다고 간절히 바랐다.

그래서 그 여자를 범했다. 다른 사람을 시켜도 되는 일이었지만 이 일은 그가 해야만 충격의 여파가 컸다. 누구도 아닌 동생에 의해 망가진 사랑하는 여자란 설정은 불쌍하다 못해 구역질나는 이야깃거리이니까.

싫다고 발버둥치는 몸을 발로 밟고 주먹으로 뺨을 때렸다. 손가락에 감기는 것이 귀찮아서 잡히는 대로 그냥 쥐어뜯자 뿌리째 뽑힌 머리카락들이 음산하게 눈앞에 날리었다. 시끄럽게 질러대는 비명 소리에 귀가 울려서 주먹으로 입을 때리니 켁켁거리며 더럽게 침이 섞인 피를 흘리며 애원했다.

비굴하게 용서를 비는 여자의 어디에도 눈을 끌 만한 특이한 점은 없었다. 이런 평범한 여자의 어디가 그렇게 좋은 것일까, 형은. 잠시 이해할 수가 없어서 빤히 여자의 얼굴을 내려다보았다.

"제발, 제발……."

여자는 계속 그 말만 했다. 있는 힘껏 두 손을 모아 빌면서 내내 못 나게 울었다. 눈물과 콧물에 침이 섞인 피로 범벅이 된 얼굴을 좌우로 저으며 끝까지 반항하는 것을 보면 근성은 있는 여자다 싶기도 했지만, 솔직히 시끄럽고 추했다.

이런 여자 애 따위를 안고 흥분할 정도로 수준 낮은 취미는 없었다. 그러나 할 수 있다와 할 수밖에 없다의 차이는 컸다. 결과는 같다고 해도 그것에 임하는 자세와 마음마저 같을 수는 없을 것이다.

몸 밑에서 울며불며 계속 제발이라는 말밖에 할 줄 모르는 멍청한 계집애를 범하는 짓, 정상적이라면 할 수 있을 리가 없었다. 하지만 그는 해야만 했다. 할 수밖에 없다는 처지였기에 끝까지 밀고 나가야만 했다.

그에겐 선택의 여지가 없었다.

"닥쳐! 나도 너 같은 거와 이런 짓 하는 게 좋을 리가 없잖아? 그러니 입 닥치고 가만히 있어."

다시 한 번 여자의 뺨을 때리며 계획대로 일을 진행했다. 여자의 입장 따위를 봐줄 여유는 그에겐 없었다. 드노엘은 이런 일을 할 수밖에 없는 자신의 처지와 입장이 더 불쌍하고 안됐다고 생각했다. 이런 계집애들의 운명이야 그와는 다른 밑바닥 인생이 아닌가. 어차피 더럽게 태어난 출신들이니 여기서 더 더러워진들 억울할 것도 없었다.

말할 수 없이 더럽고 추저분한 기분이었기에 여자를 안는다는 흥분도 생기지 않았다. 다만 강간은 강간다워야 한다는 생각에 있는 힘껏 여자를 유린하고 때렸다.

날카롭게 퍼지는 여자의 비명은 경쾌한 봄바람에 시끄럽게 흔들리는 잎사귀의 부스럭 소리에 곧 묻히고 말았다. 달이 구름에 가려 밤은 어둡고 음산했지만, 그 덕분에 쓸데없는 것이 보이지 않아서 좋다고 드노엘은 잠깐 생각했다.

하지만 이게 뭐 하는 짓일까.

아랫입술을 깨물며 계속 스스로에게 자문했다. 이게 대체 무슨 짓인지. 더러운 흙바닥 위에서 그보다 더욱 지저분한 짓을 하고 있는 자신에 대한 혐오는 리카도와 지금 그의 밑에서 몸부림치는 작은 여자에게로 향해졌다.

"그러게 잘살았어야지. 내가 다른 생각 따윈 하지 못하게 좋아죽었어야지! 왜 그렇게 살아! 왜 다른 여자를 보냐고! 이러면 영영 포기할 수가 없잖아."

형과 형수가 행복하게 살았다면 이런 일은 생기지 않았을 것이다. 애초에 그가 비집고 들어갈 자리가 없었다면, 두 사람이 너무 좋아 미치겠다는 표정으로 살았다면 아파도 그냥 참았겠지.

질투로 가슴이 뭉그러져도 저 두 사람이라면 어쩔 수가 없다는 낙담에 헛된 꿈 따위는 꾸지 않았을 거다.

하지만 매일 화만 내고 투정 부리는 형수는 결코 행복해 보이지 않았다. 시동생을 죽이려 하면서도 조금이라도 힘든 일이 생기면 바로 그에게 달려와 매달리는 그녀를 어떻게 포기할 수가 있냔 말이다.

자신마저 그녀를 놓아버리면 아무것도 남지 않은 여자를 어떻게.

사람을 가려가며 마음대로 사랑할 수 있다면 그런 여자는 절대 사랑하지 않았을 거다. 드노엘도 알고는 있었다. 그만큼 제멋대로에 능력도 없이 욕심만 많은 허영덩어리가 그녀였다.

하지만 아무것도 모르고 결혼을 결심한 형이라면 모를까. 처음부터 그녀의 모든 것을 알고 시작한 마음이었다. 사랑하자고 결심해서가 아니라, 어느 순간 이미 사랑에 빠져 버린 자신을 발견했을 뿐이다.

때문에 다른 모든 사람이 그녀에게 등을 돌려도 그만은 절대 그럴 수가 없었다. 추하고 썩은 내가 풀풀 나는 그녀의 마음마저 사랑해 버린 그였으니까.

그녀만 행복해진다면 조용히 물러나 가만히 지켜만 보아도 좋았다. 그러나 그녀가 불행해진다면 그때는 함께였다. 어둠 속에서 그녀 혼자 발버둥치는 것은 절대 볼 수가 없었다. 자신이라도 그녀의 옆을 지켜 줘야만 했다.

"그러니 너희가 나쁜 거야. 왜 너희만 그렇게 행복한 거지? 나와 같으면서, 나처럼 아무것도 못하면서 왜 그렇게 좋아 미치겠다는 얼굴을 하고 돌아다니는 거야. 나와 그녀는 이렇게 힘들고… 추운데, 너희는 어떻게 그렇게 따뜻할 수가 있느냐고."

멍하니 하늘만 쳐다보는 여자에게 욕망도, 무엇도 아닌 몸 안의 찌꺼기를 내버리며 드노엘은 이를 악물고 소리쳤다. 자신도 방법을 안다면 행복해지고 싶었다. 아무리 두꺼운 옷을 껴입고 밝은 빛 속에 숨어 있어도 그는 언제나 추웠고, 어둠에 갇혀 있는 듯 아무것도 볼 수가 없었다.

태어났을 때부터 모두에게 사랑을 받고 자랐다. 어려서 일찍 부모님이 돌아가셨지만 그렇다고 해서 애정 결핍 같은 것을 느낄 여지는 없었다. 모두가 그를 사랑해 주고 아껴주었다. 그런데 정작 그가 사랑하는 유일한 사람은 그를 사랑하지 않았다. 그녀로 인해 처음으로 사랑받지 못하는 자의 슬픔을 배웠다.

함께하지 못하고 그저 바라만 봐야 하는 처지는 형이나 그나 마찬가지였다. 물론 형인 리카도에게는 드노엘처럼 도덕적으로 걸리는 문제는 없었지만, 그래도 이뤄질 수 없는 관계라는 점은 같았다.

엄격하게 스스로를 규율하는 리카도의 도덕관이 절대 자신의 외도를 허용하지 않을 테니 말이다. 그렇다면 적어도 괴로워하거나 실망하는 모습을 보여줘야 하는 게 주변에 대한 예의가 아닌가.

그런데 이 두 사람은 오히려 나날이 밝아지고 아름다워져만 갔다. 감출 수 없는 기쁨을 눈과 입에 매단 채로 매일을 당연하다는 듯이 빛을 향해 걸어갔다. 어둠 속에 동생과 부인을 내버려 둔 채 리카도는 초라한 계집애와 같이 그들에게서 점점 멀어져만 갔다.

부인 외의 여자를 안지 않으면 모두가 순결한 것인가? 입 밖으로 말하지 않는다고 해서 사랑하는 마음을 감출 수 있다고 생각하는가? 아무 짓도 하지 않으니 자신들은 깨끗하고 도덕적이라고 주장하고 싶은가?

드노엘도 마찬가지였다. 안는 것은커녕 행여 손이라도 잡아볼 마음을 가져 본 적도 없었다. 사랑한다는 말은 했지만 그것은 형과 그녀가 결혼하기 전이었다. 그 후로는 절대 입 밖으로는 꺼내보지도 못한 혼자만의 마음이었다. 형수는 그에 대해 아무런 마음이 없으니 드노엘의 외사랑은 오히려 형보다 더 떳떳했다.

그럼에도 드노엘은 이런 자신이 부끄러웠다. 더럽다고 생각했다. 매일 어둠에 갇혀 빛을 바라보는 게 무서웠다. 그런데 너희는 뭐가 그렇게 당당하고 행복할 수 있는 걸까. 왜 태양은 너희에게만 빛을 비춰주는 건지.

"억울한 게 당연하잖아……."

땅에 쓰러져 멍하니 중얼거리는 드노엘의 얼굴은 그의 옆에서 넋이

나간 표정으로 하늘을 올려다보는 여자의 그것과 별반 다르지 않았다. 이제는 아무런 희망도 꿈도 없는 자들의 얼굴이란 왜 이렇게 하나같이 같을까.

"후후후, 이제는 너희 차례야. 지내다 보면 어둠 속에 갇혀 지내는 것도 그렇게 나쁘지는 않거든."

어깨를 들썩이며 웃는 드노엘의 목소리는 한밤의 메아리가 그렇듯 멀리 울려 퍼졌지만 듣는 이는 없었다.

오직 짓밟혀진 몸 안에 서서히 죽어가는 영혼을 가두는 여인만이 그 소리에 몸서리치며 반응할 뿐이었다. 그래서 감기지 않는 눈에서 흘러내리는 그녀의 눈물 따위 신경 쓰는 이는 아무도 없었다.

누구의 부탁이었든 자신의 분풀이로부터 시작했든, 드노엘에게 이 날의 일은 불쾌감으로밖에 기억되는 게 없는 밤이었다. 그리고 한 여인이 삶을 잃어버린 대신 한 생명이 생을 부여받은 날이기도 했지만 그는 몰랐다.

생각하면 욕지기만 나오는 그 일이 있은 후에도 생활은 아무런 변함이 없었다. 드노엘은 여전히 모두에게 사랑받는 존재였고, 그에게 유린당한 여자는 아무 일도 없었다는 듯이 하녀의 본분에 충실했다.

어린 동생이 있다고 들었다. 게다가 본인 역시 아직 어리기에 기분에 따라 일을 그만둘 여유가 그녀에게는 없었던 것이다.

하지만 아무것도 변하지 않은 건 아니었다. 표면적으로는 아무것도 변하지 않았지만 아는 자들만이 느낄 수 있는 균열은 점점 커져만 갔다.

여자는 형에게 아무 말도 하지 않았다. 아니, 못했다. 그들의 사랑은 정상적인 궤도에서 벗어난 틀을 가지고 있었다. 단순히 신분 차이나 한쪽이 이미 결혼을 했기 때문에서가 아니었다.

바보 같은 그들은 서로를 짝사랑하면서 상대가 자신의 마음을 모른다고 생각했다. 또한 상대의 마음 역시 알지 못했다. 그저 자신의 마음 하나만으로 족해서, 보는 것만으로도 기뻐서 미치는 사랑을 혼자서 하는 인간들이었다.

차마 상대가 자신을 사랑할 거라고는 기대도 하지 못하는 바보들이 그들이었다.

주위에 있는 모든 사람들은 둘이 서로 사랑에 빠졌다는 것을 다 아는데, 두 사람만은 그것을 알지 못했다. 그래서 셰어도란트에 퍼지기 시작한 두 사람의 스캔들에 대해서도 당혹해하며 부정하기에 바빴다.

혹여나 상대에게 폐를 끼치지 않을까 걱정이 돼서 강하게 부정하면 할수록 서로의 마음을 오해하고 시무룩해하는 모습들이 어찌나 웃겼던지.

그렇게 말 한마디 제대로 주고받지 못하면서도 그들의 사랑은 점점 커져만 갔다. 옆에서 지켜보는 드노엘이 알 수 있는 것을 바보 같은 그들은 끝까지 눈치 채지 못하고, 날이 갈수록 마음만 더욱 애틋해지고 사랑스러워져 갔던 것이다. 그러던 것이 어느 순간부터 딱 멈추었다, 바로 그날의 일이 있은 후부터.

여자는 자신이 당한 일을 고해 바칠 수가 없었다. 사랑하는 남자에게 당신 동생이 내게 무슨 짓을 했는지 아느냐고 차마 말할 수가 없었던 것이다. 또 혼자만의 사랑이라 굳건히 믿고 있던 여자에게는 지고한 공작님이 보잘것없는 하녀보다는 동생의 편을 들어줄지도 모른다는 불안도 있었을 거다.

오히려 몸가짐을 제대로 하지 못한 그녀를 탓할 수도 있는 법이었다. 대부분의 귀족들이 그러했기에 리카도에게 다른 반응을 바라는 것은 분수에 어긋난다고 자위해 버린 것이다. 사랑하는 남자에게 몸가짐이 헤픈 여자라 낙인 찍히는 것만큼 견디기 어려운 일이 또 있을까.

당연히 아무 말도 못할 수밖에 없었다. 그와 함께 더럽혀진 자신은 더 이상 공작님을 마음에 담을 자격이 없다는 판단에 바라보는 일마저도 그만둔 것이다. 그때부터 여자는 철저하게 리카도를 외면하고 피했다.

혹시나 눈이라도 마주치기라도 하면 그대로 고개를 돌려 버리는 날들이 많아지자 리카도도 점차 무언가 이상하다는 것을 느끼기 시작했다.

사랑받고 있다는 걸 깨닫는 것은 어려워도 자신이 외면당하고 있다는 것을 느끼기는 쉬웠다. 거기에 자학적인 감상까지 덧붙이게 된다면 사람 하나 우습게 되는 것은 시간문제였다.

점점 리카도의 얼굴에서 미소가 사라지는 것을 재미나게 지켜보던 드노엘은 고개를 저었다.

"아직은 모자라지. 이 정도로 벌써 풀이 죽어서야 쓰겠어?"

가볍게 혀를 차며 형에게 다가간 드노엘은 언제나와 같이 매력적인 표정을 묘하게 찌푸리며 리카도에게 물었다.

"형, 오늘 밤 내 방에 올 수 있어?"

"오늘?"

"응, 할 말이 있거든."

"무슨 말인지는 몰라도 지금 하면 안 되니? 오늘은 해야 할 일이 많아서 저녁에 시간을 내기가 어려울 것 같구나. 아니면 네가 집무실로 찾아오든지."

"그러고 싶지만 오늘 저녁 형에게 꼭 보여줄 게 있어서 말이야. 내 방이 아니라면 보여주기가 좀 부끄러운 거라서. 와줄 거지?"

의자에 앉아 있던 리카도의 어깨에 팔로 두르고 형의 귀에다가 작게 속삭이는 드노엘은 여지없이 어리광을 피우는 동생의 모습 그대로였다. 그런 동생을 말끄러미 쳐다보던 리카도는 가는 한숨을 내쉬며 대답했다.

"시간이 되면."

"꼭 와야 해. 안 그럼 올 때까지 매일 부를 거니까."

오랜 세월이 지난 지금에 와서 생각해도 그날의 드노엘은 정말 개구쟁이처럼 해맑았다. 리카도가 순간이었지만 동생에게 품고 있던 자신의 못난 열등감이 못내 부끄러워 고개를 돌려 버릴 정도로, 그날의 드노엘은 사랑스런 그의 동생이었다.

하지만 그것이 마지막이었다. 여러 일들에도 불구하고 여전히 동생을 사랑한다고 여겼던 감정이 사라져 버린 것이. 그날 밤 이후로 그에게 동생은 더 이상 존재하지 않게 되었고, 그의 마음 역시 죽어버리고 말았다. 그 저주스런 밤에.

자연스럽게 옛날 일을 떠올리던 드노엘은 입술을 비틀면서 이로 깨물어 뜯었다. 계획은 훌륭했다. 겁에 질려 벌벌 떠는 계집애를 방으로 데리고 와 능욕하는 장면을 형에게 보여주는 것은 말이다.

자신을 피하던 여자가 동생의 방에서 무얼 하고 있는지 발견하면 형은 어떤 반응을 보일까를 상상하며 하루 내내 기분이 들떴다.

동생이 여전히 순진하고 어린 소년인 줄로만 아는 형은 여자와 함께 있는 드노엘의 모습을 보고 다른 오해는 하지 못할 것이다. 설마 동생이 여자를 강제로 범하고 있다고는 차마 상상도 못할 사람이었다.

서로의 합의에 의해 이루어지는 애정 행각이라 오인하며 혼자 괴로워하는 모습이 눈에 선했다. 사랑하는 이를 남에게 빼앗기는 게 어떤 고통인지 비로소 형도 느끼게 되는 거라고 즐거운 마음으로 밤을 기다렸다.

하지만 신은 그의 편이 아니었다. 운명을 가르는 신은 그날 밤 그를 철저히 외면해 버렸고, 그 결과가 지금의 하반신 마비에, 빛도 들어오지 않는 방에서의 감금 생활이었다.

의자의 등받이에 머리를 기대어 반쯤 눈을 감은 드노엘은 생각했다. 한때는 형수가 없으면 자신도 살지 못할 거라고 여겼던 적이 있었다. 하지만 그녀가 죽은 지 십이 년이 지난 지금까지도 그는 살아 있다. 막상 따라 죽자니 무서웠느냐는 질문은 그에겐 어리석은 물음이었다.

철저하게 권선징악을 따지는 라르고리스의 교리에 의하면 인간의 죄업은 죽음 후에도 따라붙는다고 했다. 그래서 죄 많은 영혼을 징벌하기 위한 지옥이 있는 것이다. 아마 그녀는 절대 지옥에 떨어졌을 것이다. 누구보다 죄가 큰 사람이었으니까.

그러기에 죽어서도 그녀와 함께 있으려면 그 역시 죄인이 되어야 했다. 누구보다 크나큰 죄를 얻어 지옥에 떨어질 것이다. 누구보다 사악해져서 지옥을 지키는 악마가 될 것이다. 그래서 혹여나 그녀가 지옥에 없다면 그곳으로 그녀를 끌고 올 작정이었다. 그렇게 영원을 함께 고통받으며 어둠에 묻힐 것이다.

"후후후."

생각만 해도 온몸에 소름이 끼칠 정도로 짜릿했다. 지금의 그는 이

감각 하나만으로 버텨오고 있었다. 그에게 죽음은 축복이었지만 아직 때는 아니었다. 그녀의 옆에 가기 위해서는 아직 부족한 것이 많이 남아 있었다.

더욱이 그가 이런 몸이 되자 리카도는 버려두었던 아내를 찾기 시작했다. 아무런 애정도 없으면서, 오직 후사를 얻겠다는 이유 하나만으로 다시 부인을 안은 것이다. 사비나가 태어나고 드디어 아들도 태어났다.

하지만 오래 살지는 못했다. 그리고 그녀도 산후통이 악화되어 얼마 되지 않아 병사하고 말았다.

리카도의 복수였던 것이다. 그녀는 어차피 자신이 원하는 것만 얻게 된다면 드노엘이야 어떻게 되든 거들떠도 보지 않을 사람이었다. 게다가 이제 아무런 가치가 없는 시동생이라면 더 말할 나위가 없었던 것이다.

철저한 무시와 냉대로 일관하던 그녀는 아이를 가질 때마다 그에게 찾아와 행복한 미래를 이야기하곤 했다. 하지만 그 미래 속에 그는 없었다. 그녀는 감히 꿈도 꾸지 말라는 표정으로 그를 쳐다보며 화사하게 웃었다.

그리고 드노엘은 깨달았다. 그녀만 행복하다면 모든 게 족했던 어린 자신은 이미 없음을, 또한 그녀가 행복해질수록 자신의 것이 될 가능성은 점점 멀어진다는 것을 말이다.

"그러고 보면 형님도 은근히 성깔이 있단 말이야."

십이 년 전, 드노엘은 리카도가 쳐놓은 그물에 걸려 세상에서 가장 소중했던 것을 제 손으로 죽이고 말았다. 리카도는 무엇을 어떻게 해야 드노엘을 괴롭힐 수 있는지 너무도 잘 알고 있었던 것이다. 결국 폭

주해 버린 동생이 무슨 짓을 할지도 이미 예상하고 있었을 게 틀림없다. 그럼에도 방관했다. 아니, 부추겼다.

나중에 정신을 차리고 나서야 형의 의도를 깨달은 드노엘은 완전히 머리를 한 방 얻어맞은 기분이었다. 형은 자기 손에 피 한 방울도 묻히지 않고 가장 껄끄러운 존재를 남의 손을 빌려 없앤 것이다.

리카도는 아들과 부인을 잃은 불쌍한 존재가 되었고, 드노엘은 형수와 조카를 죽인 천인공노할 죄인이 되고 말았다. 미칠 것 같이 슬픈 건 드노엘이었는데 아무도 그를 위로하지 않았다. 모든 것을 잃어버린 것은 그였는데 모두 리카도를 동정하였다.

정말 멋있는 복수였다. 당한 것이 자신이라는 것만 빼면 손에 피가 나도록 박수를 쳐주고픈 심정이었다. 태어난 순간부터 패배자일 수밖에 없었던 드노엘이 신의 대리인처럼 순결한 얼굴을 가진, 하지만 그 단아한 얼굴 밑으로 차갑고 냉철한 피가 흐르는 이를 이기기에는 애초에 무리였던 것이다. 그게 지배하는 자와 지배를 받기 위해 태어난 자의 차이였다.

그러나 그의 형은 또한 나약했다. 동생과 부인에게 복수를 한 자기 자신을 용서하지 못했던 것이다. 그 선한 마음이 자신의 추함을 용납하지 못하고, 지금까지 스스로를 괴롭혀 왔다. 그러기에 그의 형은 아름다운 사람일 수밖에 없었다. 만약 드노엘 자신이 형의 입장이었다면 더욱 처절하고 피비린내 나는 복수를 하였을 것이다.

완벽하게 봉인되어 있는 창문을 노려보며 드노엘은 아랫입술을 혀로 쓰다듬었다. 조금 전에 이로 깨물어 뜯은 결과로 입술이 찢어져서 혀끝에 피 맛이 느껴졌다.

자신을 이런 골방에 철저하게 감금시킨 것은 그가 해온 일들에 비하면 오히려 약한 처벌이었다. 하지만 이런 것은 리카도의 방법이 아니었다. 예전에도 몇 번이나 기회가 있었음에도 리카도는 드노엘을 방치했다. 네가 무슨 짓을 하더라도 난 두렵지 않다는 표정으로 말이다. 잃을 것이 없는 자는 두려울 것도 없는 법이었다.

주위의 사람이 죽으면 슬퍼하긴 해도 그것 때문에 가슴이 멍들지는 않는다. 그리고 리카도가 바로 그런 사람이었다. 그는 지배할 줄만 알지 사랑에는 서툰 어린애와도 같았다. 그래서 평생 살아가며 주었어야 할 사랑을 오직 한 사람에게 쏟아 부은 리카도는 자기 자식조차도 사랑하지 못했다. 드노엘도 그랬기에 누구보다도 리카도의 심정을 이해할 수가 있었다.

그런 사람이 뭐가 두렵다고 이제야 자신에게 이런 벌을 주는 것일까를 궁리하다 드노엘은 하나의 정점에 생각이 멈추었다. 무언가 지킬 것이 형에게 생긴 것이다. 드노엘에게 해를 당해도 그저 슬프고 화가 나는 것에서 끝나지 않을 무언가를 보호하기 위해서 이런 발악을 하는 거라고.

"대체 무얼 지키기 위해서입니까, 형님?"

찢겨진 입술에서 흐르는 피를 혀로 핥으며 드노엘은 투명한 푸른색 눈동자를 굴렸다. 갑자기 핏속에서 열기가 넘치기 시작했지만 지금 그에겐 아무런 힘이 없었다. 하지만 당장은 형이 보호하고자 하는 것이 무언지 알아낼 방법을 도저히 찾을 수가 없었다.

잠시 흥분을 억누른 드노엘은 창문을 봉인한 판자들 틈으로 비어져 들어오는 햇빛 속에서 노는 먼지들을 쳐다봤다. 더럽다기보다는 부서진 보석 알갱이 같아서 바라보고 있으면 의외로 지루한 줄을 몰랐다.

당분간은 무료한 시간을 먼지들과 놀면서 생각을 정리할 필요가 있었다. 끓어오르는 흥분은 그때 한꺼번에 터뜨려도 늦지 않다.

지금껏 그레이스가 살아왔던 것보다 더 오래전의 이야기들이었다.

리카도는 자신의 입으로 그날의 이야기들을 말하고 싶지 않았다. 그냥 묻어두고 거짓이라도 행복한 이야기들을 만들어 앞으로 살아가고 싶었다. 하지만 그레이스는 고개를 저으며 말했다.

"어머니가 그러셨어요. 어느 귀족가의 하녀로 일을 했었다고. 그곳에서 사랑해선 안 되는 분을 사랑하게 되었다고. 그런데 어느 날 원하지도 않은 사람에 의해서 저를 가지게 되어서 그곳을 떠날 수밖에 없었다면서……."

그레이스의 뜻밖의 말에 리카도의 눈이 점점 커지기 시작했다. 수후가 누군가를 사랑했다는 것은 알지 못했다. 전혀 예상도 못한 일이었기에 그의 당혹감은 컸다. 놀라는 리카도의 반응에도 아랑곳하지 않고 그레이스는 계속 말을 이었다.

"저는 어머니가 이곳에서 일을 했었다는 소리를 듣고, 어머니가 마음에 품으셨던 분이 공작님일 거라 생각했습니다. 그런데 친구가 그러더군요. 베르크너 공작님의 영역 안에서 그분을 거스를 자는 없다고. 그렇다면 대체 어머니에게 그런 짓을 한 사람은 누굴까? 누구이기에 아무렇지도 않게 공작의 하녀에게 손을 댈 수가 있었을까 내내 생각했습니다. 물론 일개 하녀 따위 누구에게 무슨 짓을 당하던 공작님이야 상관없을 수 있겠지만, 듣자니 귀족들은 자기 밑에서 일하는 이들도 세력의 일환으로 보고 보호한다고 들었습니다."

클리프 백작의 저택에서 얼마 동안 일을 했다고 그레이스도 귀족들과 그 고용인들 간의 관계에 대해 주워들은 지식이 제법 많았다.

"그래서 고용인들이 타 귀족이나 사람들에게 부당한 대접을 받으면 곧 자신에 대한 모욕이라 느낀다고 알고 있습니다. 상대가 자신보다 고위의 귀족이라면 모를까, 아니라면 절대 용서하지 않기에 소소한 일이 큰 분쟁으로까지 이어진다고요."

그레이스의 말에 리카도는 어렵게 고개를 끄덕였다. 하녀를 가지고 노는 귀족들은 많았다. 하지만 다른 귀족이 자신의 하녀나 하인들에게 손을 대는 것은 명백한 도발이며, 모욕이라 느끼는 것이 정석이었다.

자신보다 고위의 귀족이나 어려운 입장의 사람이라면 참을 수밖에 없겠지만 아니라면 그냥 넘어가지 않는 게 이 세계의 법도였다.

"어머니는 저를 가진 것을 알리고 싶지 않아서 이곳을 떠났다고 했습니다, 절대 알리고 싶지 않아서. 그래서 당신이 당한 일도 그냥 함묵했겠지요. 하지만 어머니께 손을 댄 자가 그런 어머니의 마음까지 알았으리라는 보장은 없습니다. 즉, 만약에라도 자신이 한 짓이 공작님께 알려진데도 추궁받지 않을 자신이 있었던 게지요. 그래서 생각했습니다. 세상에 베르크너 공작님 앞에서 당당할 수 있는 사람이 과연 누가 있을까. 아무리 생각해도 그분의 친구이거나 가족, 아니면 공자님 본인밖에 없더군요."

"그래, 그러니까 내가……."

"어머니를 겁탈하셨습니까?"

"그……."

"싫다는 어머니께 그런 짓을 해서 저를 가지게 하신 분이 공작님입니까? 그래서 그분이 죽을 때까지 증오했던 사람이 바로 당신이십니까?"

아무런 동요도 없이 담담히 물어보는 그레이스의 질문에 리카도는 선뜻 대답할 수가 없었다. 수후를 사랑했다. 아내에게 주었어야 할 마음을, 자식들에게 보냈어야 할 애정을 모두 그녀에게 주어버려 그에게 남은 것은 아무것도 없었다.

허허로운 마음에 더 이상의 사랑은 남아 있지 않을 정도로 그녀를 사랑했다.

차마 귓가에 흘러내린 머리카락을 귀 뒤로 넘겨주는 것이 어려워서 망설이고 망설이다 그냥 스쳐 보낸 것이 한두 번이 아니었다. 그렇게 그녀를 원했던 마음으로 지금 그레이스를 보고 있었다. 그레이스가 자신을 닮았다지만 리카도는 그 속에서 수후의 모습을 찾았다.

그렇기에 아무리 말뿐이라도 수후에게 몹쓸 짓을 한 것이 자신이라고, 그녀에게 증오받은 사람이 자신이라고, 너의 아버지가 나라는 거짓말도 하지 못했다.

"어머니는 제 얼굴을 좋아하셨습니다. 정말 좋아하셨죠. 눈동자며 머리칼이며……. 아무리 보아도 질리지 않는다고. 그래서 자라면서 거울을 볼 때마다 궁금했었습니다. 어머니를 전혀 닮지 않은 이 얼굴이, 분명 그 사람을 닮았을 게 확실한 이 얼굴을 어떻게 어머니는 그렇게나 좋아할 수 있었을까. 혹시나 자식이라는 이유 하나로 모든 것이 용서되었던 것이 아니라면 어쩌면 제 얼굴은 그 사람을 닮은 게 아닐지도 모른다는 희망을 품어보기도 했었습니다."

망설이는 리카도를 보며 그레이스는 차분히 자신의 생각을 말로 옮겼다. 셰어도란트에 오면서 많은 생각을 했고, 이안과 자민트에게 베르크너 공작에 대해 많은 것을 물었다. 어쩌면 어머니가 사랑했다는 사람이 그일 수가 있었기에, 어쩌면 '그 사람'이 공작일 수도 있었기에 많은 것을 알고 싶었다.

두렵지 않다면 거짓말이다. 하루라도 몇 번이나 발걸음을 돌리고 싶었다. 그레이스는 '그 사람'과 연관된 것이라면 아무것도 알고 싶지 않았다. 하지만 도망만이 능사는 아니었고, 무엇보다 그럴 이유가 없었다. 죄를 지은 것은 그레이스가 아니었다.

자민트는 칭찬 일색으로 베르크너 공작에 대해 설명했지만 이안은 조금은 냉철하고 객관적인 입장에서 공작에 대해 말해 주었다. 주로 따분하고 갑갑한 사람이라는 투덜거림이 대부분이었지만, 언제나 마지막에는 누구보다 바르고 고운 사람이라는 말을 잊지 않았다. 그리고 그레이스는 이안의 평가를 믿었다.

그런 사람이 어머니를? 가당치도 않은 추측이었다. 물론 자민트나 이안이 과장되게 혹은 진실을 숨기며 이야기했을 수도 있었다. 공작도 남자이니 한순간 이성을 잃을 수도 있는 법이었다. 하지만 막상 베르크너 공작을 보자마자 그레이스는 그동안의 자신의 고민이 모두 헛수고였음을 깨달았다.

많은 생각을 할 것도 없었다. 그저 보기만 해도 알 수가 있는 걸 무엇 때문에 그렇게 고민했을까. 베르크너 공작은 그와 어머니가 그렇게나 증오하던 사람이 아니었다.

"내 사랑, 내 사랑!"

아직까지 귓가에 울렁이는 어머니의 속삭임이 사실은 자신이 아닌 다른 이에게 하고팠던 고백임을 베르크너 공작을, 자신과 똑같은 그의 얼굴을 보고야 깨닫게 되었다. 거침없이 아들이라고 부르는 이의 목소리는 어머니가 그를 부를 때마다 그레이스의 가슴에 파고들던 따스함과 너무도 닮아 있었다.

"이야기해 주시겠습니까?"

"……."

"어머니의 이야기를요."

그레이스의 부탁에 리카도는 가볍게 입술을 깨물었다. 자신의 입으로 그날의 이야기들을 과연 할 수 있을지 자신이 없었다. 하지만 숨길 수도 없는 일이었다. 이런 마당에 억지로 우겨서 그레이스의 친아버지가 된다고 해서 돌아올 것이 그에게는 아무것도 없었다.

오히려 그렇게나 원하는 수후의 아들을 놓칠 수가 있었다.

리카도는 자신과 맞먹을 만큼 키가 큰 그레이스를 끌어안으며 조용히 눈을 감았다.

"들어서 좋을 이야기는 아니다."

"그래도 듣겠습니다."

"어디서부터 이야기해야 할까."

망연히 중얼거리는 리카도의 어깨에 얼굴을 묻은 그레이스도 눈을 감았다. 눈꺼풀이 닫치자 눈동자가 머금고 있던 눈물이 감은 눈 사이로 흘러내려 리카도의 어깨를 적셨다.

오늘만 울자고 그레이스는 결심했다.

그리고 내일은 오늘 흘린 눈물을 잊을 것이다. 이 눈물을 기억하기에 그는 가슴에 담아두고 싶은 게 너무 많았다.

넓은 바다에 떨어진 눈물을 찾을 필요는 없었다. 눈물은 이미 바다가 되었을 테니.

누구나 언젠가는 가슴에 망령을 품게 된다

STORY 26½

누구나 언젠가는
가슴에 망령을 품게 된다

"좋은 말 할 때 나오는 게 어때?"

카이룬의 일기장을 무릎 위에 올려놓은 이안은 그것을 손가락으로 툭툭 치며 은근한 협박 투로 을러댔다. 그래도 일기장이 아무 반응을 보이지 않자 방법을 달리 해 부드럽게 구슬리며 애원도 했다.

"딴맘이 있어서가 아니야. 그냥 얼굴만 한 번 보자니까? 예전에 카이룬한테 너에 대해 이야기를 많이 들어서 한 번 보고 싶은 거뿐이야. 너, 나 몰라? 카이룬이 내 이야기 안 해주던? 아아, 직접 만났을 리는 없었을 테니 듣지 못했겠구나. 하지만 적어도 나에 대한 정보는 너에게 남겼을 거 아니야."

카이룬이 사사를 만들고자 했을 때 그는 이안에게 종종 자신의 계획에 대해 말해 주곤 했다.

그래서 처음 그레이스의 짐 가방에서 카이룬의 일기장을 발견했을 때 당황하기는 했지만 그 용도에 대해 바로 눈치 챌 수 있었다.

그래서 기회가 닿으면 한번 사사를 구경해 볼 요량이던 이안은 이때다 싶어 일기장에 말을 걸어본 것이다. 하지만 아무리 말을 걸어도 묵묵부답인 일기장을 보자 왠지 자신의 확신에 대한 믿음이 옅어졌다.

혹시 이건 전에 카이룬이 말해 주었던 일기장을 가장한 마법서가 아닌, 정말 단순한 일기장에 불과한 것이 아닌지 의심을 하다 곧 고개를 저었다. 그렇다면 그레이스가 자화자찬으로 가득한 낯 두꺼운 노인네의 일기장을 가지고 다닐 이유가 전혀 없었다.

"설마 카이룬이 나에 대해 아무 정보도 남기지 않은 거냐? 이 일기장에서처럼?"

카이룬의 일기를 모두 읽어본 것은 아니었다. 처음에는 그레이스 때문에 경황이 없었고, 그 후에는 남의 일기장을 읽어보겠다는 명분이 없어 모른 척 잠자코 있었다. 하지만 대충 훑어본 바에 의하면 일기장에 이안의 이름은 없었다. 호마린 자작에 대한 언급조차 없었다.

일기를 쓴 날짜를 보면 없을 수가 없는데도 그에 대한 언급이 하나도 없다는 것은, 아마 그가 나온 부분을 일부러 모두 없애 버린 게 아닌가 추측해 봤다. 왜냐하면 이안 스스로가 그걸 원했으니 말이다.

잊혀지길 원했던 것은 이안 본인이었다. 그냥 버리라고, 예전의 자신은 잊어버리고 지금의 자신만 기억해 달라고 부탁했었다. 그리고 카이룬은 간절히 소원하는 친구의 염원을 받아들였다. 대신 그는 현재의 이안마저 버려 버린 것이다. 이제 자신의 친구는 현실에서나 마음속에서나 죽었다며 뒤도 돌아보지 않고 이안을 떠나 버린 카이룬이었다.

　그 후 지금까지 아무 소식이 없던 카이룬의 일기가 그레이스에게 있는 의미를 이안은 너무도 잘 알고 있었다. 살아생전에는 절대 제자를 받아들이지 않겠다던 카이룬이었다. 하지만 자신의 마법이 그대로 사라지는 걸 원하지는 않았다.

　그러기에 사사를 만들기로 한 것이다, 자신의 사후에 생길 제자를 위해.

　그리고 지금 마법서로 추정되는 일기장이 그레이스에게 있다. 이것이 의미하는 바가 무언지 이안은 너무도 잘 알고 있었다.

　"정말 지워 버렸구나."

　쓸쓸한 울림이 넓은 마차 안에 퍼졌다. 몇십 년 동안 연락이 없던 카이룬이 못내 섭섭했지만 언젠가, 언제나처럼 길을 가다 지치고 심심해지면 다시 찾아오리라 생각하고 있었다. 그러던 친구가 죽은 것이다.

　그것도 모자라 그 친구는 이안을 완전히 버려 버린 것이 아닌가. 너와의 인연은 여기서 끊어졌다는 마지막 말이 지금 이렇게 현실이 되어 버렸다.

　"예전에 어리석은 사람이 하나 있었어. 그래, 누가 뭐랄까 봐서 그 미련한 머리로 영생을 꿈꾸었지."

　카이룬의 마음을 안 이상 이안은 더 이상 사사의 반응을 재촉하지 않았다. 카이룬이 작정하고 그와의 관계를 지워 버리려 했다면 일기장 안에 있는 작은 아가씨는 그에 대해, 이안과 카이룬의 관계에 대해 모를 것이다. 그럼 밖으로 나오지 않는 것이 오히려 당연했다. 모르는 사람에게 자신을 내보일 만큼 호락호락하지는 않을 테니 말이다.

　그래서 포기하고 그냥 혼잣말처럼 넋두리를 늘어놓았다. 카이룬을 알고 있는 또 다른 존재에게 푸념이든 고백이든 무엇인가를 하고 싶었다.

자기가 원한 것이기는 했지만, 카이룬이 이렇게나 깔끔하게 자신과의 관계를 정리해 버렸다는 것에 일말의 충격도 있었다. 아니, 잊혀지기를 원한 것은 예전의 자신이었지 카이룬과의 관계 자체는 아니었다.

그런데도 이런 결말이 난 것은 역시 그때의 일로 카이룬이 그에게 단단히 화가 났다는 것을 반증하는 것이리라. 이안도 알고 있었다, 당시의 자신이 얼마나 어리석었는지. 하지만 그때는 미쳐 있었다. 미쳐도 단단히 미쳐서 아무런 소리도 들리지 않았었다.

"영생은 아니더라도 남들보다 더 오래 살았으면 좋겠다고 소원했었지. 그리고 긴 수명만큼 건강한 육체와 젊음까지 원했고 말이야. 그래서 친구에게 매달렸어. 나를 자식처럼 아끼는 그의 마음을 이용해 내가 원하는 것을 얻고자 했던 거야. 그 친구는 처음엔 단호하게 거절하더군. 순리에 어긋나는 짓은 절대 안 된다고."

옛일을 기억하며 이안은 입술 끝을 말아 올리며 조소를 지었다.

"그래서 따져 물었지. 만약 네가 내 입장이라면 그런 따분한 소린 할 수가 없을 거라고. 너야 평범한 인간의 운명을 벗어난 능력을 가졌으니 뭔들 바른 소리를 못하겠냐고. 하지만 나는 평범한 인간이고, 너보다 더 젊은데도 더 일찍 죽어야 하기 때문에 순리란 있는 자들의 가벼운 철학으로밖에 들리지 않는다고 따졌지. 생명에 대한 욕구에 비하면 운명과 자연의 섭리란 보잘 것 없는 거라면서."

당시에 이안은 악을 질러대며 카이룬에게 따졌다. 마치 카이룬이 그를 데려가려는 죽음의 사자라도 되는 것처럼.

그와 카이룬은 많은 나이 차이에도 불구하고 친구라는 관계로 이어

진 사람들이었다. 지금의 그와 그레이스처럼, 당시의 이안은 카이룬에
비해 한참 어린 나이였다. 그럼에도 둘은 어쩌다 보니 친구가 되어버
렸다.

하지만 카이룬이 은근히 이안을 아들처럼 여기고 아끼는 감정이 컸
던 반면, 친부모와 양부모에게서 맘껏 애정을 받고 자란 이안은 그렇지
않았다. 굳이 카이룬에게서 아버지의 정이나 모습을 찾을 필요가 없었
던 것이다. 그럼에도 자신을 자식처럼 여기는 카이룬의 마음을 누구보
다도 잘 알고 있었기에 적절하게 그 마음을 이용하기도 했다. 그에게
있어 카이룬은 조르면 무엇이든 나오는 요술 방망이였다.

카이룬은 귀찮다고 투덜대면서도 결국엔 이안이 바라는 것은 뭐든
들어주는 편이었다. 물론 미소녀들에 관한 낯 뜨거운 취향은 좀처럼
버릴 생각을 못했지만 말이다.

이안이 그레이스와의 심한 나이 차이에도 불구하고 거부감이나 스
스럼이 전혀 없었던 것은 이미 카이룬과 비슷한 경험을 해봤기 때문이
다. 지금과는 반대의 경우였지만 한 번의 경험이 현재의 상황에 여유
를 준 것이다.

원래 나이 차가 많이 나는 관계에서 중요한 것은 연장자의 이해였
다. 연장자인 이안이 상관하지 않았기에 그레이스도 나이에 대해 편안
해질 수 있었던 것이다. 예전에 카이룬이 이안에게 그랬던 것처럼.

돌이켜 생각하면 카이룬은 그에게 너무나 많은 것을 주었다. 그리고
이안은 받기만 하는 욕심 많은 아이에 불과했다. 해서 어느 날 카이룬
의 옆에 서 있는, 이미 늙은이가 되어버린 자신을 발견하기 전까지 카
이룬과의 관계는 지금의 그레이스와의 관계처럼 아무 문제가 없었다.
아니, 더 유치하고 일방적인 면이 많았다. 이안이 그레이스처럼 점잖

지도, 절도를 아는 것도 아니었기 때문이다.

하여튼 카이룬이 처음 만났을 때와 변한 게 거의 없었다면, 중년이었던 이안은 어느덧 하얗게 센 머리칼과 얼굴에 생긴 검버섯과 주름에 놀라 한없이 자신의 얼굴을 매만져야 했다. 거울 속의 자기 얼굴이 낯설기까지 했다.

그것이 보통 사람들이 늙어가는 과정이었다. 그리고 평범한 인간이었던 이안이 도저히 피해갈 수 없는 길이기도 했다. 하지만 그는 부정하고만 싶었다. 인간의 능력을 넘어선 자와 함께 시간을 보낸 이안은 자신의 평범함을 거부하고 싶었다. 영원히는 아니라도 카이룬처럼 섭리라는 틀에서 벗어난 존재가 되기를 원했다.

무엇보다 하고 싶은 일이 너무 많았다. 벌려놓은 일과 이제야 자리를 잡기 시작한 사업은 그가 없으면 모래성처럼 무너질 게 분명한데, 늙은 몸뚱이는 그에겐 너무 버거운 짐이었다.

자기 자신이 스스로에게 짐이 되어버리는 것이 바로 늙는다는 의미란 것을 비로소 깨달았던 것이다.

"싫다는 카이룬을 참 많이도 괴롭혔지. 그렇게 하면 결국 그는 내 소원을 들어줄 테니까. 어떻게든 방법을 알아내서 내게 젊음과 기나긴 생명의 시간을 안겨줄 거라는 것을 알았으니까. 그는 그런 친구였으니까."

무릎에 있던 일기장을 들어 이마에 맞댄 이안은 조용히 속삭였다. 사사가 들어주었으면 해 하는 소리가 아니었다. 그건 자신에게, 한때 어리석었던 자신을 향한 변명이고 위로였다. 또한 아픔이기도 했다.

"그런 친구를 난 잃어버린 것인가?"

작은 가시가 심장을 찌르는 느낌이었다. 생명에는 지장이 없겠지만 내내 아프고 고통스러운 통증이 그를 괴롭혔다.

그때 마침 마차 안으로 들어오려던 베로니카는 그런 이안을 보고 눈을 크게 뜨더니 소란지 않게 살며시 문을 닫고 물러났다. 아무리 눈치없는 그녀라도 이만한 감각은 있었던 것이다.

어쩌면 생존 본능이었는지도 모르겠지만 베로니카는 살금살금 걸어서 마부석에 앉아 있는 에팃에게로 갔다.

"에팃!"

"왜요? 햇빛이 강해서 마차 안으로 들어가고 싶다지 않았나요?"

여름에도 목까지 올라오고 손등을 가린 검은 옷에 까만 양산까지 든 베로니카가 옆에 앉으며 자신을 부르자 에팃은 놀라며 되물었다. 아무리 햇빛 아래 나다닐 수 있는 반쪽짜리 흡혈귀인 베로니카라도 햇빛에의 직접적인 노출은 무리였다.

그렇기에 이안이 시킨, 옥상에서 양산 없이 교리 서적을 백 번이나 손으로 직접 옮겨 쓰라는 벌은 꽤나 큰 것이었다. 덕분에 얼굴과 몸 군데군데에 화상을 입어 얼마 동안은 꽤나 보기 흉한 몰골로 돌아다녀야만 했다. 아직도 거무스름하게 탄 얼굴에는 그때의 흔적이 남아 있었다.

적당하게 까무잡잡한 피부는 건강미를 상징하지만 베로니카의 경우에는 다 말라빠진 고목처럼 거칠어 생기라곤 전혀 찾아볼 수가 없었다. 그런 베로니카가 햇빛을 피해 마차 안으로 들어가려다 다시 나오니 에팃으로서는 궁금했던 것이다.

"이안님이 이상해."

"어떻게요?"

"까만 책을 끌어안고 음산하게 중얼거려. 헤이헤이~라고."

이안의 혼잣말을 자세히 듣지 못한 베로니카는 손까지 좌우로 벌리며 입에서 나오는 아무 소리나 지껄였다.

"우웅~ 아아, 라며 까만 책을 끌어안고 뭐라는데 조금 무서웠어."

"그래요?"

베로니카의 말에 에텃은 잠시 고개를 돌려 마차 안쪽을 쳐다보았다.

안에서 이안이 무슨 짓을 벌이는지는 모르겠지만 둔한 베로니카가 자리를 피하며 무섭다고 할 정도면 사정이 결코 심상치만은 않을 터였다. 하지만 이런 경우에는 그냥 무시하는 게 신상에 좋았다. 궁금증, 호기심?

그런 것은 이미 연봉과 함께 사라진 지 오래였다. 또한 기분 나쁜 이안을 괜히 건드려서 피 보고 싶은 생각은 추호도 없었다. 또 모르겠다, 베로니카는 좋아할지. 하지만 피를 봐도 맛없는 에텃의 피를 볼 테니 그다지 기뻐하지는 않을 것 같았다.

"그냥 무시해 버려요."

"우웅. 헤에~ 그런데 이안님이 갑자기 왜 저럴까?"

"모르죠. 원래 나이로 치자면 이안님도 망령이 들 나이가 지나도 한참이 지났잖아요."

"망령? 귀신?"

"쉿! 그냥 우리끼리 하는 이야기예요. 그러니 혹여나 이안님 앞에서 내가 했던 말은 절대 하면 안 돼요!"

"우웅! 나 귀신은 싫어~"

"내가 말한 망령은 그 귀신이 아니라니까요. 내 말은 그러니까 나이가 들면 에잇, 마음대로 생각해요."

단어를 헷갈려하는 베로니카에게 손을 내젓던 에텃은 더 이상 설명하는 것을 포기해 버렸다. 이 망령이나 그 망령이나, 사람에게는 다 지긋지긋한 것들이기는 마찬가지였다. 또한 웬만하면 만나기 싫은 것들이란 점도 같았다.

"으응~ 알았어."

베로니카는 고개를 끄덕이며 에팃의 말을 제 나름으로 재해석했다. 망령이 났어도 이미 났을 나이라는 말을, 귀신이 되어도 이미 되었어야 할 나이라는 뜻으로 이해한 그녀는 이안이 지지리도 죽지 않는다는 의미의 말로 받아들였다.

"오래 살면 다 저렇게 되는 거야? 이잉~ 베로니카는 저렇게 되기 싫어. 그리고 망령이 되는 것도 싫어, 무서워."

"걱정 말아요. 베로니카는 절대 망령 같은 건 안 들어요."

베로니카가 자신의 말을 잘 이해했다고 오해한 에팃은 그녀의 머리를 쓰다듬어 주다 어깨 너머로 넘어가려는 양산을 잡아 바르게 씌워주었다. 그러자 베로니카는 헤실 웃으며 에팃의 옆에 꼭 붙어 앉았다.

어쨌든 사이는 무지 좋은 두 사람이었다.

*   *   *

리카도의 이야기는 길면서도 짧았다. 그레이스에게 해주는 이야기의 내용은 짧았지만 중간 중간에 말을 멈추고 숨을 고르느라 내용보다 시간이 많이 흐르고 만 것이다.

이야기는 모두 리카도의 관점에서였다. 그가 보고, 그가 느낀 점들이었기에 진실과는 거리가 있을 수 있었다. 하지만 될 수 있는 한 객관적으로 이야기를 전달하기 위해 리카도는 노력했다.

아니, 정확하게 말해서 객관적으로 들리게끔 노력했다. 리카도로서는 어떤 경우에라도 드노엘의 편을 들어주고 싶지 않았다. 그리고 행여나 그레이스가 혈육에 이끌려 드노엘을 동정하게 만들고 싶지도 않았다.

그렇기에 부인과 드노엘의 관계에 살을 붙여 불결하고 애욕에 미친 연인의 결과물로 만들어 버렸다. 어쩔 수 없었다. 만약 그레이스가 부친에 대해 조금이라도 긍정적인 생각을 가지게 된다면 그건 참을 수 없을 것만 같았다.

'이게 나란 인간의 한계지.'

리카도는 예의 익숙한 미소를 지으면서도 속으로 자신을 비웃었다. 아무리 좋은 사람인 척해도 뿌리까지는 아니었던 것이다. 너무도 인간적이고 인간적이어서 결국에는 자신을 보호하기 위해 거짓을 선택하고 만다. 그런 자신이 한없이 역겨우면서도 불쌍했다.

또한 그레이스가 눈치 챌까 두렵기도 했다.

"그날 밤 드노엘의 부탁대로 나는 그의 침실로 찾아갔었다. 그리고 그곳에서……."

도중에 말을 끊은 리카도는 입 안에 고인 침을 억지로 삼키며 손바닥으로 얼굴을 쓸어 내렸다.

처음 수후와 드노엘이 함께 있는 장면을 보았을 때의 충격이 아직까지도 생생했다. 리카도는 드노엘이 예상했던 것처럼 그 장면을 아무 여과 없이 그대로 받아들였다. 자신을 피하고 어려워하던 수후의 행동을, 드노엘과 관계를 가지고 있었기 때문이라고 판단한 리카도는 그냥 아무것도 못 본 척 되돌아가려고 했다.

"그런데 어두운 와중에 무언가 반짝이는 것이 보이더구나. 무심코 자세히 쳐다보니 그건 네 어머니 손에 있던 칼이었어. 그 칼이 드노엘의 등에 꽂힌 것은 정말 순간이었다. 말리고 말고 할 틈도 없었지. 드노엘은 비명을 지를 새도 없이 몇 번 헉헉거리다 그대로 실신하고 말았다. 칼이 허리 부분의 척추에 그대로 박혀 버렸기 때문에……."

작고 힘없는 여자가 했다고 믿기엔 너무도 깔끔하고 완벽한 솜씨였다. 짧은 순간에 작은 과도를 손잡이만 남기고 칼날 전부를 등에 박기란 여간한 남자도 하기 힘든 일이었다. 그것도 드노엘처럼 건장하고 체격 좋은 남자의 척추에 말이다.

너무 순식간에 벌어진 일이라 리카도는 상황을 이해하지 못하고 우두커니 서서 수후만 쳐다봐야 했다.

"네 어머니도 자신이 무슨 짓을 했는지 모르는 눈치였다. 과도가 원래 그 방에 있었는지, 아니면 네 어머니가 미리 준비해 두었던 것인지는 나도 모른다. 오직 그녀만이 아는 진실이겠지. 하지만 그게 계획된 것이었든 아니었든 그렇게 일을 크게 만들 생각은 없었던 게 분명해. 단지 드노엘에게서 빠져나오기 위해 휘두른 것이었는데……. 사람은 어려운 상황에 빠지면 종종 자신도 모르는 괴력을 발휘할 때가 있는데, 네 어머니도 그런 경우였을 거다."

짧게 숨을 내뱉으며 고통 때문에 비명도 못 지르다가 눈이 뒤집힌 드노엘의 밑에서 간신히 빠져나온 수후는 당황한 나머지 그 다음엔 무얼 어떻게 해야 할지 몰랐다. 당황해서 벌벌 떨기만 하는 그녀를 보고서야 제정신을 차린 리카도는 그녀에게 다가가 침대에 널려 있던 그녀의 옷을 챙겨주었다.

사정 같은 것은 중요하지 않았다. 그녀에게서 설명을 들을 여유도 없었다. 그와 그녀에게 중요한 것은 그것이 아니었다.

"그녀에게 옷을 입히고 성의 비밀 통로를 가르쳐 주어 마을로 도망 가게 했다. 그러면서 셰어도란트를 떠나라고 했단다. 드노엘이 살아난 다면 제일 먼저 죽일 사람이 그녀일 테니까."

수후를 보낸 후에 리카도는 드노엘의 침실로 돌아와 주변을 정리했 다. 정사의 흔적은 전혀 남기지 않고, 마치 자객에게 당한 것처럼 말이 다. 그리고 드노엘을 그대로 죽게 내버려 둘 수는 없었다. 당시 동생을 따르던 무리는 이미 쉽게 무시할 만한 세력이 아니었다.

그 상태에서 드노엘이 죽는다면 모든 혐의는 리카도에게 몰릴 여지 가 많았다. 그가 동생을 죽일 위인이 아니라는 것은 중요하지 않았다. 자신들이 따르는 주군이 살해당했다면 분노를 돌릴 상대가 필요한 법 이었다.

그리고 드노엘이 죽으면 가장 이익을 볼 자가 용의자일 수밖에 없는 건 당연한 일이었다. 물론 또 다른 용의자인 공작 부인이 있기는 했지 만 어차피 그들에겐 똑같았다. 공작이든 그의 부인이든 다를 게 무에 있나.

분노로 이성이 가려지면 보이는 게 없는 법이었다. 분노에 미친 자 들을 없애는 것은 어렵다고 해도 불가능한 일은 아니었다. 그럼에도 리카도는 드노엘을 살리려 했다. 살아서 리카도가 자신을 이렇게 만들 었다고 주장해도 좋았다.

살아서 오히려 그에게 대놓고 반기를 들고 전쟁을 시작해 주기를 바 랐다.

그래야 셰어도란트의 모든 주민들의 머리 깊숙이 박혀 있는 '사랑스 런 드노엘'이 사라질 수 있었다. 이대로 죽는다면 드노엘은 여전히 사 랑받는 존재로, 리카도가 죽어 그의 후계자가 셰어도란트를 지배하게 되어도 잊혀지지 않을 것이다.

어쩌면 그가 동생을 죽였을지도 모른다는 혐의가 평생 리카도에게 따라붙을 것이다. 아무리 그가 훌륭하고 인자한 지배자의 얼굴을 하고 있더라도 말이다.

그러기에 드노엘은 살아서 셰어도란트를 배신해야만 했다. 형을 배신하고 자신을 사랑했던 이들의 믿음을 배반해야 했다. 사람들의 가슴 속에 더 이상 그에 대한 애정이 남아 있지 않을 때까지 살아서 보여주어야 한다. 그들이 사랑했던 이의 추악함을.

오직 그것 때문에 드노엘을 살린 것이었다. 그리고 그걸 위해 수후를 떠나보냈던 것이다. 그날 밤, 진정 추악했던 것은 드노엘이 아닌 바로 자신이었다는 것을 리카도는 절대 잊을 수가 없었다.

하지만 사실 그대로 그레이스에게 이야기할 수는 없었다. 진실이 섞인, 하지만 결코 전부가 사실일 수 없는 이야기를 하며 리카도는 또 한 번 죄를 짓기로 결심했다.

"나로서는 동생이 죽도록 그냥 내버려 둘 수가 없었다. 무슨 짓을 해도 그 녀석은 내 동생이니까. 어쩌겠니, 그런 게 혈육인 것을. 하지만 드노엘이 깨어나면 네 어머니를 절대 용서하지 않을 것이기에 내가 셰어도란트를 떠나 멀리 도망가라고 했다. 너는 네 어머니가 너를 가져 이곳을 떠날 수밖에 없었다고 알고 있지만 진실은 이런 거야. 물론 그녀가 그날 밤에 이미 도망갈 준비를 하고 칼을 가지고 드노엘에게 왔을 수도 있다. 하지만 그런 그녀의 등을 떠민 것은 바로 나였다."

책상에 기대 힘없이 늘어뜨린 팔을 허벅지에 올려놓은 리카도는 아랫입술을 지그시 깨물며 다음 말을 이었다. 이제부터 하는 이야기는 진실이었다. 이제부터는 그가 겪었던 일들, 그가 생각해 오던 것들을 모두 숨김없이 이야기해도 괜찮았다.

"그날 일로 드노엘은 하반신이 마비되고 말았다. 과도에 찔린 곳의 신경이 끊어져 그 밑으로는 전혀 움직이지도, 느끼지도 못하게 된 거지. 훗, 위태로운 고비를 넘기고 가까스로 정신을 차린 드노엘이 가장 먼저 한 일이 수후를 찾는 일이었다. 자기가 한 짓은 고스란히 감추고 내 심부름이라며, 한밤중에 찾아온 그녀가 갑자기 등 뒤에서 칼로 찌른 것이라고 주장하더구나. 형의 심부름으로 왔다기에 안심하고 경계하지 않아서 생긴 일이라고 말이야."

리카도는 말을 하다가 어이가 없었는지 살짝 고개를 저으며 웃었다.

처음엔 그도 수후와 드노엘의 관계를 오해했었다. 하지만 그가 아는 그녀는 좋아하는 사람에게 칼을 들이밀 만큼 모질지 못했다. 작은 화초라도 밟을까 봐 까치발로 위태위태 걸어가던 뒷모습이 아직도 눈에 선했다.

그런 사람이 드노엘을 칼로 찔렀다면 그 관계는 뻔한 것이었다. 그런데도 드노엘은 눈을 뜨자마자 그녀와 리카도를 비방하며 저주했다. 당시 셰어도란트에 퍼진 소문을 이용해 리카도가 연인인 수후를 이용해 자신을 없애려 했다는 것이 주장의 요지였다.

정확히 말하면 자신을 제거하기 위해 순박한 하녀를 꼬여서 이용했다는 것이었다.

"수후가 어린 동생까지 버리고 야반도주한 것이 그 주장에 힘을 실어주었지만, 드노엘의 주장을 받쳐 줄 확실한 증거는 하나도 없었다. 수후의 공격에 드노엘이 당했다는 것 자체가 설득력이 부족한 이야기였으니까."

드노엘의 주장은 많은 허점이 있었다. 그가 이도 저도 아닌 평범한 남자였다면 사뭇 설득력이 강했겠지만 불행히도 그는 천재였다.

즉, 수후가 베르크너 공작인 리카도보다도 더 뛰어난 검의 귀재라 평가되는 드노엘에게 칼을 들이밀 정도의 능력자였느냐는 것이다. 단연 절대 믿기 어려운 소리였다.

몇 대가 토박이로 셰어도란트에 살았던 수후네는 평범한 일반인 이상의 것은 찾아볼 수 없는 집안이었다. 그뿐 아니라 수후를 어렸을 때부터 보았던 사람들은 이구동성으로 그녀의 결백을 증명했다.

여느 평범한 계집아이 이상의 힘은 절대 그녀에게 없었다. 분명 그녀가 사라진 것에는 피치 못할 사정이 있을 거라며, 하필이면 드노엘의 일과 수후의 실종이 운 나쁘게 겹친 것뿐이라고 감쌌다.

어쩌면 드노엘이 도리어 사라진 수후를 이용해 리카도를 모함한다는 이야기도 점차 나오기 시작했다.

그만큼 그들에게는 리카도란 존재는 절대적이었다. 드노엘을 사랑하기는 했다. 누구보다 좋아하고 따랐지만 리카도는 따뜻하게 자신들을 지배해 온 자였다. 그의 인품을 믿었으며, 그의 덕으로 인해 지금껏 편안하고 여유롭게 살아왔다.

이렇게나 자애로운 분이 동생을 시해하려 했다니, 결코 믿을 수 없는 이야기였다. 두 사람 중에 어느 누구를 믿어야 한다면 단연 리카도였다. 그만큼 그가 살아왔던 인생은 정직하고 올곧았다.

드노엘은 자신의 주장을 의심하는 이들을 납득시키기 위해 사실을 그대로 말해야만 했다. 아니면 수후가 리카도의 명령으로 자신을 유혹해 관계를 맺던 도중에 일을 저질렀다는 이야기라도 만들어야만 할 처지였다.

하지만 아무리 관계 도중이었다고 해도 드노엘이 평범한 여자가 내뿜는 살기를 감지하지 못했다는 게 말이 되지 않았다. 아무리 미미해도 무기를 들고 상대를 죽이려는 사람에게서 뿜어져 나오는 기운은 감출 수가 없는 법이었다. 특히 수후처럼 평범한 여자라면 더욱 말할 것도 없었다.

사실 드노엘이 그렇게나 쉽게 당한 것은 수후가 자신에게 살기를 내뿜는 것이 당연한 것이라 간주했기 때문이다. 그렇기에 그녀가 과도를 그의 등에 꽂는 순간까지도 드노엘은 자신의 주위에 퍼져 있는 살기를 무시했다. 제까짓 게 이래 봤자 뭘 할 수 있겠느냐는 방심이었다.

단연 알지도, 막을 수도 없는 잠깐의 사태였던 것이다.

그렇다고 이 모든 걸 사실대로 말할 수는 없는 처지였다. 무엇보다 자신이 그런 계집애와 살을 섞었다는 것 자체를 비밀로 하고 싶었다. 몸이 망가진 상태에서 또 다른 추담이 사람들 입에 오르내린다면 혀를 깨물어도 모자랄 정도로 치욕스러울 것이다.

이제 그에게 남은 것은 자존심 하나밖에 없었다.

그래서 어떤 점에서는 수후와 있었던 정사의 흔적을 없애준 리카도가 고마울 정도였다. 해서 그는 처음의 주장을 끝까지 유지해야만 했다. 그렇게 여러 면에서 이해되지 않는 부분들이 있었음에도 무조건적으로 그를 믿는 이들이 있었다. 리카도를 믿는 이들이 있듯이 드노엘에게도 그런 사람들이 있었던 거다.

수후를 모르는 이들, 드노엘을 깊이 사랑하던 이들, 기사로서 드노엘에게 충성을 맹세하던 이들에게 있어서 사실의 진실 여부는 중요하지 않았던 것이다.

그들에게는 오직 보이는 결과와 드노엘이 하는 말만이 진실이었다.

"결국 셰어도란트는 양분되고 말았다. 나를 믿는 이들과 드노엘을 따르던 이들과의 전쟁이 시작된 거지. 그 후의 이야기는 나중에 차차 알 수 있을 테니 굳이 이 자리에선 말하지 않으마. 내가 정말 네게 하고 싶은 말은……."

잠시 운을 떼며 주먹으로 입을 가리고 흠흠 거리던 리카도는 조금은 붉게 상기된 얼굴로 그레이스를 쳐다보았다.

"너는 나보다는 네 할아버지를 빼닮았다고 하는 게 맞을 거다. 나도 그분을 닮았거든. 우리 두 사람이 그분을 닮은 거야. 하지만 사람들은 그것까지는 알지 못할 거다."

"……?"

"모르는 사람들이 우리를 보면 그냥 부자지간이라고 믿어버리겠지?"

리카도의 말에 그레이스는 고개를 끄덕였다. 그가 봐도 리카도와 자신의 얼굴은 그대로 판박이였다. 아무 생각 없이 보자면 부자지간이란 오해를 살 만했다.

"그러니까 중요한 건, 네 어머니와 드노엘과의 일을 아는 사람은 아무도 없다는 거다. 드노엘이 고집스럽게도 그 부분에 대해서는 끝까지 자존심을 지켰지. 아마 너와 드노엘과의 관계를 의심할 수 있는 사람은 아무도 없을 거다. 그래서 너만 좋다면, 내 아들이 되어주련? 수후와 나의 아들이 말이야."

상기된 얼굴에, 이제는 쑥스러운 기색까지 드러내며 리카도는 그레이스에게 부탁 아닌 부탁을 했다. 그에게 아들이 없기 때문에, 비록 자신의 아이는 아니지만 베르크너 가의 피가 흐르는 직계를 구했다는 것 때문에 그레이스를 원하는 것이 아니었다.

그레이스가 드노엘이 아닌, 어느 모르는 남자의 아이였거나 여자 애였다 해도 그는 기뻤을 것이다. 누가 뭐래도 그레이스는 수후의 아이였고, 그의 아이였다.

예전부터 가만히 있다 보면 혼자서 하는 상상이 있었다. 자신이 베르크너 공작이 아닌 평범한 남자였다면, 그리고 걸릴 게 없는 미혼이었다면 길을 가다 우연히 마주친 수후를 아무 거리낌 없이 사랑할 수 있었을 것이다. 매일 매일 사랑을 고백하고, 남들처럼 서로 사랑에 빠지고, 진심 어린 청혼으로 서로의 사랑을 확인할 수 있었겠지.

상상 속에선 두 사람 사이에서 태어난 아이도 존재했다. 못 말리는 말썽꾸러기가 되었다가도 때론 너무 어른스러운 행동을 해서 부모를 깜짝 놀라게 하는 아이는, 무엇이 되더라도 언제나 사랑스럽고 소중한 그들의 아이였다.

그렇게 그들은 영원히 행복하게 살았다, 로 끝나는 동화처럼 살고 싶었다.

하지만 그건 어디까지나 상상이었고, 잠깐 꿈을 꾸다 깬 낮잠과도 같은 것이었다. 그런데 그 상상 속에서나 보던 아이가 지금 눈앞에 서 있다. 자신과 수후를 닮은 그토록 원하던 아이, 맘껏 아끼고 사랑해 주고 싶었지만 막상 그 실체는 아무것도 없었던 아이였다.

그러기에 그레이스는 어느 날 갑자기 떨어진 동생의 아들이 아니라, 언제나 그가 마음속으로 키워왔던 자신과 수후의 아이였던 것이다. 그의 마음속에서 매년 나이를 먹고 자라고 있는 그만의 아이.

정작 수후의 마음도 모르면서 혼자만의 상상으로 키워왔던 꿈이었다. 하지만 그건 어디까지나 리카도만의 마음이고 꿈이었다. 만약 그레이스가 싫다고 고개를 젓거나 혹시나 친아버지를 만나고 싶다면 어떤 대답을 해야 하나 조마조마했다. 이럴 줄 알았으면 드노엘에 대해 더 안 좋은 소리를 늘어놓을 걸 그랬나 하는 옹졸한 생각마저 들 정도였다.

"저는……."

리카도가 긴장감에 허벅지를 손바닥으로 툭툭 치고 있을 때 줄곧 그의 이야기를 듣고만 있던 그레이스는 차분한 목소리로 입을 열었다.

"저는 다인 그레이스입니다."

"그건……."

"제가 다인 그레이스라는 건 절대 변하지 않을 겁니다. 왜냐면 그건 어머니의 바람이니까요."

"수후의 바람이라니?"

책상에 기대던 몸을 바로 일으키며 당황해하는 리카도를 보면서 그레이스는 쓴웃음을 지었다. 붉게 충혈된 눈에서 당장에라도 눈물이 흘러내릴 것 같았지만 그의 얼굴은 여전히 무표정했다. 그 무표정함 속에 수많은 감정을 숨기며 그레이스는 말했다.

"어머니는 공작님을 정말 사랑하셨나 봅니다."

"……?"

"그게 제가 다인 그레이스로 남아 있어야 하는 이유입니다. 보스칸에서 어머니는 저를 위해 사셨지만 정말 지키고 싶었던 것은 공작님이었으니까요."

어렸을 적, 아직 머리가 여물지 않은 그레이스를 앞에 두고 수후는 많은 이야기를 해주었다. 그중에 몇몇은 결국 이해하지 못하고 그저 기억하는 수준으로 머리에 담고만 있었던 것들의 속뜻을 오늘에서야 깨달을 수가 있었다.

생계를 위해 몸을 팔던 어머니가 진정 원했던 것이 무언지.

"지키다니, 그게 무슨 소리니?"

하지만 애매한 그레이스의 말을 리카도가 이해할 수 있을 리 없었다. 당황해하는 리카도를 그레이스는 따뜻하게 변한 시선으로 바라보았다.

오늘따라 사랑이란 단어를 많이 들어야만 했다. 그리고 여러 가지의 사랑들을 보았다. 어머니의 사랑이 어떤 모습을 하고 있는지, 앞에 있는 베르크너 공작의 사랑이 무언지, '그 사람'의 처절한 사랑까지도 모두 들었다.

하나도 똑같은 게 없었고, 완벽한 것도 없었다.

하지만 다행인 것은 어머니에게도 지키고 싶었고 잊지 못한 사랑이 있었다는 것이다. 그리고 그것이 혼자만의 일방통행이 아니었다는 것이 그를 행복하게 했다. 그렇게나 지키고자 했던 베르크너 공작의 가슴에도 어머니가 있었던 것이다. 그것만으로도 족했다. 그것만으로도 충분히 행복하고 감사했다.

"어머니는 저에게서 공작님을 지키고 싶었던 겁니다."

"너에게서?"

"아들이 없는 공작님에게 저는 그리 유익한 존재가 아니라는 것을 아셨던 거죠, 어머니는."

차근차근 자신이 기억하는 옛이야기를 꺼내는 그레이스의 마음은 그 어느 때보다 차분하고 평안했다. 조금은 화가 나고 질투도 나련만 어머니의 바보 같은 순정에는 그저 웃음만 나올 뿐이었다.

하지만 리카도는 그렇지 못했다. 그레이스의 이야기를 듣던 그의 눈에선 어느새 눈물이 흘러내리고 있었다. 두 손으로 얼굴을 덮고 간헐적인 흐느낌을 뱉어내는 리카도를 이번에는 그레이스가 안아주었다.

그레이스와 리카도의 가슴엔 한 사람의 망령이 살고 있었다. 너무도 사랑스러운 그 사람을 언제가 돼야 기쁜 마음으로 보낼 수가 있을까.

*　　　　*　　　　*

"아빠가 둥지에 와 계신다고?"

복도에 우두커니 서서 실실 웃고 있는 자민트를 발견하고는 쪼르르 달려와 말을 걸었던 마마린느는 이안이 셰어도란트에 와 있다는 소리에 반색을 하며 되물었다.

"그런데도 마린느를 찾아오지 않고 어디서 뭐 하고 있는 거야?"

"밖에 계십니다. 공작님을 뵙는 게 어려우신가 봐요."

"흥! 아빠한테 어려운 사람이 어디 있어? 게다가 공작님하고는 예전부터 알고 지내던 사이라며."

"마지막으로 만나셨을 때 크게 싸우시고 헤어지셨거든요. 물론 할아버님 혼자서 큰 소리 치고 화내며 난리친 나머지 다신 이곳에 안 온다고 가신 거라, 아마 쑥스러우신 거죠."

드노엘에 관해선 언제나 미적지근한 리카도의 반응을 보다 못한 이안이 화를 내며 혼자서 난리를 쳤던 때가 있었다.

흥분해서 삿대질까지 하는 자신을 보고도 내내 웃기만 하는 리카도에게 화가 나서, 옆에 있던 의자를 발로 걷어차면서 다신 안 온다고 했던 것이 십 년 전의 일이었다.

중간에 그레이스가 끼어 있다고 해서 아무렇지 않은 듯 얼굴을 내미는 것은 이안이라도 면구할 거라는 게 자민트의 생각이었다. 물론 당치도 않은 추측이었다. 십 년 전의 일을 가지고 낯을 붉히며 데면데면할 만큼 이안의 성격은 섬세하지 못했다.

"흐응, 나는 지금 사비나 언니하고 만나기로 약속해서 아빠한테 갈 시간이 없는데……. 그럼 아빠보고 마린느가 나중에 보자고 했다고 전해줘. 그리고 얼른 공작님하고도 화해하라고 해! 아마 공작님은 예전 일은 벌써 다 잊어버렸을 테니까 걱정 말라고 말이야."

손가락을 입술에 넣으며 이안을 만나러 갈지 사비나와의 약속을 지킬 것인지를 갈등하던 마마린느는 결국 후자를 선택했다. 아버지보다는 언니와 노는 게 더 좋은 나이가 되어버린 마마린느였던 것이다.

"그렇게 전해 드리, 아! 여기입니다."

마마린느에게 알았다고 대답하려던 자민트는 공작의 집무실에서 나오는 그레이스를 보며 손을 흔들었다.

"기다리고 있었습니다. 공작님과는 어떻게 잘……."

오해없이 이야기는 잘 마무리되었는지가 궁금하던 자민트는 그레이스가 다가오자마자 그에 관한 질문을 하려 했다. 하지만 처음 집무실에 들어갔을 때처럼 모자를 푹 눌러쓰고 있는 그레이스의 분위기가 심상치 않자 도로 입을 다물고 말았다.

"누구?"

공작의 집무실에서 나오는 그레이스를 보며 마마린느가 자민트의 바지를 잡아당기며 물었다.

"아, 이쪽은……."

이제 공작님하고도 만났으니 그레이스를 뭐라 불러야 할지 애매했다. 이제는 이름을 소개할 때 당연히 베르크너라는 성을 써야 하는 게 아닌가 해서 잠시 당황해 버렸다.

"그레이스, 다인 그레이스라고 해. 네가 마마린느지?"

"네!"

"초상화보다 더 예쁘게 생겼구나."

자민트가 당황해하는 사이 그의 대답을 중간에 가로챈 그레이스는 두 손을 무릎에 갖다 대고 허리를 굽히며 마마린느를 내려다보았다. 긴 붉은 리본으로 금발 머리를 한데 묶은 마마린느는 이안의 저택에 있던 초상화보다 훨씬 귀엽고 예뻤다.

당시에는 묘하게 꼬인 속으로 마마린느의 초상화를 보았지만 실제로 만나 보니 무척이나 귀엽게 생긴 소녀였다.

"마린느의 초상화를 봤어요?"

"응! 이안이 무지 자랑을 많이 하더라."

"헤헤, 아빠는 원래 그래요. 그런데 아저씨, 무슨 안 좋은 일이 있었어요?"

"응?"

"무지 슬퍼 보여요. 아니, 아픈 건가?"

마마린느는 스스럼없이 그레이스를 아저씨라고 불렀다. 그가 자신의 초상화를 보았다면 티로이의 저택을 방문했다는 뜻이었다. 그리고 자민트와 아는 사이인데다가 아버지를 이안이라고 부른다면 호마린 자작에 대해 모든 것을 알고 있다는 걸 의미했다. 즉, 그레이스는 아버지의 친구이거나 동업자란 소리였다.

그러기에 젊어 보이는 그레이스에게 아저씨라는 호칭을 사용하는데도 전혀 어색하지 않았다. 이안을 보고 자라서 외모를 보고 나이를 평가하는 버릇이 없다는 점도 있을 것이다.

그런데 왠지 음울한 기운이 느껴지는 그레이스를 보고 고개를 갸웃거리며 걱정을 했다. 어린 마마린느가 보기에 그레이스는 아파 보이기도 하고, 슬퍼 보이기도 해서 괜히 마음이 쓰였던 것이다.

"마린느가 호~ 해줄까요? 그러면 안 아픈데."

"아픈 게 아니야."

자신을 아저씨라고 부르는데도 전혀 거부감이 들지 않은 그레이스는 마마린느의 머리를 쓰다듬어 주며 대답했다.

"반대로 무지 기분이 좋아."

"그런데 왜 금방이라도 울 것 같은 표정으로 있어요?"

모자를 눌러썼지만 아래에서 올려다보기 때문에 그레이스의 얼굴을 볼 수 있었던 마마린느는 코끝을 찡그리며 물었다. 전혀 감정이 드러나지 않은 무표정한 얼굴인데도 이상하게 마마린느는 대번에 알 수가 있었다. 이 아저씨가 울고 싶어한다고.

"기뻐서도 울 수 있는 거야."

"그러기엔 너무 분위기가 우중충해요, 아저씨는."

두어 걸음 뒤로 물러나 그레이스를 전체적으로 훑어보던 마마린느는 손으로 턱을 괴며 잠시 생각하더니 머리를 묶고 있던 리본을 풀었다.

머리를 묶는 리본으로 쓰기에는 너무 길어서 마침 반으로 자를까 생각하던 물건이었다. 하지만 선명하고 깨끗한 붉은색이 너무 마음에 들어 망설이고 있던 중이었다.

"이거 굉장히 아끼는 거지만 아저씨 줄게요. 아저씨는 너무 음침해서 이런 거라도 목에다가 묶고 다니면 좀 나을 거야."

대뜸 그레이스의 셔츠 칼라에 리본을 매준 마마린느는 예쁘게 모양까지 만들어주며 쫑알쫑알 말을 이었다.

"검은색 옷하고 하얀 셔츠에 붉은 끈 리본이 정말 잘 어울려요. 이러면 보는 사람도 경쾌하고 좀 좋아요? 붉은색은 화려함을 상징하지만 바로 생명을 의미하기도 한댔어요. 빨간색은 피가 연상돼서 싫다는 사람도 있지만, 피는 죽음이 아닌 살아 있다는 증거라고 해요. 붉고 아름다운 피는 살아 있는 자에게만 허용된 소중한 힘의 원천이라고 베로니카가 말해 줬어요. 뭐, 정작 베로니카는 그게 무슨 뜻인지도 모르고 그냥 남이 자기한테 해주었던 이야기를 고스란히 읊은 거지만 말이에요."

리본을 다 매준 마마린느는 생긋 웃으며 작품을 감상하듯 하얀 칼라에 묶인 붉은 리본을 쳐다봤다.

그레이스가 창이 깊고 넓은 모자를 쓰고 있어서 전체적으론 어울리지 않았지만, 긴 붉은색 리본이 음침해 보이던 그레이스의 분위기를 다소 밝아 보이게 만드는 건 확실했다. 그것만으로도 소기의 목적을 달성한 마마린느는 여봐란 듯이 허리에 두 손을 올리며 의기양양했다.

"정말 어울린다! 아저씨, 이거 절대 풀지 말아요. 아저씨한테 정말 잘 어울려요. 내가 또 예쁜 붉은색 리본 있으면 아저씨한테, 앗! 사비나 언니 만나기로 했는데 늦어버렸다."

말을 하다가 사비나와의 약속을 기억해 낸 마마린느는 발을 동동 구르며 치마 끝을 들어 올리고 뛰어가기 시작했다.

"조카, 그리고 우울한 아저씨! 다음에 만나요."

물론 자민트와 그레이스에게 손을 흔들어 인사하는 것도 잊지 않았다. 앞으로 뛰어가면서 뒤도 돌아보지 않고 하는 무성의한 인사였지만 말이다.

급하게 뛰어가는 마마린느를 잠시 쳐다보다가 그레이스는 목에 맨 붉은 리본을 손으로 만지작거렸다. 부드러운 실크의 감촉이 차가우면서도 매끄럽게 손가락에 감겼다. 세탁하는데 신경 좀 써야 할 것 같다.

그나저나 마마린느가 해준 말이 인상적이었다.

'붉은색은 살아 있다는 증거다.'

그레이스는 소녀의 말을 속으로 중얼거려 보다가 문득 어렸을 때 자신도 이런 붉은색에 매혹된 적이 있음을 떠올렸다. 가을날의 높고 푸른 하늘만큼이나 아름다웠던 붉은 사과.

어찌나 탐스럽고 맛있어 보이던지 비싸다는 것을 알면서도 사고 싶었다. 그래 그때 한 소년의 도움으로 원하던 양만큼의 사과를 살 수가 있었다. 그리고 돌아오면서 만났던 한 소녀. 왠지 죽은 여동생이 생각나 선뜻 사과 하나를 주고 말았다.

"하아."

그날 만났던 것이다, 다이안 국왕과 실라를. 어머니와의 추억이 아니면 다른 것은 모두 단순한 기억일 뿐이었기에 깊이 새겨두지 않았던 일들이었다. 그래서 다시 두 사람을 만났어도 바로 기억하지 못했다.

하지만 그렇다고 완전히 잊어버린 것도 아니었다. 덕분에 이제는 비오던 날 국왕이 자신에게 물었던 뜻 모를 말들의 의미도, 이상하게 실라에게는 무엇이든지 주고 싶었던 자신의 마음이 무언지도 비로소 알 수 있었다.

사실 그레이스에게는 다이안보다 실라가 더 분명하게 가슴에 새겨 있었다. 기억하지는 못해도 그날 그레이스에게 존재를 분명하게 각인시켰던 것은 아무래도 그녀였던 것이다. 그래서 무의식 중에도 그녀가 더 마음에 쓰였던 것이고.

"저… 그레이스 군?"

리본을 만지작거리며 생각에 잠긴 그레이스를 자민트가 조심스럽게 불렀다. 자민트의 부름에 번득 현실로 돌아온 그레이스는 처음 셰어도란트에 오기로 결심했던 목적을 말했다.

"아! 이모님, 이모님을 뵙고 싶은데."

"안내하겠습니다. 이미 연락해 두었으니 지금 당장 찾아가도 문제는 없을 거예요. 그런데 붉은색이 의외로 잘 어울리네요."

"그런가요?"

"네. 그냥 하는 소리가 절대 아닙니다."

자민트의 말에 그레이스는 모자를 양손으로 잡아 아래로 끄집어 내렸다. 아직 앞으로의 일은 아무것도 정하지 못했다. 이곳에 남아 있을지, 떠날지. 무엇을 선택하더라도 그의 이름이 다인 그레이스라는 것은 변하지 않을 것이다.

어머니가 지켜주고 싶었던 것을 그도 지키고 싶었다. 비록 리카도가 원하는 것이 그게 아니라 해도 그레이스에게 있어 언제나 우선 순위는 어머니였다. 그러기에 어머니의 뜻을 따를 것이다.

붉은 피가 그의 몸에 흐르는 동안.

조각은 모아봤자 조각이다

안절부절못하고 가게 안을 왔다 갔다 하며 초조해하던 에스더는 결국엔 땀이 찬 두 손을 꼭 쥐고는 의자에 앉아버렸다. 자민트가 조카를 데리고 곧 셰어도란트에 도착한다는 전언을 보내준 후부터 줄곧 이런 상태였다.

초조와 기대가 적당히 버무려져서 도저히 진정이 되지가 않았다.

"안녕, 내가 네 이모란다. 아니, 아니, 이건 아니야!"

생긋 웃는 얼굴로 손을 흔들면서 책을 읽듯 인사말을 중얼거려 본 에스더는 결국 두 손으로 머리를 감싸며 도리질을 치고 말았다. 첫인상이 중요하다는데, 대체 어떤 말과 행동으로 조카를 맞이해야 할지 당최 감이 오지 않는 것이다.

딸랑딸랑.

가게 문이 열리면서 방울 소리가 울리자 에스더는 **빳빳한** 차려 자세로 벌떡 자리에서 일어섰다. 아직 마음의 준비가 안 됐다고 혼자서 외쳐 봐야 찾아오는 사람을 막을 수는 없는 일이었다.

그래도 설레는 마음을 어쩌지 못한 에스더는 잔뜩 긴장한 채 문을 열고 들어오는 이를 쳐다봤다. 정확히 말하면 자신도 모르게 뚫어지게 노려봤다는 것이 옳겠다.

하지만 다행인지 불행인지, 문을 열고 들어오는 이는 자민트 일행이 아닌, 그냥 그렇고 그런 손님이었다. 순식간에 김이 새고 만 에스더는 흐물흐물 의자에 쓰러지듯 걸터앉아 버렸다.

"에스더, 오늘은 어떤 게 맛있어?"

"다 맛있어요."

"그래도. 매 시간마다 갓 구운 빵이 다르……."

이것저것 건드려 보며 빵을 고르던 여자는 평소와는 다르게 짧고 무뚝뚝한 에스더의 대답이 이상했는지, 의아해하며 뒤를 돌아보다가 그대로 그 자리에서 굳어버리고 말았다.

순간 밝았던 가게 안이 이상하게 어두워진다 싶었다. 그뿐 아니라 팔짱을 낀 채로 의자에 앉아 있는 에스더의 주위로 왠지 위험한 어둠의 그림자가 뭉글뭉글 피어오르고 있다는 착각이 드는 건 왜일까.

때맞춰 도톰하고 오밀조밀한 그녀의 입술이 비틀어지면서 음산한 음성이 가게에 울려 퍼졌다.

"아무거나 후딱 골라서 그냥 가시죠?"

"그, 그럴 생각이었어. 이, 이걸로 살게. 얼마지?"

"32렌, 안녕히 가세요. 언제나 저희 가게를 이용해 주셔서 감사합니다."

옆에 있던 아무 빵이나 집어 들고 물어보는 손님에게 에스더는 가격을 말해 주며 아직 값도 치르지 않은 손님에게 배웅 인사를 해버렸다. 그 기세에 눌린 손님이 빵을 봉지에 담아달라는 말도 못하고 서둘러 가게를 떠나자, 에스더는 손으로 머리 모양을 다듬으며 투덜댔다.

"이런 날엔 아무리 손님이라도 전혀 반갑지 않다고. 자기들이 알아서 조심해 주면 좀 좋아? 괜히 긴장했네. 흠흠, '안녕!' 이건 너무 평범해. '어머, 귀여워라~ 네가 그레이스구나!' 이건 또 너무 닭살스럽고. '세상에나~ 언니를 쏙 빼닮았구나!' 라고 했다가 전혀 안 닮았으면 민망하잖아."

다시 본격적으로 조카와의 만남을 준비하던 에스더는 근엄한 표정을 지어 보였다가 두 손을 꼭 잡고 눈을 연신 깜박여 보기도 하고, 눈물이 그렁한 시선으로 허공을 쳐다보는 등등 극적인 상황들을 연출해 보았지만 그럴싸한 인사법을 찾지 못해 여전히 속만 탔다.

딸랑딸랑.

또 가게의 종소리가 울리자 에스더는 다시 한 번 뻣뻣해진 관절에 힘을 주며, 설마 또 손님인가 하는 짜증과 조카를 데리고 온 자민트일수 있다는 기대와 초조감으로 가게 입구를 쳐다봤다.

아니나 다를까, 이번에 가게 문을 열고 들어오는 이는 자민트였다. 순간 머리가 하얗게 되면서 그동안 준비했던 인사말들이 하나도 생각나지 않았다. 그냥 치맛자락을 꼭 틀어쥐고 저도 모르게 자민트에게 달려갔다.

자민트는 그를 향해 달려오는 에스더를 발견하고는 옆으로 살짝 몸을 비켜 길을 터주었다. 그녀가 뒤에서 따라오는 그레이스를 잘 볼 수 있도록 하기 위해서였다. 하지만 그레이스를 보자마자 기뻐서 활짝 웃을 거란 예상과는 다르게 에스더는 움찔 놀라며 걸음을 멈추고 말았다.

아닌 게 아니라 자민트의 뒤를 따라오는 그레이스와 이안을 보았다면 누구라도 인상을 쓸 수밖에 없을 것이다.

분명 귀여운 사내아이가 보일 거라 생각했는데, 아이는 온데간데없고 웬 훤칠한 사내 둘만 보이니 당황할 수밖에. 에스더는 커다란 눈을 말똥말똥 뜨며 세 남자를 번갈아 쳐다보았다.

"저, 제 조카는……?"

에스더가 내 조카는 어디에다가 내버리고 왔냐는 투로 넌지시 물어보자, 아직 사태를 파악하지 못한 자민트는 당당하게 손을 활짝 펴 그레이스를 가리켰다.

그런데 그 동작이 미묘하게 어긋나서 나란히 서 있는 그레이스와 이안을 함께 가리키는 형국이 되고 말았다. 즉, 어느 쪽이 조카인지 에스더로서는 한 번에 알아내기 애매한 입장이 되고 만 것이다.

그렇다고 이모가 되어가지고 꼬치꼬치 어느 쪽이 조카냐고 자민트에게 대놓고 다시 물어보기도 면목이 서지 않아 그녀는 뚫어지게 두 사내를 쳐다봤다. 느낌이 올 것이다, 느낌이. 끈끈한 혈육만이 아는 그런 느낌이.

귀엽게 생긴 십대 중후반쯤 되어 보이는 녀석과 부담스럽게 큰 키에 모자를 푹 눌러쓴 녀석 중에, 분명 그녀의 조카가 있다면 보는 순간 알 수 있을 거라고 에스더는 확신했다.

조카를 기다리는 동안 계속 작고 귀여운 소년만 상상해 오던 에스더는 조카가 사실은 청소년 내지는 청년이었다는 게 도저히 믿기지 않았다. 그 괴리가 너무 커서 쉽게 받아들일 수가 없었다. 하지만 침착하게 생각해 보면 자민트는 조카가 몇 살이라고 그녀에게 말해 준 적이 없었다.

결국 '어린 조카'를 위해 준비해 놓은 장난감과 옷들은 돈지랄로 끝나고 만 것이다. 예쁜 달과 별이 그려진 파란 커튼과 침대 시트는 민망해서 어쩌하나.

또 조카를 위해 꾸며놓은 방에 턱하니 자리 잡은 어린이용 작은 책상은 또 어떻게 하지. 아마도 조카를 그 방에 데려가면 비웃음을 살게 분명했다.

살짝 자민트를 강하게 노려봐 준 에스더는 눈을 꼭 감고 마음을 다독였다. 그래, 나이가 무슨 상관이 있으랴. 어리거나 크거나 자신의 조카였다. 이모의 손길이 필요한 아이는 아니지만 그렇다고 싫은 것은 아니었다.

기대하고 상상했던 귀엽고 작은 조카에 대한 미련은 한쪽에다가 구겨 버린 그녀는 앞으로 달려가 조카라 생각되는 녀석을 끌어안았다. 한 번에 느낌이 오는, 진한 혈육의 정이 느껴지는 이안을 말이다.

"어서 와!"

준비했던 많은 말들이 간단하게 이 한마디에 녹아내려 갔다. 이렇게 쉬운 것을 뭘 그렇게나 고민하고 생각했는지 우스울 정도였다. 하지만 그녀가 느끼는 진한 혈육의 정은 주소가 틀려도 한참이 틀린 육감이었다.

"저……."

"난 아닌데."

"……?"

당황해서 손을 내젓는 자민트와 이모를 보고도 반가운 기색은커녕,

난처한 얼굴로 뒤쪽을 가리키는 조카―라고 생각되는 녀석―의 입에서 흘러나오는 굵직한 목소리에 놀란 에스더는 화들짝 놀라 주르륵 뒤로 물러나 버렸다.

참으로 빠르고 깔끔한 동작이었다. 하지만 에스더가 놀란 것에 비하면 이는 아무것도 아니었다.

얼굴은 마시멜로우와 생크림으로 장식한 케이크같이 생긴 녀석이 목소리는 마늘 빵처럼 딱딱하고 중후한 풍미가 느껴지는 게, 마치 중력분으로 만들다가 실패해서 겉만 번지르르하고 속은 절대 아닌 식빵과 비슷했다.

마시멜로우와 생크림과 마늘 빵에 부풀다가만 찐득찐득한 식빵을 머리 속에 그리며, 에스더는 자민트와 이안이 눈빛과 손짓으로 결사적으로 가리키는 나머지 한 사람을 올려다봤다.

작은 키의 에스더가 고개를 높이 쳐들어야만 얼굴이 보일 정도로 청년은 키가 컸다. 모자를 쓰고 있는 그는 묵묵히 에스더를 내려다볼 뿐가타부타 아무 말이 없어 분위기는 점점 어색해져만 갔다.

"이쪽이 일전에 제가 말한 에스더 양의 조카인 그레이스 군입니다. 그리고 그쪽은 제 친척이고요."

분위기를 만회하기 위해서 자민트는 이안을 자기 쪽으로 끌어당기며 그레이스를 에스더에게 소개했다.

"호호, 저도 알아요. 그냥 장난! 장난 좀 쳐본 것뿐이에요. 설마 제가 조카도 한눈에 못 알아봤겠어요?"

에스더는 수줍게 웃다가 자민트에게 손사래를 치며 누구도 뻔히 눈치 챌 만한 거짓말을 했다. 앞의 행동은 정말 장난이었다는 듯이 말이다. 하지만 더욱 어색해지기만 한 분위기를 참다못한 에스더는 심호흡을 몇 번 하고 자민트가 조카라고 내민 청년을 올려다보았다.

쓰고 있는 모자 때문에 얼굴이 잘 보이지 않아 딱히 무슨 느낌이 오는 건 아니었다. 그보다는 놀랍게 큰 키와 마른 체격에 위화감이 먼저 들었다.

언니의 아들이라고 하기엔 너무 컸다. 과연 언니의 작은 몸에서 저런 큰 녀석이 나올 수가 있기는 한 건가. 그리고 언니는 대체 언제 누구와 저렇게 다 큰 아들을 낳은 것일까. 저만한 아들이라면 분명 셰어도란트를 떠나자마자 바로 낳았을 게 분명했다. 어렴풋이 언니의 가출을 짐작하게 된 에스더는 치맛자락을 꼭 쥐었다.

당연히 언니의 일을 몰랐던 그녀로서는 조카가 저렇게 크고 다 큰 청년일 줄은 전혀 짐작도 못한 일이었다. 때문에 조카를 앞에다 두고도 엄한 녀석을 끌어안는 실수를 해버린 것이다.

만약 자민트가 조금이라도 암시를 주었다면 이런 실수는 물론 돈지랄에, 조카를 못 알아본 미안한 일은 절대 하지 않았을 터였다.

"저 자민트님, 잠시 할 이야기가 있는데……. 이모가 자민트님께 할 말이 있으니까 우리 그레이스는 여기서 좀 쉬고 있어."

이안은 본체만체하고, 의자 하나를 그레이스에게 건네준 에스더는 얌전하고 참한 미소로 자민트를 손짓해 부르면서 이층으로 연결된 계단으로 올라갔다. 헤헤 웃으며 멋쩍게 그 뒤를 따르는 자민트가 이층으로 사라지자, 이안은 두 손바닥을 활짝 펴서 내려다보더니 작게 소곤거렸다.

"작아."

"응?"

"절벽이야, 절벽! 불쌍한 녀석."

"흠흠."

잠시지만 에스더에게 안겨본 이안은 그녀의 납작한 가슴에 충격을 받았는지 연신 불쌍한 녀석이라는 소리를 중얼거렸다. 절벽이 무얼 뜻하는지 정도는 잘 아는 그레이스는 괜히 가게를 둘러보는 등 딴청을 피우느라 이안이 말하는 불쌍한 녀석이 누굴 뜻하는지 깊이 생각하지 못했다.

이층으로 올라가자마자 벽에다가 손 하나를 짚고 선 에스더는 바로 뒤따라오던 자민트를 옆 눈으로 노려보며 따지듯 물었다.

"정말, 저 키가 큰 청년이 '우리 그레이스' 맞나요?"

"네!"

"정말?"

"그럼요. 제가 에스더 양에게 거짓말 할 이유가 어디에 있겠어요."

"전에 제게 이야기했을 적에 조카가 귀엽다고 하지 않았나요?"

"그랬나요? 그때는 그냥 착하다는 말만 했던 것 같은데요. 하긴 말하지는 않았지만 그레이스 군이 귀엽기는 하죠."

"으, 으으!"

자민트의 대답에 순간 말을 잃은 에스더는 이를 앙다물며 주먹을 꽉 쥐었다. 생각해 보니 자민트가 조카를 가리켜 귀엽다거나 어리다고 한 적은 없었다. 괜히 그녀 마음대로 혼자서 소설을 썼던 거다.

하지만 자민트가 그 상상을 부추겼다는 것은 부인할 수가 없을 것이다. 줄곧 그레이스가 어린애라도 되는 양 에스더에게 이야기해 주었으니 말이다. 지금만 해도 귀엽다니, 대체 누가. 그렇다고 어떤 의미에선 조카를 칭찬하는 남자에게 그건 아니라고 따질 수도 없는 일이었다.

하지만 사랑에 눈먼 자민트는 그를 째려보며 이를 가는 에스더의 얼굴을 멍하니 쳐다보다가 아무 생각 없이 히죽 웃고 말았다.

원래 에스더는 얌전하고 순후한 성격의 여자였다. 아무리 놀려대도 자기 혼자 울며 끝내 버리지, 따지거나 화를 내는 경우는 거의 본 적이 없었다. 하지만 너무 어린 나이에 혼자가 되어버린 그녀는 억척스러워질 수밖에 없었다.

아무리 공작님이 남모르게 도와줬다지만 이렇게 가게를 차리고 당당하게 혼자서 살아온 것은 오직 그녀만의 노력과 힘이었다.

자민트는 그런 그녀가 자랑스럽고 대견스러웠다. 머리를 쓰다듬어 주며, 정말 잘했다고 칭찬해 주고 싶었다. 그러기에 예전 어리고 순하기만 했던 에스더가 아닌, 화가 나면 화를 내고 어두침침한 오라를 뿌리며 음침하게 구는 그녀도 너무 좋았다.

새삼 느끼는 것이지만 에스더는 뭘 해도 예뻤다. 째려보는 옆얼굴이 어떻게 저렇게 단아하고 귀여울 수가 있을까. 아마 그레이스도 저런 이모를 닮아서 그렇게 귀여운 거라고 확신하는 자민트는 팔불출도 이만하면 국보급으로, 국가 차원의 보호가 필요하지 않을까 싶을 정도였다.

하지만 이런 자민트의 마음을 에스더가 알 도리는 없었다. 그녀는 그의 마음을 읽는 방법을 몰랐다. 말하지 않으면 절대 알 수가 없었다. 사랑은 말하지 않아도 밖으로 흘러나와 감출 수 없다는 것은 일부 감이 좋은 사람들의 잘난 체에 불과한 소리였다.

적어도 에스더는 말하지 않으면 아무것도 모르는 유형이었다.

해서 에스더는 그녀를 보며 실실 웃어대는, 사실은 그녀가 너무 예뻐 보여서 바보처럼 싱글벙글 웃고 있는 자민트의 마음을 잘못 이해하고 말았다.

기억 속의 자민트는 어렸을 때부터 그녀를 놀리는데 재미가 붙은 사람이었다.

말장난에서부터 살금살금 건들고 도망치는 것까지, 잠시도 그녀를 그냥 두는 법이 없었다. 오랫동안 보지 못하다가 성인이 되어 만난 후에는 사람이 진득해져서 변한 줄 알았는데 실은 아니었던 거다. 여전히 그는 그녀를 두고 장난치는 것을 즐기고 있었던 것이다.

"일부러 그랬던 거죠?"

"예?"

"일부러 내게 그레이스의 나이를 말해 주지 않았던 거였죠? 그래서 나 혼자 착각하게 만들어 이렇게 놀리니까 좋아요? 이게 뭐야! 완전히 첫 만남부터 엉망이 되었잖아요."

"무슨? 깜박하고 말하지 않은 건 실수지만 다른 나쁜 뜻이 있었던 건 절대 아니에요."

"그럴 리가요. 날 가지고 장난치지 못해서 항상 안달이던 사람이 바로 당신이잖아요. 하긴 그러면 그렇지, 자민트 주제에 여태 날 괴롭히지 않고 가만히 있었던 게 이상했어."

"안달이라니요? 그때는 뭘 모르고 어려서 좀 장난을 쳤다뿐이지……."

"내가 언제까지고 당신 장난감인 줄 알아요? 이젠 진짜, 진짜 안 믿어!"

에스더는 적당히 반말과 존대를 섞어가며 자민트에게 쏘아붙였다. 일단 화가 난 상태라 어떤 말도 변명으로밖에 들리지 않았다.

"이건 정말 오해예요."

"오해일 리가 없잖아. 난처해하는 나를 보는 게 그렇게 좋아? 내가 어떤 마음으로 당신하고 그레이스를 기다렸는데……. 정말 나쁜 사람이야."

결국 에스더는 눈물을 글썽이며 일층으로 내려가 버렸다.

절대 아니라고 결백을 주장하는 자민트와 이젠 안 속는다고 중얼거리는 에스더의 모습은 이십 년 전과 조금도 달라진 게 없었다. 자기 마음을 표현하는 방법을 몰랐던 서투른 소년과 그런 그의 마음을 몰라주었던 어린 계집애는 그때나 지금이나 답답하기는 마찬가지였던 것이다.

하지만 그만큼 더 가까워진 것도 사실이었다. 둘 사이를 가로막고 있던 격식과 어색함이 서서히 무너지고 있었던 것이다.

"나가, 너도 나가!"

화가 난 에스더는 해명하기 위해 뒤따라오는 자민트의 소매를 붙잡아 가게 밖으로 밀어버리고는 그런 그들을 멀뚱히 쳐다보고 있던 이안까지 싸잡아서 내쫓아버렸다. 보통이라면 자민트만 내쫓았겠지만 그의 친척이라는 말에 이안을 보는 눈도 그리 곱지 못했다.

"너는 왜 나가니? 이제부터 여기가 네 집이야."

쫓겨난 두 사람을 따라 그레이스도 덩달아 나가려 하자 에스더는 얼른 그의 손목을 붙잡으며 말렸다.

그런데 얼떨결에 잡기는 잡았지만 둘 사이에 감도는 어색함에 이모와 조카는 잠시 아무 말도 못하고 서로를 쳐다보기만 했다. 그러다가 용기를 낸 에스더가 먼저 입을 열었다.

"아깐 미안했어. 난 조카라고 해서 작은 아이인 줄만 알았거든. 내가 아는 언니는 지금의 나보다 더 어리고 작아서 너같이 큰 아들이 있을 거라고는 상상도 못했지 뭐야. 이모가 못 알아봐서 섭섭했지?"

솔직하게 자신의 감정을 고백한 에스더는 그레이스를 두 팔로 꼭 안아주면서 사과했다. 내내 조카를 만나게 되면 한눈에 알아볼 수 있을 거라 자신했었기에 그녀가 느끼는 미안함은 더욱 컸다.

하지만 그 마음은 팔과 손바닥에서 느껴지는, 살이라곤 전혀 없는 뼈밖에 잡히지 않는 몸 때문에 그리 오래가지 못했다.

"이게 뭐니……. 왜 이렇게 마른 거야?"

그레이스를 품에서 떼어내 위아래로 내려다보던 에스더는 키만 컸지 볼품없이 마른 조카가 너무 안쓰러워서 손으로 매만지며 중얼거렸다. 속에서 뜨거운 것이 울컥 치밀어 오르는 듯했다. 대체 이안의 친척이라는 사람들은 애를 돌보면 잘 먹이기나 할 것이지 이렇게 마르도록 대체 뭘 한 것이지. 다시 한 번 자민트에게 화가 난 에스더는 식식거리며 조카 몰래 이를 갈았다.

"얼마나 고생을 했으면……. 이젠 걱정하지 마, 이모는 엄마 대신이라고 했어. 내가 널 지켜줄 거야. 그런데 계속 그렇게 모자만 쓰고 있을 거니? 우리 그레이스 얼굴 좀 보자."

엉덩이를 툭툭 치며 자신을 아이 다루듯 하는 에스더의 행동에 적응이 안 돼서 잠시 얼어붙어 있던 그레이스는 그녀의 말에 천천히 모자를 벗었다. 오늘은 왠지 계속 아이 취급을 받기만 해서 어색하면서도 색다른 기분이었다. 누군가가 이렇게 자신을 원하고 있었다는 사실에 심장이 두근거리기도 했다.

모자를 벗자 제일 먼저 보이는 것은 결 좋은 아름다운 은발이었다. 그리고 하얀 피부와 하늘을 닮은 푸른 눈동자에 에스더는 눈을 깜박이다가 손등으로 눈을 비볐다.

분명 오늘 처음 본 조카인데 어째 얼굴이 많이 낯익었다.

마치 수십 년은 알고 지내왔던 사람인 듯 편안하기마저 했다. 어쩌면 조카의 부친이 자신이 아는 사람일 수도 있다는 추측에 에스더는 하나씩 아는 사람들의 얼굴을 떠올려 보았다. 몇 사람 떠올리지도 않았는데, 그레이스의 얼굴에 어떤 사람의 얼굴이 겹치기 시작했다.

"아! 어디서 많이 본 얼굴 같다 했더니 공작님하고……."

그레이스가 누굴 닮았는지 깨달은 에스더는 웃으며 말을 하다가 입을 다물고 말았다. 천천히 고개를 들어 빤히 그레이스를 쳐다봤다가 고개를 숙여 뭔가 골똘히 생각하고, 다시 고개를 들어 쳐다보기를 반복하더니.

"으에에엑!"

에스더의 비명 소리는 아직 가게를 떠나지 않고 밖에 서 있던 이안과 자민트에게도 들릴 정도로 크고 처절했다.

"에스더 양이 꽤나 놀랐나 보네요."

"그럴 만하지."

어느새 담배를 꺼내 물던 이안이 대충 고개를 끄덕이며 대답했다.

"아무리 좋아도 저렇게 소리를 지르면 목에 안 좋을 텐데. 저러다가 목이라도 쉬면 우리 에스더 안쓰러워서 어떻게 하죠? 하긴 그동안 가족 없이 외롭게 살다가 조카가 생겼으니 좋기는 할 거예요, 그렇죠?"

자민트는 에스더에게 쫓겨났다는 충격도 금세 잊고 그녀의 비명 소리를 조카를 만난 기쁨의 함성으로 오해하고 괜히 혼자서 짠해했다. 저 날카로운 소리가 감격에 찬 함성이라 생각하는 것도 재주다 싶은 이안은 고개를 돌리며 중얼거렸다.

"아닌 것 같은데."

왠지 자민트가 그렇게 오랫동안 짝사랑을 해왔음에도 결실을 보지 못한 이유를 너무도 분명하게 알 것만 같아서 이안은 절로 한숨이 흘러나왔다. 대체 저런 녀석이 어디서 나온 것일까. 리보드리웬 집안에 저런 종자는 결단코 절대 없었다.

*　　　*　　　*

처음으로 마주 앉게 된 이모와 조카는 많은 대화가 필요했다. 서로를 모르고 살아온 세월만큼의 공백을 메우기 위해서는 하고 싶은 말도, 듣고 싶은 이야기도 많은 법이었다. 그레이스의 얼굴을 보고 상황을 지레짐작한 에스더는 발갛게 달아오른 얼굴로 조카를 재촉했다.

자신이 모르는 사이에 뭔가 어마어마한 일이 언니에게 생겼을 거라는 기대였다. 그리고 그것은 조카가 베르크너 공작님의 아들일지도 모른다는 추측에서 오는, 뭐라 설명하기 어려운 복잡하고 묘한 흥분 상태에서 오는 감정이었다. 상상만 해도 두근두근 설레고 놀라웠다.

하지만 기대라는 것이 언제나 아름답고 따뜻한 결말만을 가져오는 게 아니라는 걸 그녀는 알아야만 했다.

그레이스는 에스더에게 그동안의 일을 숨기고 싶지 않았다. 숨길 이유도 없었다. 보스칸에서의 생활, 동생, 죽음, 배고픔 때문에 그가 느끼고 배웠던 삶의 방법에서부터 오늘 알게 된 진실까지 모두를. 잔인하다 싶을 정도로 하나도 빠짐없이 사실 그대로 그녀에게 말해 주었다.

그리고 자신이 누구 때문에 이 세상에 태어났다는 것까지.

"이게 제가 아는 진실과 전해 들은 이야기의 전부예요."

"……."

"아름답지 못한, 그래서 추하고 어두운 과거로부터 생겨난 게 바로 저란 존재죠."

그레이스는 에스더의 눈을 피하지 않고 처음부터 마지막까지 모두 이야기해 주었다.

달콤하게 꾸민 거짓말로 에스더를 행복하게 만들어줄 수도 있었다. 하지만 그레이스는 그렇게 하지 않았다. 과거와 출생을 감추고 만들어 낸 행복한 과거로는 절대 지금의 자신을 설명할 수가 없었다. 순간을 넘기기 위해 평생 거짓을 말하고 살 수는 없는 노릇이었다.

게다가 그레이스는 지금껏 자신은 물론, 어머니에 관해 어느 누구에 게도 부끄러워해 본 적이 없었다.

사람들이 과거와 부모에 대해 물으면 거짓없이 전부 이야기해 주었다. 경멸하면 경멸하는 대로, 동정하면 동정하는 대로 타인의 평가에 상처받지 않았다. 타인은 결국 타인이었다. 만나지 않으면 거기서 끝인 그렇고 그런 사람들이 주는 상처는 아프더라도 흉터는 남지 않았다.

그래서 무서울 것도 없었다. 하지만 에스더는 가족이란 이름으로 지금 함께 있었다. 그러기에 말하는 이나 듣는 이나 더욱 사무치고 애달플 수밖에 없었다. 거짓으로 서로의 마음이 편해질지는 몰라도 진실조차 말할 수 없다면 타인하고 다를 게 무언가, 오히려 남보다 더 못하다는 소리가 맞을 것이다.

만약 에스더가 수후와 그레이스의 과거를 용납하지 못하고 부끄러워한다면 다른 어떤 이에게 받은 것보다도 더 큰 상처에 흉터가 생길 것이다.

반면 슬픔에 못 이겨 눈물을 흘려준다면 그녀와 함께 그도 마음껏 슬퍼할 수가 있었다. 에스더가 수후와 그레이스 때문에 가슴 아파하는 이유는 동정이 아닐 테니까. 사람은 결코 다른 이가 겪은 일을 완전히 공감할 수 없다. 그러기에 슬퍼한다 해도 그건 동정이고, 어느 정도의 이해에 지나지 않는다.

하지만 가족이라는 것은 타인과는 다른 이름이었다. 가족을 위해 울어주는 눈물에 감사해할 필요는 없었다. 가슴이 미어지는 것은 동정도 이해도 아닌, 그냥 아프기 때문이었다. 세상에서 아무 이유 없이 오로지 나를 위해 울어줄 수 있는 사람들이었다. 적어도 그레이스에게 있어 가족은 그런 의미였다.

그래서 거짓말을 하지 않았다. 그는 에스더가 어머니를 위해 울어주길 바랐다. 있는 그대로의 자신과 어머니를 받아주기를 원했다.

"집에… 집에…… 잘 왔어."

"……"

"으읍, 아아아앙!"

그렇기에 결국 어린애처럼 목 놓아 울어버리는 에스더를 보고 마음이 놓였다. 애처롭게 떨면서 그를 안아주는 이모의 품이 따뜻해서 안심이 되었다.

의식하지 못한 사이에 그레이스는 이 작고 연약해 보이는, 어머니를 닮은 이모에게 인정받고 싶었는지도 모르겠다. 마음놓고 슬퍼해도 되는 품을 찾고 싶었고, 위로받고 싶었다. 아무 이유 없이 어머니를 위해 울어줄 수 있는 사람이 있어서 좋았다.

처음으로 누군가에게 사랑받고 싶다는 생각에 마음이 불안해지는 것도 결코 기분 나쁜 경험은 아니었다.

"고마워, 고마워!"

꼭 끌어안은 그레이스의 등을 다독이며 에스더는 그에게 고맙다고 속삭였다. 그레이스의 이야기를 들으면서 그녀가 느낀 것은 조카가 언니를 무척이나 사랑하고 있다는 것이다. 그리고 그만큼 사랑을 받고 자란 것이 그레이스라는 것을 느낄 수가 있었다.

그레이스는 스스로가 아름답지 못하고 추한 과거로부터 태어난 존재라고 했지만, 정작 그 본인은 절대 더럽지도 추하지도 않았다. 자민트가 말했던 착한 아이라는 의미, 언니가 이 아이로 인해 행복했다는 걸 이제야 모두 알 수가 있었다.

언니가 아이를 가지게 된 배경, 살기 위해서 선택했던 처절한 결정들이 불가피했음을 에스더는 이해했다. 언니의 비극을 그레이스의 탓으로 돌리고 싶은 마음도 없었다.

드노엘을 원망하지만 그 마음이 그레이스에게로 이어질 이유는 더욱더 없었다. 왜냐하면 그레이스는 오직 언니만의 아들이기 때문이었다. 저 성 어딘가에 틀어박혀 있는 드노엘과는 전혀 상관없이 언니의 아들이기에 이렇게 사랑스러울 수가 있는 것이다.

드노엘의 죄는 그만의 것이지 그레이스의 것이 아니었다. 오히려 수후가 그레이스 때문에 살아갔다는 것을, 이 아이가 없었다면 스스로 삶을 포기했을 거라는 것을 너무도 뼈저리게 느낄 수가 있었기에 고마웠다.

수후에게 있어서 그레이스는 삶의 희망이었다. 언젠간 돌아올 언니를 기다리는 것이 삶의 희망이었던 에스더처럼 말이다. 그리고 오늘 드디어 언니는 조카의 가슴에 묻혀 집으로 돌아왔다.

* * *

에스더의 제과점에서 바로 성으로 돌아온 이안이 제일 먼저 찾은 곳은 공작의 집무실이었다. 노크도 하지 않은 채 안으로 들어간 그는 가까이에 있는 의자 하나를 끌어다가 리카도 앞에 갖다 놓고는 아무 양해도 없이 자리에 털썩 앉아버렸다.

그뿐 아니라 오른쪽 발을 반대편 무릎에다가 올리고는 품에서 담배를 꺼내 피우기까지 했다.

자작이 공작 앞에서 보이기에는 적잖게 무례한 행동이었지만, 무례를 범하는 이안이나 당하는 리카도나 그에 관해 신경 쓰지 않았다. 이안이 집무실 안으로 들어올 때 슬쩍 쳐다본 것을 끝으로 리카도는 그가 무엇을 하든 관심도 없어 보였다.

언뜻 격식을 버릴 정도로 편한 사이처럼 보이지만, 둘 사이를 친구라 표현하기에는 걸맞지 않은 부분이 너무 많았다.

둘에게 그런 고상하고 의미있는 것이 자랄 여지는 이전에도 그랬지만 앞으로도 전혀 없었기 때문이다. 하지만 서로 간에 허물이 없다는 것은 분명했다. 마음에 들진 않지만 그래도 믿을 만한 사람이라고 서로를 평가하는 그런 정도의 사이라는 표현이 딱 들어맞는다.

이안은 느긋이 집무실을 둘러보며 담배를 피웠다. 오랜 역사를 자랑하는 가문답게 공작의 집무실을 장식하고 있는 것들은 가구에서부터 작은 용품 하나까지 이름난 장인의 손길이 머물지 않은 게 없었다. 잉크 병의 받침대로 사용하는 작은 접시 밑면에조차 무슨 무슨 명인의 사인이 새겨져 있을 게 분명했다.

혹자는 베르크너 가문과 연계된 것은 그 먼지조차도 역사적인 의의를 가지는 것이라고 과대평가를 하기도 했는데, 그게 그렇게 허황된 말은 아니었다. 공작의 성에 있는 물건치고 값지고 역사적인 유례가 없는 것은 하나도 없었다. 단지 너무 흔하게 굴러다니다 보니 이곳 사람들에게는 그 귀중함을 인정받지 못할 뿐이었다.

젊었을 적에 이곳의 물건들을 몰래 훔쳐다가 골동품점에다가 팔아먹은 경력이 있는 이안의 손이 저도 모르게 근질거렸다. 비싸게 먹히는 물건들을 보면 머리 속에서 먼저 주판이 돌아가는 것이 어쩔 수 없는 장사꾼의 비애인가 보다.

괜히 의미없이 담배를 만지작거리던 이안은 그가 왔음에도 시선 한 번 주지 않고 무언가를 골똘히 생각하고 있는 리카도를 보며 먼저 입을 열었다.

"그래, 아들과의 상봉은 만족스러우셨습니까, 공작님?"

적당히 존대가 섞인, 하지만 냉소가 묻어나는 이안의 물음에 지금껏 그를 무시하고 있던 리카도의 눈에 언뜻 날카로운 빛이 스치고 지나갔다.

"덕분에."

리카도가 리듬있게 손가락으로 책상을 두드리면서 짧게 대답하자 이안은 눈썹을 치켜 올리며 의외라는 표정을 지어 보였다.

"공작님만 좋으면 뭐 합니까? 그레이스는 전혀 그렇지 않은 표정이던 걸요. 무슨 말이 오고 갔는지는 물어도 대답해 주지 않으니 저야 아무것도 모르지만 말입니다."

"오랜만에 만났어도 사람 기분 나쁘게 만드는 그 말투는 여전하군. 그리고 그레이스가 얼굴로 감정이 드러나는 아이가 아니라는 것 정도는 나도 알고 있네."

"친구잖습니까? 느낌으로 척이면 착인 거지요."

"척과 착은 절대 같을 수가 없어. 지레짐작은 삼가줬으면 좋겠군. 아니면 간섭하기 좋아하는 그 성격은 여전한 건가?"

"간섭이 아니라 관심인 거지요. 제 친구 일 아닙니까? 친구가 잘되길 바라는 마음에서 이러는 거지 딴마음이 있어서는 아닙니다."

왼손을 가슴에 올려놓고 억울하다는 투로 말하는 이안의 모습은 굉장히 희극적이었다. 하지만 그의 입가에 맺힌 미소로 인해 리카도는 절대 웃을 기분이 나지 않았다. 오히려 점점 불쾌해진다고나 할까.

"뭐가 그렇게 불만이지?"

애써 마음을 가라앉힌 리카도는 차분하게 물었다. 저 장사꾼과의 대화는 언제나 신경을 바싹 세워야만 했다. 그러지 않으면 어느 사이 지갑에서 돈이 나가거나 무슨 서류에다가 사인을 하고 있는 자신을 발견하게 되니 말이다.

또 무슨 꼬투리를 잡아내서 협상을 하려 들지 모르는 사람이었다.

"불만은 없습니다."

"내가 자넬 모르나?"

"정말입니다. 되레 친아들도 아닌 제 친구를 아들로 받아들이겠다는 공작님의 넓은 마음에 감동을 받은 걸요. 역시 자애롭고 아름다우신 베르크너 공작님이십니다. 찢어 죽여도 시원찮을 동생의 소생을 아들이라고 받아들이다니 역시 마음도 넓으십니다그려."

깊게 빨아들인 담배 연기를 후 내뿜으며 이안은 대수로울 게 없다는 투로 중얼거렸다.

그러나 듣는 베르크너 공작의 입장에서는 절대 대수로울 수가 없었다. 그레이스는 아니라고 했지만 리카도로서는 아직도 그를 자신의 아들로 들이는 것을 포기하지 못한 상태였다. 해서 집무실의 공기가 서

늘하게 식어가며 숨을 쉬는 게 답답해지기 시작했다. 하지만 이안은 이에 아랑곳하지 않고 느긋이 계속 말을 이었다.

"무슨 의도에서입니까? 동생의 유일한 자식을 여봐란 듯이 뺏고 싶으셨던 겁니까, 아니면 대를 이을 사내 녀석이 하나 필요했던 거뿐인가요?"

"난 당최 자네가 무슨 말을 하는지 하나도 모르겠군."

목소리는 담담하지만 점차 차갑게 굳어가는 리카도의 얼굴을 보며 이안은 볼을 긁적였다. 무슨 소리를 해도 언제나 미소를 잃지 않던 리카도가 이렇게 인상을 쓰는 것은 이안도 처음 보는 일이었다. 흥미롭다는 생각에 그는 계속 리카도의 신경을 건드릴 만한 말만 골라 했다.

"설마 아들이라고 계속 주장하실 생각은 아니셨죠? 대체 어딜 봐서 부자 간으로 속일 수 있다고 생각하셨는지, 내 참! 그레이스도 한 번에 공작님이 자기 생부가 아니라는 걸 눈치 챘을 것 같은데, 안 그렇습니까?"

"……."

"손바닥으로 가릴 수 있는 것은 자기 눈밖에 없는 겁니다. 대체 다른 사람들의 눈은 무엇으로 가릴 계획이셨습니까?"

이안은 손바닥으로 자기 눈을 가리는 시늉을 해 보였다. 팔을 쭉 내밀어 하늘을 가려도 가릴 수 있는 것은 손바닥만한 면적의 하늘뿐이었다.

"설마 자민트에게도 말한 것은 아니겠지?"

"뭘 말입니까?"

"알고 있잖나. 그레이스가 드노엘의 아들이라는 게 밝혀진다면 그 아인 이곳에서 살 수가 없어."

단호한 리카도의 대답에 이안이 긍정의 뜻으로 고개를 끄덕였다.

"하긴 셰어도란트에선 어린아이들까지도 드노엘이란 이름을 들으면 땅에다가 침을 뱉는다지요? 안심하세요, 자민트에겐 말하지 않았으니까요. 그럴 생각도 없고요. 저도 그레이스가 잘되기를 바라는 한 사람입니다. 단지 공작님이 무슨 의도로 그를 받아들이려는지 알고 싶어서 이러는 거뿐이죠. 그런데 너무 쉽게 시인하시는 거 아닙니까?"

"이미 그레이스가 날 아버지로 인정할 수 없다고 분명하게 말하더군. 자네 말 그대로 그레이스의 눈조차 가리지 못했는데, 무슨 시치미를 떼겠나. 하지만 난……."

말을 하다가 잠시 입을 다문 리카도는 한참을 망설이다가 천천히 자신의 심경을 이안에게 밝혔다. 고백 상대가 이안이라는 게 정말 마음에 들지 않았지만 그래도 믿고 이야기할 만한 사람이 현재 그밖에 없는 실정이었다. 그레이스에 관한 것은 총관이나 자민트에게도 말할 수 없는 비밀이었다.

"그 아이가 내 옆에 있었으면 하네. 계속 앞으로 성장하는 모습을 지켜보고 싶어. 지켜주고 싶고 행복해지는 모습을 보고 싶네. 끝까지 날 아버지라 부르지 않는다고 해도 그 아이는 이미 내 아들이야."

"절절하군요."

왠지 놀리는 듯한 말투가 거슬렸는지 리카도가 지그시 노려보자 이안은 두 손을 살래살래 저으며 웃었다. 불쑥불쑥 튀어나오는 냉소에 그 자신조차도 당황해하는 것 같았다.

"그래, 인정하지. 너무 절절해서 자네 도움이라도 받고 싶은 심정이네."

"하긴 그레이스의 성격상 누가 묻는다면 자기 생부가 누구인지 다 말해 버릴 녀석이죠. 자기는 떳떳하기 때문에 부끄러울 게 없다고 생각하니까요. 하지만 걱정하지 않으셔도 될 겁니다. 그레이스는 셰어도란트를 떠나지 못해요. 그리고 드노엘이 자기 생부라는 것도 절대 말하지 못할 겁니다."

"……?"

이안은 검지를 까딱까딱 흔들면서 거만한 목소리로 작게 속삭였다.

"이모."

"……!"

"그녀가 있는 한 그레이스는 셰어도란트를 떠날 수 없습니다. 만나기 전이라면 모를까, 지금이라면 그녀와 헤어진다는 생각 따윈 절대 못할 녀석이죠. 의외로 그런 쪽에는 무르거든요. 게다가 드노엘에 대해선 이곳에 오는 중에 자민트에게 귀가 썩을 정도로 들었죠, 무지 나쁜 놈이라고. 그가 자신의 생부라는 게 밝혀지면 이모가 어떤 처지에 몰릴지 전혀 예상 못할 그레이스가 아닙니다. 지켜야 할 게 있는 사람은 끝까지 당당할 수가 없는 법이죠. 지금의 공작님처럼 말입니다."

리카도가 이안의 말 한마디 한마디에 오늘처럼 반응을 보인 적은 지금껏 한 번도 없었다. 필요한 말만 골라서 듣고, 나머지는 어떤 이야기를 해도 상관하지 않았기에 이안이 무슨 말을 하더라도 화를 낸 적이 없었다.

한 귀로 듣고, 한 귀로 버려 버리는데 이안에게 감정이 상할 이유가 전혀 없었던 것이다. 은근히 무시 받고 살아온 서러운 세월이었던 것이다.

하지만 오늘은 이안이 무슨 말을 하든 귀를 기울이고 하나하나에 반응을 보였다. 언제나 리카도의 웃는 얼굴밖에 보지 못했던 이안은 오늘 처음으로 그가 화를 내고, 얼굴을 찡그리고 분노하는 모습을 보았다.

모두가 이안이 그레이스의 친구라는 이름으로 이 자리에 있기 때문이었다.

그레이스를 지키고자 결심한 리카도였기에, 그에 관한 문제를 의논할 수 있는 유일한 대상인 이안에게 매달릴 수밖에 없는 것이다. 그러다 보니 전처럼 마냥 여유를 부릴 수 있는 처지가 아니라서 자연적으로 약자가 될 수밖에 없었다.

이와 마찬가지로 이제 그레이스에게는 이모라는 지켜야 할 사람이 생겼다. 자기 혼자라면 누구의 아들이란 이유로 비난을 받든, 어디에서 살든 고민이나 걱정 따윈 전혀 하지 않았을 것이다. 그러나 이제부터는 절대 그럴 수가 없다. 에스더는 그레이스에게 행복을 주는 소중한 존재임과 동시에 약점이 될 것이다.

"오히려 그레이스가 앞서서 드노엘과의 관계를 부정할 걸요. 뭐, 그렇다고 해서 공작님과의 관계를 거짓으로 말할 녀석도 아니니 그냥 침묵으로 일관하겠죠. 그럼 공작님은 가만히 계시면 됩니다. 그러면 나머지 것들은 다른 이들이 알아서 다 해줄 테니까요."

공작의 아들이 나타났는데 사람들이 가만 놔둘 리가 없었다. 특히 셰어도란트의 모든 일은 제 손을 거쳐야 된다고 주장하는 총관이라면 더욱 말할 것도 없었다. 아마 현월의 기사단을 동원해서 그레이스를 어떻게 좀 해보라고 어를 게 분명했다.

"사실 저나 되니까 눈치를 챘지. 공작님과 그레이스를 보면 누가 두 사람 사이를 의심이나 하겠습니까? 특하나 예전에 셰어도란트를 떠들

썩하게 만들었던 여인의 아들인 걸요. 둘이 아무 변명도 하지 않더라도 자기들 마음대로 각본을 쓸 겁니다."

그동안 고민했던 것이 민망할 정도로 이안은 너무도 쉽게 결론을 내려 버렸다. 그레이스가 어떤 행동을 취할지 너무도 뻔하다는 듯이 말이다.

그만큼 그레이스에 대해 많은 걸 알고 있다는 뜻이기도 했다. 리카도 역시 에스더를 생각하며 그레이스가 셰어도란트를 떠나지 않을 거라는 기대는 걸어보았지만, 이안처럼 자신할 수는 없었다.

리카도가 그레이스에 대해 아는 것은 자민트의 보고서에 있는 내용들이 전부였다. 그것들만 가지고 앞으로의 행동을 예측하기란 아직 그는 그레이스를 잘 알지 못했다. 그게 또 묘하게 기분이 나빠서 빤히 이안을 쳐다보던 리카도는 옅은 한숨을 몰래 내쉬면서 의미없이 앞에 있는 펜대를 손가락으로 튕겨보았다.

눈에 넣어도 아프지 않을 자식이 부모보다 다른 이를 더 따르는 모습을 보면 이런 느낌이 들지 않을까 싶었다.

"역시……."

"역시?"

"자넨 재수가 없어."

"훗! 그래도 저 좋다는 사람은 많습니다."

"자네 좋다고 하는 이들 중에 사람은 거의 없는 걸로 아는데?"

"그래도 그레이스는 제가 좋답니다."

"생모를 닮아서 사람 보는 눈이 없거든."

"무슨 근거로요?"

"나 같은 사람을 좋아했으니 사람 보는 눈이 없다고 할 수밖에."

"공작님이 어때서요? 좀 갑갑해서 그렇지 사람 하나는 좋지 않습니까. 너무 무르고 우유부단하다는 점이 많은 장점들을 모두 깎아먹는다는 게 탈이지만요."

청찬인지 욕인지 모를 말을 하며 이안은 팔을 쭉 내밀면 가져올 수 있는 재떨이를 놔두고, 값비싼 책상에 담배를 비벼 껐다. 누가 비싼 물건 아니랄까 봐 불씨가 살아 있는 담배로 짓이겼는데도 책상은 조금의 흠집도 생기지 않았다.

"난 자네가 생각하는 것처럼 좋은 사람이 아니야."

혹시나 담뱃재에 책상이 그슬리지나 않았는지 살피던 이안은 리카도의 쓸쓸한 어조에 피식 실소를 터뜨렸다. 그러면서 이미 불이 꺼진 담배를 계속 책상에 문지르며 대답했다.

"공작님이 하얀 손수건처럼 깨끗한 사람이라곤 저도 생각하지 않습니다. 단지 남들보다는 조금 바르고, 남들보다는 조금 깨끗하고, 조금은 인간으로서 괜찮다는 거뿐이지 완벽하지는 않죠. 그랬다면 지금보다 더 밥맛없는 인간이었겠죠."

"……."

"당신이란 사람, 꽤 괜찮은 사람입니다. 완벽하게 깨끗한 것은 더러워지기도 쉬운 법이죠. 적당히 어둠을 아는 자만이 어둠을 두려워하고 경계하는 거랍니다."

하릴없이 책상에 문지르던 담배 꽁초를 재떨이에다가 던지며 이안은 계속 말을 이었다.

"아까 말은 그렇게 했지만 그레이스가 공작님이 아닌 드노엘의 아들일 거라는 것을 알았음에도 이곳에 데려온 것은, 맘속으로 그레이스가 아무것도 모르고 공작님을 아버지라 생각하고 살기를 바랐던 건 모두 당신이란 사람에 대한 믿음이 있었기 때문이죠."

"……."

"하지만 만약에라도 우리 그레이스를 불행하게 만들면 용서하지 않을 겁니다, 라고 멋있게 협박하려고 왔는데 보니까 그러지 않아도 되겠군요."

리카도에게 말을 하던 이안은 입술을 실룩이다가 결국엔 웅얼거리면서 입을 다물어 버렸다. 집무실로 이렇게 쳐들어온 것은 그레이스에 대한 리카도의 의도를 알기 위해서였다. 행여나 그레이스를 필요로 하는 목적이 불순하다면 동동 싸매서 티로이로 도망쳐 버릴 속셈이었다.

리카도는 좋은 사람이었다. 그래서 그를 믿지만, 그는 사랑을 모르는 사람이었다. 모두에게 공평하나 아무도 그에게는 중요한 존재가 아니었다. 해서 만약에 그레이스도 리카도에게 그런 존재에 불과하다면 더 이상 이곳에 있을 의미가 없다.

베르크너 공작의 후계자가 될 수 있는 기회? 물론 그것만큼 멋있고 대단한 일은 없겠지만, 이안이 아는 그레이스는 그런 거대한 포부 따윈 없는 아이였다.

사람은 각자의 그릇을 가지고 태어난다고 한다. 그래서 크기에 맞지 않게 많이 담으려 하면 넘치고 깨지니 분수껏 살라는 말을 종종 듣게 된다. 하지만 그릇이 작다면 큰 것으로 바꾸면 된다. 깨지면 새것으로 교체하면 된다. 이도저도 안 되면 스스로 그릇을 다시 빚어버리든가.

세상에 고정된 것은 아무것도 없었다. 진화하거나 쇠퇴하거나, 어떤 식으로든 변화는 멈추지 않는다.

또한 세상에는 수많은 사람들이 살고 있다. 그래서 자신의 그릇을 가득가득 채우려는 사람이 있는 반면 아무리 큰 그릇을 가지고 있어도 그대로 두는 사람도 있는 법이었다. 자신이 원하는 만큼만, 그 이상도 이하도 허용하지 않는 자들. 바로 그레이스 같은 부류의 사람들이었다.

이들은 옆에서 보다 못한 사람들이 행여나 그릇을 채워주려 해도 자기가 알아서 덜어내 버릴 가능성이 농후했다.

그렇다고 해서 이들이 욕심이 없거나 게으르다는 것은 아니다. 이것은 분명히 구분해야 한다. 단지 그들은 자신이 원하는 것이 무언지 확실히 알고 있으며, 유감스럽게도 그것이 남들이 보기엔 다소 소박해 보일 뿐이라는 것이다.

이들은 가득 채우지 않아도 행복하기에 굳이 채울 필요를 느끼지 못하고 살아간다. 많은 사람들이 바라는 이상이라고 해서 세상 사람 전부가 그것을 바라는 건 아니라는 의미다.

"당분간은 그레이스가 하고 싶은 대로 그냥 두는 게 좋을 것 같습니다."

"처음부터 그럴 생각이었네. 난 단지 그레이스가 안전하고 행복하길 바라서 데려온 것이지 후계자가 필요해서가 아니야. 그레이스가 원한다면 모를까, 그렇지 않다면 그 아이만큼은 자유롭기를 바라네. 신분, 가문, 지위에서 벗어난 진정 자유로운 사람 말이야."

그레이스를 생각하는 리카도의 얼굴에 문득 아버지의 자애로움이 스치고 지나갔다. 에드윈과 사비나에게는 미안한 일이지만, 그 아이들에게선 느끼지 못했던 애잔함이 지금 그의 심장을 따뜻하게 만들고 있었다.

"진정한 자유인은 아무나 될 수 있는 게 아닙니다. 그러기 위해선 힘이 필요하죠. 누구도 그의 자유를 방해할 수 없을 정도로 말입니다."

"그래서 더욱 내 옆에 두고자 했던 거지. 그 아이가 진정 원하는 것을 얻을 수 있도록 난 내가 할 수 있는 모든 일을 할 거네. 아무도 그 아이를 건들 수 없도록 울타리가 되어줄 거네. 뭐, 요즘은 내 끗발도 많이 약해진 것 같으니 옛날의 명성부터 찾는 게 우선이겠지만 말이야."

"그렇다면, 이제 저 난장판에 끼어들겠다는 말입니까?"

"그럼 어쩌겠나? 국왕께서 그레이스에 대해 알아버렸는걸. 저번처럼 그레이스를 통해 나를 찔러본다면 곤란하거든."

리카도는 그레이스에게 있었던 일이 모두 자신을 노린 국왕의 음모라 확신했다. 그러기에 더 이상 셰어도란트에 칩거하는 것을 집어치우기로 한 것이다. 그가 계속 이렇게 정계에 등을 돌리고 있는 이상 국왕은 언제라도 그런 식으로 그를 건드려 볼 게 분명하다는 추측에서였다. 물론 다이안이 원한 게 무언지 잘못 짚은 억측이었지만 말이다.

"베르크너 공작의 등장인 건가요? 앞으로 바르제바가 떠들썩하겠군요."

"나만이 아니야. 카울리도 조만간 발라로 입성할 예정이네."

"하, 보마르셰 후작까지 말입니까? 이거, 사람들 표정이 볼 만하겠는데요. 이 꼴만 아니라면 저도 같이 가는 건데 말입니다."

이안은 자신의 얼굴을 두 손으로 감싸며 울상을 지었다. 이런 십대 중반의 얼굴을 하고 호마린 자작이라고 대중 앞에 나설 순 없는 일이었다. 그렇다고 또 다른 신분을 만들자니 아직은 이른 감이 없지 않아 있었다.

아니, 그것보다 요즘 같은 혼세에 굳이 나서서 주목을 받을 필요도,

그래서 귀찮아질 이유도 그에게는 없었다. 사업을 하는데 아무런 지장이 없다면 이대로가 이안에게는 가장 입맛에 맞는 생활이었다.

"장관이겠군요. 3대 명문가의 거목인 베르크너 공작과 보마르셰 후작의 입성이라니. 심장 마비 일으킬 인간들이 꽤 되겠는데요. 더군다나 보마르셰 후작은 선왕의 열렬한 지지자가 아니었습니까? 신병을 이유로 정계에서 물러나기 전까진 대표적인 국왕파였던 것으로 기억하는데, 그런 그와 함께라면 공작님의 뜻도……?"

이안은 아미를 살짝 치켜 올리며 리카도에게 의중을 물었다.

보마르셰 후작이라면 오덤 왕이 추진했던 개혁의 주축을 담당하던 이로, 시원시원한 성격과 매사에 열성적인 면이 꽤나 매력적인 사람이었다. 차분하고 냉철할 뿐더러 정치에는 관심이 없던 리카도와는 많은 면에서 사뭇 다른 이였다.

자기 의견이 분명했고, 잘 확립된 사상으로 무장한 개혁론자이기도 했다.

오덤 왕의 개혁 정책이 처음 예상과는 다르게 무리없이 성공했던 것도, 명문 귀족으로서 누구보다도 개혁에 반대할 줄 알았던 그가 적극적으로 지지하고 나섰기 때문이기도 했다. 하지만 오덤 왕 서거 후에도 계속 다이안을 보필할 거라 생각되었던 그는 본격적으로 귀족들의 파티가 열리기 전에 지병을 핑계로 정계에서 발을 빼버렸다.

일각에서는 후작이 귀족들의 파티에 적극 참여했다면 국왕파가 이렇게까지 몰락하지는 않았을 거라고 그를 비겁자에 변절자로 몰아세우기도 했다.

하지만 만약 그가 끝까지 국왕의 옆에 남아 있었다면 그건 파티가 아닌 내전이 되었을 것이다. 또한 만약에라도 후작이 그때 무너졌다면 국왕의 신변은 지금보다 더욱 곤란한 처지에 놓였을 것이다.

　그나마 이름으로라도 보마르셰 후작이 국왕파의 거물로 남아 있기에 다이안의 사정이 조금은 나은 것이다. 말은 안 하지만 은연중에 섭정파가 후작의 눈치를 보고 있었기 때문이다. 부디 지금처럼만 죽은 듯이 지내다오, 라고 아마도 매일 치성을 다해 기도하고 있는지도 모른다.

　섭정 여왕파나 마이야르 백작 측이 베르크너 공작이나 에브람 후작을 포섭하기 위해 갖은 노력을 다하는 반면 보마르셰 후작은 아예 없는 듯, 어떠한 자극도 주지 않고 애써 무시하는 이유가 여기에 있었다. 그런 와중에 베르크너 공작이 보마르셰 후작과 함께 발라에 입성한다는 것은 큰 의미를 가지고 있었다.

　이안의 물음이 무얼 뜻하는지 아는 리카도는 쓰게 웃었다. 일단 그도 바르제바의 국민이고, 국왕의 신하였다. 이는 나라를 위해 자신이 무엇을 해야 하는지 정도는 분명하게 알고 있다는 뜻이다.

　"카울리와 내가 발라에 가는 것은 국왕 전하의 결혼식을 즈음해서 자연스럽게 이루어질 거네. 하지만 함께 움직이는 일은 거의 없을 거야. 그에게는 그의 방법이, 나에는 나만의 방법이 있으니까. 하지만 우리가 원하는 것은 하나라네. 그동안 너무 오랫동안 우리에게 주어진 의무를 소홀히 했어."

　서거하기 전에 오덤 왕은 은밀하게 리카도에게 한 통의 서찰을 보내왔다. 당신이 없어도 바르제바와 다이안을 위해 힘을 빌려달라는 부탁이었다. 명령이라기보다는 수많은 시간 동안 바르제바를 위해 함께 노력했던 선조들의 우정을 기억해 달라는 간곡한 염원이었다.

　하지만 당시 리카도는 드노엘과의 상잔으로 인해 사실상 바르제바고 다이안이고 눈에 들어오지 않았었다. 자신이 살아야 일단은 나라도 있고 국왕도 있는 것이었다. 해서 이제야 나라와 국왕이 눈에 보이기 시작한 리카도는 슬슬 그동안 잊고 있었던 선왕의 유지를 따라볼까 생각 중이었다. 물론 그레이스에게 보다 편한 미래를 제공해 주기 위함이 가장 큰 목적이었지만 말이다.

"하지만 아무리 두 분이라고 해도 결코 만만치 않을 겁니다. 그들의 뿌리가 워낙에 견고해야죠. 이라이언 공작이 대단한 책략가인 것만은 확실한 것 같더군요. 야금야금, 잘도 삼켜 먹었다지요?"

마이야르 백작과의 정쟁으로 위세가 많이 꺾인 듯 보이는 섭정파이지만, 그 기둥과 뿌리는 의외로 견고하고 깊었다. 이는 중심에 서 있는 이라이언 공작의 능력을 반증하는 것이기도 했다.

이안으로서는 사업을 하다 보니 어디를 가나 뿌리내린 이라이언 공작의 영향력을 누구보다도 쉽게 감지할 수가 있었다. 그러기에 그들의 막대한 자본과 영향력에 대해서도 잘 알고 있었다.

그 기반을 흔들기 위해서는 아무리 베르크너 공작과 보마르셰 후작이라도 2~3년으로는 부족할 듯싶었다. 후작은 모르겠지만 베르크너 공작은 드노엘과의 오랜 전쟁으로 인해 전력 면에서 예전만 못한 수준을 유지하고 있었다. 지금 남아 있는 자들이 모두 정예라지만, 수적인 면에서 따라오는 질적인 문제를 결코 무시할 수만은 없기 때문이다.

"서두를 생각은 없다네. 나는 단지 그레이스가, 우리의 아이들이 살아갈 미래를 위해 길을 정리해 놓자는 거뿐이니까. 그 길을 걸어갈 사람들은 그 아이들이지 우리가 아니야."

"왜 저는 빼십니까? 유감스럽게도 저는 징그럽게 오래 살아서 공작님이 다져 놓은 그 길을 쓸 생각인데요."

"공짜로?"

"길에도 임자가 있답니까?"

"하하하! 그래도 공사비는 조금 주는 게 어떤가? 젊은 사람들 틈에 끼어서 늙은이가 너무 짜게 굴면 욕 얻어먹기 십상이야."

리카도는 크게 웃으며 자신의 책상 서랍에서 담배 한 개비를 꺼내 이안에게 권했다. 바다코 산처럼 독한 것은 아니지만 제법 쓰고 자극적인 맛이 애연가들의 사랑을 받는 타베 산이었다.

"뇌물입니까?"

리카도가 내민 것을 좋아죽겠다는 표정으로 받으면서도 이안의 입이 실룩였다.

"설마, 내가 아무리 부자여도 호마린 자작에게 뇌물을 쓸 정도는 아니야. 그러다가 거덜나기 딱 좋지. 그냥 답답할 때면 손대기 시작했던 건데, 이걸 피울 때마다 자네 생각이 나더군. 이런 맛에 자네가 이걸 끊지 못하는가 하고. 그래서 언제 기회가 생기면 한 번 맞담배나 피웠으면 좋겠다고 종종 생각했었거든."

먼저 자신의 것에 불을 붙인 리카도는 하얀 연기가 피어나는 담배를 이안에게 내밀었다. 붉게 타 들어가는 담배를 잠시 내려다보던 이안은 결국 미소를 참지 못하고 담배를 입에 물고 고개를 숙여 리카도의 것에 자신의 담배를 갖다 댔다.

훅하고 숨을 빨아들이자 리카도의 것에서 살아 있는 불꽃이 이안의 담배에 번져 왔다.

"쿡."

"하하하!"

마치 못된 장난이라도 하는 개구쟁이들처럼 리카도와 이안은 동시에 웃음을 터뜨렸다.

　오랫동안을 알고 지내온 사이였음에도 두 사람이 이렇게 친밀한 유대감을 느낀 것은 오늘이 처음이었다. 그것이 지금 함께 피우고 있는 담배 때문인지, 아니면 그레이스라는 한 사람 때문인지는 모르겠지만, 오늘의 만남이 앞으로 많은 것을 변화시킬 거라는 것은 확실했다.

　두 사람의 사이뿐만 아니라 바르제바에도 말이다.

　"그런데 전 장사꾼입니다."

　"……?"

　"위험한 도박은 즐기지만 밑지는 장사는 절대 하지 않는단 말입니다."

　"도로를 공짜로 사용하게 해주면 결코 밑지는 장사는 아니지."

　"투자한 만큼, 아니, 적어도 그 배는 받아야지 밤에 제대로 잠을 잘 수 있는 종족이거든요."

　"알았네. 그럼 길은 마음대로 쓰도록 하게."

　"그러니까 제 말은 그 길을 사용할 사람이 어디 한둘이어야죠! 왠지 형평성에 어긋난다는 생각이 들지 않습니까? 공사 비용까지 내는데, 무슨 특권 같은 게 있어야 흥이 나지요."

　이안의 악의없는 항의에 리카도는 잠시 생각하는가 싶더니 어깨를 으쓱하며 대답했다.

　"대신 자네는 남들보다 훨씬 오래 사용할 거 아닌가, 아주 오랫동안!"

　잠시 대꾸할 말을 잃어버린 이안은 몇 번 입만 뻐끔거리다가 천장을 향해 담배 연기만 뿜어대야만 했다. 타베 산도 바다코 산 못지않게 쓰다는 것을 깨닫게 해준 유익한 시간이었다고 나중에 이안은 그레이스를 붙잡고 투덜거렸다.

*   *   *

사사는 갑자기 너무 많은 고민이 한꺼번에 몰아닥친 바람에 골치가
아파왔다.

처음 이안이라는 정나미없는 인간이 아버지와 주인님의 소중한 마
법서이자 그녀의 보금자리를 어루만지면서 한 번만 나와보라고 협박하
던 것까지는 좋았다. 어여쁜 사사에 대해 알고 있다면 한 번쯤은 보고
싶었겠지.

그런데 카이룬이 자길 버렸다 어쨌다 푸념을 늘어놓더니, 결국 아버
지와의 관계만 자랑하는 대목에서는 그만 꼭지가 날아가는 줄만 알았
다. 특히 자기가 원했던 것은 무엇이든지 들어주었던 카이룬이라는 말
에서.

그 소릴 듣고 계속 흥흥거리다가 나중에는 실수로 콧물이 나올 뻔하
기도 했다. 저 보기 싫은 남자 때문에 이 무슨 추태인가 싶어서 힘이
없는 자신이 서럽기까지 했다. 동화 속에 나오는 마녀라도 되었다면
저 재수없는 남자를 열두 번도 넘게 개구리로 만들어 버렸을지도 모른
다.

특히 카이룬이 자신에 대한 모든 기록을 지워 버린 것을 알자 당황
해하면서 울먹이던 이안의 목소리는 아예 듣는 것 자체가 짜증이었다.
감히 아버지 얼굴 한 번 보지 못한 불쌍한 사사 앞에서 이 무슨 호강에
춤추는 소리인가. 어리광을 부릴 상대를 골라도 한참을 잘못 골랐다
이 말씀이다.

[울고 싶은 건 바로 나라고!]

마법서 안에서 방방 뛰면서 바락바락 소리쳤지만 이안에게 들릴 리가 없었다. 무엇보다 짜증나는 것은 이안의 이름만 들어도 찌릿해지는 그녀의 심장이었다. 그녀의 감정과는 별개로 이안에 대한 걱정과 안쓰러움이 남아 있는 카이룬의 마음을 고스란히 느껴야 했기 때문이다.

게다가 카이룬이 이안에 대한 기록을 지우고 아무런 자료도 남기지 않은 것은 모두 그를 위한 조처였을 것이다. 그가 미워서라기보다는 혹시나 일기장의 내용으로 인해 호마린 자작의 알려져서는 안 되는 진실을 숨겨주기 위해 말끔히 지워 버렸다는 것이 옳을 거다.

이런 아버지의 자상한 마음 씀씀이를 저 인간이 모를 리가 없었다. 그럼에도 저렇게 슬픈 척, 불쌍한 척하는 것도 실은 고도의 염장을 위한 연기일 뿐이다.

사사에게 나는 이렇게 사랑받았다는 것을 과시하기—어디까지나 그녀 혼자만의 추측과 편견에 의해—위해서 말이다. 불쌍한 주인님만 저 인간의 실체를 모르고 속고 있다는 게, 이안에 대한 사사의 최후 결론이었다.

저런 인간과 비교하면 사사는 천만 배는 더 사랑스럽고 착하다고 혼자서 쫑알쫑알 투덜댔지만 들어줄 이는 아무도 없었다.

게다가 이안이 줄줄이 늘어놓는 카이룬과의 추억을 들으면서 사사는 인내심의 끈을 스스로 싹둑 잘라 버렸다. 부모의 사랑을 독차지하지 못해 투정하는 어린애처럼 말이다.

[재수없어.]

만약 리카도와 만났다면 좋은 대화 상대가 되었을 사사의 입에서 나오는 소리는 모두가 욕이요, 불만이었다.

그녀에겐 세상에서 가장 중요한 사람이 둘 있었는데, 그들은 바로 카이룬과 그레이스였다. 하지만 그녀가 그렇게나 사랑하고 존경하는 둘은 모두 이안을 좋아하는 것 같았다. 그레이스만 해도 그녀와 알고 지낸 시간과 비교하면 아무것도 아닌 이안을 더 많이 좋아하는 것을 감추지 않았다.

사사는 이안이 실은 그녀를 향한 주인님의 사랑을 가운데서 빼앗아 가는 변태 희귀종 몬스터가 아닐까 하는 의심이 진지하게 들기 시작했다. 이안과의 만남은 비극 중에서도 최악이었다.

그런데 그녀의 액운은 여기에서 끝나지 않았다. 주인님이 이모를 만났으니 사사도 감격스럽고 가슴이 짠한 것은 당연했다. 가방 안에서 주인님의 과거사를 들으며 울었고, 또 새로 알게 된 사실들에 경악했다. 이 얼마나 가슴 아프고 슬픈 가족사인가.

혈육을 만난 주인님이 행복해하는 것 같아 사사는 자기 일처럼 기쁘고 세상이 아름다워 보였다. 그런데 왜, 왜 하필이면 많은 가게들 중 빵집이냔 말이다.

[이러다가 또 빵집으로 넘어가는 거 아니야! 전에 그 계집애는 주인님이 집사가 되겠다는 말에도 그렇게 웃고 난리였는데, 만약에 빵집 주인이 되어 있으면 또 얼마나 비웃을까. 안 돼!]

원래 그레이스가 원하던 꿈은 빵집 주인이었다. 거기서 꿈을 크게 가진다는 게 결국은 집사를 최고의 목표로 삼은 것이다.

사사로서는 기도 안 차는 소리였지만, 그래도 빵집보다는 더 고상해 보인다는 이유로 열심히 주인님의 뒷바라지를 해왔다. 나중에는 저도 모르게 집사라는 직업에 엄청난 자부심과 야망을 가지게 된 그녀였다.

그러던 사사가 최근에 나쁜 인연으로 얽힌 실라 때문에 한 번의 좌절을 경험했던 적이 있었다.

그레이스가 실라에게 집사가 되고 싶다는 말을 했다가 한껏 비웃음을 당했던 것이다. 어짜나 크게 웃던지 귀가 쩌렁쩌렁 울려서 아플 정도였다. 거기에 모자라 저번 같은 일이 생겼으니 사사가 실라를 좋게 보려야 볼 수가 없었다.

[나쁜 계집애.]

하여튼 은근히 속이 상해서 그날 밤 그레이스의 손을 꼭 잡고 실라에게 당당하게 보여주자고 약속까지 했었다. 집사가 얼마나 멋있고 위대한지 말이다.

그때 아무 말은 없었지만 자신을 말끄러미 쳐다만 보던 그레이스도 아마 같은 생각이었을 거라고 사사는 확신했다.

당연히 집사로 성공한 그레이스를 여봐란 듯이 내보이며 콧대를 높이고 싶었는데, 빵집이라니. 이러면 몹시 곤란하다. 흔들리는 그레이스가 언제 집사를 버리고 빵집으로 만족할지 모른다는 걱정 때문에 눈밑에 다크서클이 생길 정도로 잠도 자지 못했다.

[주인님, 우리 진지하게 얘기 좀 해요!]

그래서 아침에 일어나자마자 귀여운 달과 별들이 그려진 파란색 시트를 얌전히 개놓고 있는 그레이스를 부르는 사사의 목소리는 여느 때보다 심각했다. 하지만 그는 어깨 너머로 언뜻 쳐다보기만 할 뿐 바쁘다면서 바로 방을 나가 버렸다.

[주인님!]

그레이스가 나가고 닫힌 문을 향해 팔을 내밀며 외치는 사사의 처절한 목소리가 방 안에 울려 퍼졌다. 그러자 가버린 줄만 알았던 그레이스가 문을 살짝 열고 그녀에게 조용하게 속삭이며 손가락을 입술에 갖다 댔다.

"오늘은 일이 많을 것 같아. 그러니 저녁에 이야기하자. 심심하더라도 혼자서 놀고 있어."

[대체······.]

이제는 진짜 가버린 그레이스를 향해 사사는 외치고 싶었다. 빵집에서 주인님이 할 일이 뭐가 있다고 아침부터 바쁜 거냐고.

[주인님은 집사가 되셔야 할 몸이에요.]

사사가 그레이스에게 진정 하고 싶은 말은 이 한마디였다.

사사가 그레이스의 미래에 대해 고민하고 갈등하는 사이, 그레이스는 팔을 걷어붙이고 집 안 곳곳을 살펴보는데 여념이 없었다.

이안의 장담대로 그레이스는 이곳을 떠날 수가 없었다. 여러 이유들을 늘어놓을 필요 없이 당연한 결과였다. 셰어도란트에 남는다면 복잡한 문제가 한둘이 아니겠지만, 그걸 감수할 만큼의 가치는 있었다. 게다가 그레이스가 떠난다면 에스더는 같이 따라나서겠다고 했다.

그것만큼 떠나려는 그의 발목을 멈추게 하는 말은 없었다. 그레이스에게는 삶의 기반이 없었다. 에스더가 그에게 집에 잘 왔다고 말하는 순간에서야 처음으로 집이 생긴 그였다. 이곳을 떠나 당장 갈 수 있는 곳이란 이안의 저택밖에 없었다.

하지만 될 수 있는 한 이안의 신세는 지지 않으려고 결심한 후라 그럴 수는 없었다. 그렇다고 그레이스는 이모를 데리고 정처없이 길을 떠날 만큼 무모하지도 못했다.

그는 자신이 이곳에 남는다면 생길지 모르는 상황들에 대해 자세히 설명해 줌으로써 이모가 포기하기를 바랐지만 에스더의 대답은 의외로 간단했다. 그녀는 어깨를 한 번 으쓱해 보이고는 고개를 저으며 자신했다.

"발뺌하면 돼. 다인 그레이스로 살아갈 거라며? 그럼 넌 다인 집안 사람인 거야. 베르크너 공작가와는 아무 상관 없다고 말하면 되지, 뭐 문제야?"

"이 얼굴로요?"

그레이스는 베르크너 공작과 똑같은 자신의 얼굴을 손가락으로 가리키며 반문했다.

"그냥 아니라고 끝까지 발뺌해 버려! 네가 아니라는데 자기들이 뭘 어떻게 할 거야."

"발뺌을 한다고 이 얼굴에 사람들이 속아 넘어가겠어요? 또 만약에 그 사람과의 관계가 밝혀지면요? 그 사람, 이곳 사람들이 엄청나게 싫어한다면서요? 혹시 이모한테까지 피해가 가면 어떻게 하죠?"

"피해? 오히려 피해자는 언닌데 왜 우리가 비난받아야 하지? 그리고 네 얼굴을 보고 그와 널 연결하는 사람은 아무도 없을 거야. 만약에 밝혀져서 여기서 살기 어렵게 되면 떠나면 되는 거지 뭐가 문제니? 너무 어렵게 생각할 필요 없어. 지금이야 막막하겠지만 닥치고 보면 생각만큼 그렇게 힘들지 않아."

어린 나이서부터 지금까지 혼자 살아왔던 에스더는 보기보단 강단이 있는 여자였다. 그렇지 않았다면 이렇듯 훌륭하게 자신을 지키며 살아오지 못했을 거다. 미리 고민하느라 아무것도 못하는 것보다 우선 닥치고 보자는 것이 그녀의 신조였다.

만약의 경우까지 꼼꼼하게 따져 보고 행동에 나서는 그레이스와는 사뭇 다른 사고방식이었다. 그게 좋은 건지 앞으로 문제를 야기할지는 모르겠지만, 답답하기만 하던 그레이스에게 생각의 여유를 제공한 것은 분명했다.

쾌활하게 웃으며 우선 맞닥뜨리고 보자는 에스더에게 전염이 되었을까. 문득 따지고 보면 그렇게 갑갑해할 일만은 아니란 생각이 들었다. 어차피 베르크너 공작과 같은 얼굴을 하고 있자면 언제라도 이 때문에 복잡한 문제에 말려들 여지는 충분했다.

그의 꿈이 집사인 관계로 어떻게든 귀족들과는 완전히 결별하고 살 순 없는 처지였다. 만약에라도 그의 얼굴에서 베르크너 공작을 떠올리는 사람이 있다면 참으로 난감해진다. 발뺌한다고 빠질 문제도 아니었다.

차라리 이곳에서 적당히 보호받으며 적응하고 사는 것도 괜찮다 싶었다. 그래서 적절하게 베르크너 공작에게 사생아가 있다는 소문이 나고, 그레이스가 그 사생아라는 것을 아는 사람에게 고용이 된다면 복잡한 문제에 말려들 여지는 줄어든다.

또한 마을에서 살다 보면 성에 감금되어 있는 그 사람과도 만날 일은 없을 테니, 그냥 입만 다물고 있으면 드노엘과 그를 연관해 이야기를 끼워 맞추는 사람은 없을 것이다.

"날씨 좋다."

복도에 있는 창문을 활짝 열어젖히고 공기를 환기시키던 그레이스는 밖을 내다보며 혼잣말로 작게 속삭였다. 결정을 내리니 의외로 마음이 홀가분했다. 집이란 게 생겨서 좋았다. 이모가 있어서, 지켜주고 의지할 수 있는 가족이 있어서 좋았다.

한 번 안일하게 살아보자는 마음이 들었다. 너무 걱정만 하지 말고 이모 말대로 닥치는 대로. 그러다 안 되면 말마따나 떠나면 된다. 싫다면 떠나줘야지. 그때쯤이면 그도 한 명의 성인으로서 가족을 건사할 능력을 갖춘 사람이 되어 있을 것이다.

각오를 다진 그레이스는 두 손을 깍지 끼며 몸을 쭉 폈다.

이른 새벽 햇살로 가득한 집 안은 깨끗한 편이었다. 하지만 천장이나 집 안 구석구석 손이 닿지 않는 곳에 쌓인 먼지들이 꽤 있었다. 당연히 그걸 보고 그냥 넘어갈 그레이스는 아니었다.

제과점은 다른 가게들보다 이른 새벽부터 서둘러야 하는 직업이었다. 여느 때처럼 새벽에 눈을 뜬 에스더는 옷을 갈아입고 깔끔하게 머리를 틀어 올리고 방을 나섰다. 보통 아침은 대충 빵으로 때우는 편이지만 오늘은 조카가 와서 처음으로 맞이하는 아침이었다.

어제는 비쩍 마른 조카를 생각한다고 고기로 만든 음식을 잔뜩 만들어주었더니 그레이스는 그것들에는 손도 대지 않고 야채와 과일만 깨작거렸다. 고기만 먹으면 설사를 하는 바람에 먹고 싶어도 못 먹는다는 것이다.

괜히 마른 이유가 따로 있었던 게 아니다.

비록 고기는 못 먹는다지만 야채와 과일만으로도 충분히 훌륭한 음식을 만들줄 아는 에스더는 오늘은 아침이라도 그럴싸하게 차려줄 계획이었다. 언제 그레이스가 따뜻한 아침 식사나 먹어봤을까 하는 생각에 속상하기도 하고, 가슴이 아프기도 했다.

하지만 무엇보다 그녀에게 있어 오늘은 정말 오랜만에 가족과 함께 맞이하는 아침이기도 했다.

혼자 먹는 식사가 싫어서 매일 대충 빵으로만 아침을 때웠지만 오늘부터는 아니었다. 따끈따끈한 스프와 맛있는 오믈렛과 바삭 구운 식빵에 촉촉한 쨈이나 꿀을 발라 먹으며 하루의 일과를 시작할 가족이 생긴 것이다. 아니, 정확히는 돌아온 것이다.

에스더는 자연스럽게 콧소리를 흥얼거리며 거실로 나왔다가 잠시 그 자리에 서서 사방을 둘러보았다. 그리고 다시 자기 방으로 들어갔다가 다시 나오기를 몇 번이나 반복했다.

"일어나셨어요?"

방에 들어갔다 다시 나오기를 반복하는 에스더에게 그레이스가 아침 인사를 건넸다. 마침 다시 방으로 들어가려던 에스더는 그 소리에 문고리를 잡은 그대로 고개를 돌려 조카를 쳐다보며 물었다.

"여기 우리 집 맞니?"

"네?"

"우리 집 아닌 것 같아."

거실을 둘러보며 에스더가 약간 겁먹은 듯 울먹였다. 뭐랄까, 구조나 물건들은 그대로인데 이상하게 윤이 나고 번쩍거렸다. 창가에 있던 흔들의자는 목재로 만든 것으로 오래되어서 손때가 자잘하게 묵은 가구였다. 저렇듯 광택이 나 좋아 보이는 물건이 결코 아니었다.

그뿐만 아니라 나무로 된 바닥이나 부엌 쪽에 있는 식탁과 의자들도 사정은 같았다. 집 안에 퍼진 공기 자체가 어제와는 달리 상쾌해진 기분이었다. 마치 그녀의 방을 경계로 세상이 바뀌어 버린 기분에 에스더는 조금 무섭기도 했다.

"제가 청소했어요."

"청소? 그냥 청소만 했는데 이렇게 바뀔 수 있는 거야?"

"용병단에서 하던 일이 이런 거라서 이 정도는 아무것도 아니에요. 그러고 있지 말고 어서 와서 아침 드세요."

"아침?"

"부엌에 있는 것들로 간단하게 준비했어요."

그레이스의 부름에 머뭇머뭇 식탁 의자에 앉으면서도 에스더는 뭐가 그리 의심스러운지 손에 닿는 물건들마다 한 번씩 쓸어보고 두들겨 보았다.

광택 하나로 물건의 질 자체가 달라 보이는 것은 왜일까. 에스더는 고급 음식점에 와서 어쩔 줄을 몰라 하는 사람처럼 두 손을 무릎 위에 얌전하게 올려놓고는 눈치를 보았다.

그동안 이런 반응을 많이 봐온 터라 그레이스는 전혀 아랑곳하지 않고 준비해 놓은 음식들을 식탁에 올려놓으며 하나씩 설명을 곁들었다.

"아침은 간단하게 준비해 봤어요. 버섯이 있기에 스프 좀 만들고, 식빵은 간단하게 그냥 바삭하게 구웠으니까 쨈이나 꿀에다가 발라 드세요. 요구르트를 넣어서 오믈렛도 만들었는데, 이거 좋아하죠?"

오늘 그녀가 준비하려던 음식을 그대로 식탁에다 차리며 그레이스가 묻자 에스더는 마냥 고개를 끄덕였다. 물론 좋아했다. 요구르트나 생크림만 넣고 만든 오믈렛은 그녀가 좋아하는 음식 중 하나였다.

그걸 어떻게 알았는지, 의아하게 쳐다보자 그레이스는 자리에 앉으며 대답했다.

"어머니가 좋아하셨거든요."

그러고 보니 자신이 오믈렛을 좋아하게 된 것은 어렸을 적에 언니가 그것을 자주 만들어주었기 때문이다. 에스더는 포크를 입에 물며 침울해진 채 중얼거렸다.

"그렇구나. 그런데 이런 걸 언제 다 준비한 거야? 게다가 청소까지 했다면 혹시 밤에 잠을 못 잔 거니?"

에스더는 그레이스가 잠을 못 자고 밤새 청소만 하고 있었던 게 아닌가 걱정이 되어 물었다.

"아니요, 잘 잤어요. 그리고 청소나 아침 준비하는 데 그렇게 오래 걸리지 않았어요. 앞으로 집 안 청소나 식사 준비는 제가 할게요."

"그렇게 하지 않아도 돼."

"힘든 일은 저도 못해요. 우선 일층에 있는 가게도 청소하고 싶은데 빵 때문에 안 되겠죠? 먼지가 날리면 안 되니까요. 일단은 의자와 테이블부터 하나씩 손보고, 대청소는 언제 하루 날 잡아서 하는 게 좋을 것 같아요."

그레이스는 바삭하게 구운 식빵에 꿀을 발라 에스더에게 내밀며 오목조목 앞으로의 계획을 설명해 주었다. 그러자 에스더는 고개를 저으며 사양했다.

"그럴 필요 없어. 가게 일은 여태껏 나 혼자서도 잘해왔는걸. 넌 네가 하고 싶은 일을 해. 공부를 하고 싶다면 하고, 뭔가를 배우고 싶다거나 학교에 다니고 싶다면 얼마든지 다 해. 이래 봬도 나 꽤 능력있는 이모다. 너 하고 싶다는 거 뒷바라지 정도는 할 수 있다고."

"걱정 마세요. 저도 하고 싶은 일은 따로 있는 걸요. 이모 가게는 얼마간만 도와주려는 거예요. 제가 보기엔 조금 손볼 곳이 많아 보이거든요."

사사가 걱정했던 것과는 다르게 그레이스는 제과점에 대한 미련을 많이 떨친 편이었다. 무엇보다 사회적인 출세욕에 눈을 뜨기 시작한지라, 최고의 출세 수단인 집사는 더욱 포기할 수가 없었다.

고개를 조금만 돌리면 집사와는 비교도 안 되는 출세 길이 널려 있음에도 그런 건 감히 꿈도 꾸지 못하는 그레이스였다.

자신과는 속한 세계 자체가 다르다고 속단해 버린 지 오래였다. 그에게 있어 집사 이상의 것은 꿈도 아니었다. 꿈은 한 번쯤 꿔보기라도 하는 것이지만 그는 그런 꿈조차 있다는 것을 알지 못했다.

당분간 그냥 조금 지저분해 보이는 가게—어디까지나 그의 기준에서—와 집 안을 먼저 청소한 다음, 이곳에서 완전히 정착하면 차분히 마법 공부나 기타 여러 부족한 것들에 대해 공부하고 연습할 계획이었던 것이다.

그레이스의 대답에 비로소 안심이 된 에스더는 스프를 한 입 떠먹다가 놀라서 빵에다가 잼을 바르는 조카를 쳐다봤다. 스프가 너무 맛있었다. 음식 장사를 하는 그녀가 만든 스프보다도.

식사가 끝난 후에 아침 손님들을 위해 에스더가 빵을 준비하는 동안 그레이스는 가게에 먼지가 날리지 않는 수준에서 자신이 할 수 있는 내의 청소를 시작했다. 청소라고 해봤자 깨끗하게 물걸레질을 한 바닥과 테이블에 광택 마법을 시전하는 것이었다.

이층을 청소했던 것처럼 청소 마법을 사용하면 말끔하고 빨리 끝낼 수는 있겠지만, 왠지 그건 정서상 하기가 싫었다. 분홍색 마나가 휩쓸고 다니다 보면 아무래도 먼지가 빵에 닿을 수 있기 때문이다. 1퍼센트라도 그럴 가능성이 있다면 수고스럽더라도 손으로 천천히 하는 게 나았다.

그레이스가 이층과 같이 윤이 나기 시작하는 가게를 둘러보며 만족스러워할 때 첫 손님이 문을 열고 안으로 들어왔다.

"어, 누구세요? 에스더는?"

가게에 들어서자 웬 훤칠한 사내가 제일 먼저 눈에 보이자 여인은 당황해하며 에스더를 찾았다.

"이모가 지금 바쁘신 것 같은데 뭐 필요한 게 있으세요?"

그레이스는 허리에 두르고 있던 긴 앞치마에 손을 닦으면서 최대한 정중하고 친절하게 손님을 맞았다. 그래 봤자 별 차이는 없었지만 말이다.

"이모? 아, 에스더가 말한 조카가… 청년?"

"네."

"어머! 세상에 에스더가 사내아이라고 하기에 어린애인 줄만 알았는데, 다 큰 청년이었네. 그런데 어디서 많이 본 것……."

에스더의 조카라는 말에 여인은 호들갑을 떨다가 낯이 익은 그레이스의 얼굴을 빤히 쳐다보았다. 오늘 처음 본 청년이 왜 이렇게나 낯설지가 않은 것일까. 검지로 허공을 찌르며 여인은 그레이스와 닮은 사람을 기억하려고 노력했다.

"그러고 보니 우리 공작님을 쏙 빼닮았… 닮았… 닮았구려. 히엑!"

마침내 이유를 찾아낸 여인은 별일도 다 있다는 표정으로 말을 하려다가, 결국 여인들 특유의 비명을 고음으로 지르며 도망가다시피 가게를 나가 버렸다.

"첫 손님인데 그냥 가시면……."

여인이 도망간 이유를 너무도 잘 알고 있었지만 그래도 첫 손님인데 그냥 가는 것은 너무했다.

마수가 좋아야 하루 장사가 잘된다는 소리를 들은 적이 있는 그레이스는 조금은 상한 기분에 구두 끝으로 바닥을 툭툭 두들겼다. 그때 또 다른 손님 한 명이 가게를 찾아왔다.

"에스더, 오늘은 식빵을… 헤엑!"

아침 식사로 식빵을 사러 온 손님은 조금 전 여인과는 다르게 그레이스의 얼굴을 보자마자 그가 누구를 닮았는지 대번에 알아봤다.

처음엔 베르크너 공작님이 에스더의 가게를 찾아온 줄 알았지만 상대가 평범한 옷차림에 앞치마까지 한 젊은이라는 것을 알고는 더욱 경악해서 뒷걸음질을 치다가, 마침내는 괴물이라도 만난 듯 도망을 가버렸다.

"역시 마수가 좋지 못했어."

뛰쳐나가 버린 손님을 보며 그레이스는 허탈하게 중얼거렸다. 아마 오늘은 장사하기엔 글렀다 싶었다.

오는 손님들에, 소문을 듣고 몰려오는 사람들까지 난리 법석이 될 테니 말이다. 그렇다고 해서 그 사람들이 다 빵을 살 것 같지는 않았다. 분명 방금 전의 두 사람처럼 놀라 도망가거나 안으로 들어오지도 못하고 밖에서 힐끔거릴 가능성이 컸다.

가게 매상을 높여준다면 이왕 구경거리가 되기로 각오한 거 열심히 해볼 용의도 있는데 말이다. 하지만 아무리 봐도 오늘은 다른 날보다는 빵을 덜 굽는 게 좋겠다고 이모에게 말해야만 할 것 같았다.

예상했던 대로 그레이스의 얼굴을 본 많은 손님들이 놀라서 그대로 도망쳐 버리는 일이 계속 벌어졌다. 몇몇 둔하거나 베르크너 공작의 얼굴을 숙지하지 못한 외부인들에게는 무리없이 장사를 할 수 있었지만 그런 경우는 극히 드물었다.

베르크너 공작은 사람들에게 얼굴을 자주 보이는 편이었다. 마을이나 다른 공작령을 수시로 돌아보면서 필요한 것이 없는지 직접 챙기는 덕에 많은 이들이 그의 얼굴을 알고 있었다. 덕분에 너무도 쉽게 많은 이들이 그레이스가 누굴 닮았는지 알아챈 것이다.

장사는 에스더가 하는 거라서 그레이스가 할 일은 없었지만 그는 일부러라도 계속 가게 안에 머물렀다.

어차피 한 번은 겪을 것 빨리 해치우고 일상으로 돌아가는 게 나았다. 아니더라도 현재 흥분한 마을 사람들이 그레이스가 이층으로 올라가면 한꺼번에 우르르 몰려와 에스더를 귀찮게 할지도 몰랐다. 해명을 해도 일단은 사람들이 조금 진정된 후가 좋지 않을까 생각했다.

"어머, 달튼 경 아니세요?"

에스더는 가게 앞에 포진한 구경꾼을 헤집고 유유히 안으로 들어서는 한 사내를 보고 크게 반겼다. 딱히 반기거나 이렇게 친한 척할 그런 사이는 아니었지만 오늘 만큼은 왠지 그의 방문이 반가웠다.

"안녕하십니까, 에스더 양! 가게가 날로 번창하는군요."

"저분들이 다 손님이라면 말이겠죠."

달튼의 인사에 에스더가 머쓱한지 볼을 긁적이며 고개를 저었다. 그레이스에 대한 소문을 듣고 몰려온 사람들은 감히 안으로는 들어오지 못한 채 저렇게 밖에서 서성이고만 있었다.

덕분에 정말 볼일이 있어서 찾아오는 사람들까지 가게에 들어오지 못하고 있었다. 달튼의 경우는 현월의 기사단 제3조의 조장이란 직분 때문인지, 아니면 회색 눈동자와 머리칼 때문에 더욱 차갑게 느껴지는 그의 인상에 질려서인지 사람들이 쉽게 길을 터주었다.

"불편하시다면 모두 돌려 보낼까요?"

공작의 측근으로서 그레이스에 대해 아는 달튼은 사람들이 저러는 이유를 잘 알고 있었다. 그래 에스더가 귀찮아하는 것 같아 그녀의 의향을 물었다.

"아니, 그러시지 않으셔도 돼요. 며칠 이러다 말겠죠."

달튼의 물음에 에스더는 얼른 손을 내저으며 사양했다.

현월의 기사단은 세 개의 조로 나누어졌고, 각 조마다 다른 특성과 개성을 가지고 있다고 들었다. 그런데 무예를 주류로 삼는 1조와 2조와는 다르게, 3조는 마법과 무예를 함께 터득한 마검사들로 이루어졌다.

하지만 마검사라고 해도 보통은 자신이 주류로 내세우는 것은 하나였고, 다른 하나는 그냥 보조의 수단으로 익히는 경우가 많다고 했다. 해서 3조에서도 무예를 주류로 하는 경우와 마법을 주류로 하는 이들로 나눠졌고, 그들의 조장인 달튼은 어느 모로 보나 마법사라 할 수 있는 인물이었다.

그런데 성격이 딱 부러진다고 해야 할까, 아니면 냉정하다는 게 맞는 소리인지 에스더가 알기에 현월의 기사단의 다른 조장들과 다르게 그는 손속에 사정을 두지 않는 사람이었다. 자민트와 카마인이야 성격도 성격이지만 에스더에게 잘 보이기 위해 험악한 모습은 보이지 않는 것이고, 그녀에게 잘 보일 필요가 없는 달튼은 거칠 게 없다는 것이었지만 그녀는 그 차이를 알지 못했다.

말 그대로 자민트나 카마인이라면 좋은 말로 사람들을 해산시키거나 양해를 구하겠지만, 달튼이라면 표정 하나 변하지 않고 사람들의 머리에 그대로 불덩이를 던져 버릴 사람이었다.

에스더가 강하게 사양을 하자 달튼은 바로 알았다고 고개를 끄덕였다. 그는 상대가 싫다면 두 번 이상 권하지 않는 성격이었다. 에스더와 대화를 하면서도 예의 차가운 시선으로 가게를 둘러보던 달튼은 그레이스를 발견하자, 폭이 넓은 걸음으로 성큼성큼 걸어 그의 앞에 가 섰다.

그가 이곳에 찾아온 이유는 바로 그레이스였던 것이다.

가게 구석에서 적당히 자리를 잡고 책을 읽고 있던 그레이스는 갑자기 머리 위로 드리워진 그림자에 고개를 들어 달튼을 올려다봤다.

"제군이 다인 그레이스?"

달튼이 그레이스에 못잖은 무표정한 얼굴로 그레이스의 이름을 확인했다.

"네."

"나는 현월의 기사단의 제3조장 달튼 올 마세 클라이튼이라고 한다. 잠시 자네를 만나고 싶어하는 사람이 있어서 그러는데 시간을 내줄 수 있는가?"

"저를 만나고 싶다면 직접 오시라고 전해주시겠습니까? 보시다시피 지금도 저를 보고 싶어하는 사람들은 저렇게 많아서요. 제가 저 사람들의 부름에 일일이 답한다면 몸이 두 개라도 모자랄 겁니다."

그레이스는 턱으로 창밖에 다닥다닥 붙어 있는 사람들을 가리키며 달튼의 부탁을 거절했다. 현월의 기사단이라면 베르크너 공작의 직속 기사단이었다.

베르크너 가와는 얼마의 거리를 유지하고픈 그레이스로서는 그들과 얽히고 싶은 마음이 쥐꼬리만큼도 없었다. 게다가 처음부터 오라 가라 하는 것도 마음에 들지 않았다. 볼일이 있으면 있는 사람이 찾아와야 하는 게 예의였다.

만약 자신을 찾는 이가 공작이라면 바로 나서야겠지만 달튼이 '사람'이라고 칭하는 것을 보면 그건 아닌 것 같았다. 그렇다면 오란다고 이유와 목적지도 모른 채 길을 나설 이유가 그레이스에게는 없었다.

"그렇군. 자네의 대답은 내가 대신 전해주겠네."

그레이스의 대답에 달튼은 두말하지 않고 바로 물러나며 에스더에게 인사를 하고 가게를 나가 버렸다. 딱히 기분이 상해 보이지는 않았다. 그저 그레이스가 거절했기에 자신에게 심부름을 시킨 사람에게 그 말을 전하면 그뿐이란 눈치였다.

"그레이스, 괜찮겠니?"

달튼이 나가자 에스더가 걱정이 되는지 그레이스에게 물었다.

"걱정하지 않으셔도 돼요. 저들은 제가 공작님의 아들인 줄 알고 있거든요. 자민트 씨를 비롯한 공작님의 측근들은 예전부터 저에 대해 알고 있었다니까요. 그런데 제가 이곳에 있으니까 그 이유를 알고 싶은 거겠죠. 아니면 이미 공작님이 제 뜻을 저들에게 전했든가요."

공작의 아들이라면 성에 있어야 하는 게 정상이었다. 아무리 이모라지만 공작의 후계자가 될 몸이 이런 곳에서 아무런 보호도 없이 지낸다는 게 말이 되지 않았다. 그레이스의 진실한 출생의 비밀과 그의 뜻을 모르는 그들로서는 궁금했을 것이다.

"그리고 이제부터 제 출생에 관한 이야기는 우리만 있다고 해도 하지 않는 게 좋을 거 같아요."

"왜?"

"공작님이 보호 차원으로 사람을 붙여줄 수도 있고, 저에 대한 소문이 퍼지면 여기저기서 뭔가를 캐내기 위해 감시자를 보낼 수도 있거든요. 일단은 조심하는 게 좋을 거예요."

"뭔가 굉장히 복잡하구나."

귀족들 간의 세력 다툼이나 음모에 대해서는 문외한인 에스더는 손가락으로 관자놀이를 누르며 이마를 찡그렸다. 그레이스는 베르크너 가와 아무 상관이 없다고 무대포로 우기고 발뺌하면 모든 게 끝날 거라 단순하게 생각하고 있던 그녀로선 갑자기 머리가 복잡해지는 기분이었다.

하지만 더 이상의 것을 생각하고 말고 할 사전 지식이나 경험이 그녀에게는 없었다. 고민한다고 해서 뾰족한 수가 생기는 것도 아니었다. 지금껏 고아라는 것 말고는 평범, 그 자체로 살아온 그녀에게는 문제의 심각성을 가늠할 수 있는 능력이 없었다.

"복잡하게 생각하지 않으셔도 돼요. 그냥 입 조심만 하면 아무 일도 안 생길 테니까요. 그런데 또 손님이 오네요. 사람들이 물러가는 것을 보니 아마도 방금 전에 저를 보고 싶다던 사람이 직접 찾아오는 것 같네요."

고민하는 에스더의 어깨를 두들겨 주며 안심시키던 그레이스는 문득 느껴지는 날카로운 기운에 창밖을 쳐다봤다.

아니나 다를까, 가게 밖에서 옹기종기 모여 창문 너머로 그레이스를 구경하던 사람들이 하나둘 흩어지고 있었다. 난폭하다 싶은 차가운 기운이 그레이스에게까지 느껴졌고, 에스더도 아무 사정도 모른 채 몸을 떨었다.

대번에 밖에서 무슨 일이 일어나고 있는지를 감지한 그레이스는 에스더를 의자에 앉힌 다음, 문 앞에 가서 자신이 직접 손님을 맞이했다. 손님이라기보다는 그레이스에게 용무가 있는 예의없는 방문객은 꽤나 날렵한 몸매를 가진 장년인이었다.

나이는 있어 보이지만 몸에서 풍겨 나오는 기도나 자리를 잡고 서 있는 자세가 결코 평범한 노인은 아니었다.

회색 정장을 말쑥하게 차려입은 장년인은 문을 열자 바로 보이는 그 레이스에게 웃으며 하는 짓과는 다르게 정중히 물었다.

"당신이 다인 그레이스인가요?"

"네, 맞습니다."

"조금 전에 당신을 보았으면 하고 달튼 경을 보낸 사람이 바로 접니다."

"그러셨군요. 그런데 무슨 볼일로……?"

"볼일이야 당연한 거 아닌가요? 오늘 아침에 공작님이 당신이 '다인 그레이스'로 살아갈 거라고 저희에게 말씀하셨답니다. 당신이 그리 살 기를 바란다면서요, 맞습니까?"

"그렇습니다."

그레이스가 담담하게 긍정하자 장년인은 대번에 얼굴을 찡그리려다 가까스로 참으며 다시 말을 했다.

"다시 한 번 생각해 보는 게 좋을 겁니다. 그분이 얼마나 당신을 기 다렸는지 아십니까? 그분이 당신과 당신 모친을 내버려 둔 것은 다 피 치 못할 사정이 있었기 때문이에요. 설마 그 일로 오해가 있다면 제가 당시의 일을 다 설명해 주겠습니다."

"그러실 필요는 없습니다. 오해가 있는 것도 아니고, 공작님께 불만 이 있어서도 아닙니다. 이렇게 사는 게 제가 편해서입니다. 그런데 대 화를 시작하려면 먼저 자신이 누군지부터 밝히는 게 예의가 아닌가요? 어르신은 저를 알고, 저는 어르신을 모르니 왠지 편하지가 않습니다. 그리고 기운 좀 거둬주시겠습니까? 이 가게 안에는 저희 이모님도 계십니다."

그레이스는 어깨 너머로 에스더를 가리키며 장년인이 내뿜고 있는 서늘한 기운을 거두기를 부탁했다. 그야 참을 만했지만 밖에 있던 사람들을 내쫓을 만큼 한기 어린 기운은 평범한 여인인 에스더가 감당하기엔 벅찬 것이었다.

그제야 구석에서 오들오들 떨고 있는 에스더를 발견한 장년인은 지금껏 내뿜던 한기를 얼른 거두고 그녀에게 사과하며 자신을 소개했다.

"전 베르크너 공작님을 모시고 성의 모든 일을 총괄하는 책임을 맡은 총관이랍니다."

총관이란 직업에 대단한 자부심을 가진 나머지, 장년인은 직업으로 자신을 소개하는 것에 급급해 자신의 이름을 밝힌다는 것을 깜박해 버렸다. 하지만 무엇보다 그는 이름으로 알려지는 것보다 총관으로 그레이스에게 깊은 여운을 남기고 싶었다.

"총관이라……."

베르크너 가의 총관에 대해 자민트에게 들은 적이 있었다. 한때 현월의 기사단장이기도 한 그가 총관으로서 집사가 없는 베르크너 공작의 성에서 제반 업무를 모두 도맡아 한다고 말이다. 만약 총관이 집사였다면 그레이스는 그에 대한 평가를 너그럽게 잡았을지 모른다.

하지만 총관이라면 사정은 달라진다. 굳이 좋게 봐줄 이유도, 잘 보일 필요도 없었다. 아무리 집사와 하는 일이 비슷하다고 해도 두 직업은 분명하게 달랐다.

"총관이시라면 하실 일이 많을 텐데 너무 주인의 개인적인 사정까지 개입하시려는 것 같네요. 총관이라면 총관의 일이나 열심히 하시기 바랍니다."

"하하하, 이게 바로 총관의 일 아니겠습니까? 총관이란 무릇 주인의 심기까지 살펴 불편함이 없도록 노력하는 게 본분이죠."

"그건 집사의 일이지 총관의 일이 아닙니다."

그레이스의 딱 부러지는 단안에 총관의 미간에 자잘한 힘줄이 들쑥날쑥 올라왔다 사라졌다.

집사가 할 일이라니, 이 젊은 아이는 아직 직업의 체계적인 정의를 분명하게 세우지 못한 게 분명했다. 그렇지 않고는 어찌 총관이 해야 할 일을 집사의 일이라고 주장하는가 말이다.

"집사의 일이라니요? 뭔가 많이 잘못 알고 있군요. 원래 집사란 하인들이나 관리하지 그 밖에는 영 쓸모가 없는 사람들입니다. 대저 총관이란, 그 이름 그대로 모든 일을 총괄하는 사람으로서 집사 나부랭이와는 비교 자체가 되지 않는 자리랍니다."

원래의 목적은 그레이스를 잘 설득해서 성으로 데려가 공작님의 이마에 생긴 주름 하나를 없애는 것이었다. 더불어 베르크너 가의 후계자로 삼아 불안한 가문의 위상을 다시 살리고자 함이었다. 외손자에게 후계를 잇게 할 수도 있었다. 하지만 아들이 있는데 그럴 이유가 어디에 있겠는가.

길을 가는 사람들에게 물어봐라. 외손자와 아무리 사생아라지만 친아들 중에 누가 후계를 잇는 게 정통성이 있겠냐고.

그런데 이 어린 도련님은 베르크너 가의 성(姓)을 물려받기를 거부했다는 것이다. 게다가 마음씨 고운 공작님은 아이가 원한다면 굳이 강요할 생각은 없다고 하셨다. 하지만 그 마음 깊숙이 묻어나는 섭섭함을 총관이 왜 모르겠는가.

해서 이렇게 찾아온 것이다. 말은 그렇게 하지만 공작님이 진정 원하는 것이 무엇인지 자신이 대신 전해주고자 말이다. 만약 두 사람 사이에 오해라도 있다면 최선을 다해 풀어주고자 결심도 했다.

그런데 어째 이야기 전개가 점점 이상한 쪽으로 빠지고 있었다. 더 큰 문제는 총관 본인이 그걸 자각하지 못하고 있다는 것이다.

그는 총관과 집사를 비교하며 후자를 우위에 두는 듯한 그레이스의 발언에 그만 기분이 상해 버렸다. 하지만 그레이스 앞에서 '집사 나부랭이'는 절대 해선 안 되는 말이었다. 사람이 사람을 싫어하게 되는 계기는 정말 별거 아닌 일부터 시작되는 것이었다.

"집사 나부랭이요?"

"그렇습니다. 왜 우리 성에 집사가 없겠습니까? 다 쓸모가 없으니까 아예 들이지 않는 게지요. 수요가 있는 곳에 구매가 있듯 말입니다."

"가끔 싼 맛에 구매를 잘못하는 경우도 많죠."

"싼… 맛!"

잘못가도 한참을 잘못 가버린 항해가 되고 말았다. 대화의 주제는 풍랑을 만나 침몰하였고, 거센 파도와 난폭한 바람만이 넓은 바다를 독차지하기 위해 서로 으르렁거리며 싸우는 형국이 되고 말았다.

"진정 상품(上品)의 맛을 경험하지 못한 사람들은 싼 맛에 길들여져 잘못된 구매를 계속 하는 경우가 많이 있지요. 뭐, 그렇다고 총관님이 '싼 맛'에 의해 구매된 '하품'이란 소리는 아닙니다. 다만 총관께서도 성에 집사가 생긴다면 지금처럼 본인의 직업에 대한 자부심을 계속 유지하긴 힘들 거라 이 말이죠."

덤덤한 어조와 차분한 얼굴의 그레이스를 보자면 분명 시비를 걸거나 상대의 자존심을 건들기 위한 의도가 있어 보이지는 않았다. 하지만 분명 그가 하는 말들을 곱씹어보면, 아니, 곱씹어볼 것도 없이 듣는 그대로를 해석하면 총관의 복장 터질 소리만 골라서 하고 있었다.

"하하하! 아직 모르는 게 많군요. 배워야 할 게 참 많아 보입니다."

간신히 배에서 우르르 끓어올라 오는 뜨거운 것을 참으며 총관은 그 레이스의 무지를 지적하며 고개를 저었다. 마치 아직 아무것도 모르는 어린애를 타이르듯이 그의 목소리는 사뭇 너그럽기까지 했다.

"그런가요? 이런 건 많이 배우지 않아도 기본 상식으로 알고 있는 지식이라 생각하는데요."

"기본 상식이라고 말했나요?"

"네."

"그럼 대체 얼마나 많은 기본 상식을 알고 있는지 볼까요, 가령!"

총관은 두 손으로 앞머리를 쓸어 올리고, 두 발을 약간 벌리고 선 자세에서 기본 상식이란 무엇인가에 대해 좔좔 늘어놓았다.

"우선 유일신인 라르고리스님의 교리부터 볼까요? 교리서의 근본을 이루고 있는 다섯 장에 대해서 이야기해 봅시다. 참회의 스베트라나 용서의 미하일, 믿음의 아론드, 회오의 아드레이스, 자비의 류드밀라의 내용은 알고 있나요? 각 장마다 추구하는 진리와 종교의 근본 철학이 담긴 문장과 그것들이 지시하는 참된 삶의 방향이 무언지 하나씩이라도 말할 수 있습니까? 그리고 64년 전에 페르스와 맺었던 무역 협정인 '다나트 서약'은, 12년 발티란트와 있었던 소발일 전투에서 갈라나 자작이 정부이자 이중 첩자였던 라오사에게 정보를 유출한 사건을 계기로 생긴 '라오사 전칙'의 내용은? 586년 전에 헤르베트 백작이 최초로 문서화했던 귀족이 지켜야 할 열두 가지 명예와 의무에 관한 수칙에 대해서는 아나요? 기본 상식이라는 건 이런 걸 말하는 거죠."

고개를 삐딱하게 들면서 이중에 대답할 수 있는 게 있다면 한 번 말해 보라는 총관이었다. 셰어도란트에서 그레이스에 대해 아는 자는 리카도를 비롯해서 그의 몇몇 측근들이었다. 그리고 그들은 그레이스가 어떻게 자라왔으며, 어떠한 환경에서 무얼 배우고 자라왔는지도 이미 조사해 숙지하고 있는 상태였다.

그래서 그레이스가 베르크너 가에 입적되고 후계자로 지명된다면 무엇을 어떻게 교육시킬지 이미 계획을 세워둔 상태였다.

그러기에 총관은 그레이스가 취약한 부분이 무언지 너무도 잘 알고 있었다. 종교나 교양 과목과 역사에 대해서 배울 만큼 삶의 여유가 없었던 그레이스가 그의 물음에 대답할 만큼 지식을 갖추고 있을 턱이 없었다. 간혹 총관이 말한 것들에 대해 어렴풋이 들은 적이 있다고 해도 그를 만족시켜 줄 만큼의 내용은 아닐 것이다.

당연히 대답을 못하고 가만히 있어야만 했지만 특유의 무표정 때문에 그레이스의 얼굴에서는 어떠한 난처한 기색이나 당황하는 표정이 보이지 않았다. 만약 총관이 그레이스의 무표정한 얼굴에 대해 사전에 알지 못했다면 도리어 이 차분한 대응에 당혹해했을지도 모른다.

느긋이 그레이스의 대답을 기다리는 총관의 머리 속에서는 화려한 총채 수십 개가 한꺼번에 흔들리며 환호성을 외치고 있었다.

"난감하군요."

"난감하죠?"

그레이스가 무료한 표정으로 대답하자 총관은 입 꼬리를 말아 올리며 수긍했다.

난감할 거라 생각한다. 하지만 그 역시 만만찮게 난감한 처지였다. 상대가 현월의 기사단의 기사들이었다면 일단 무릎 꿇게 하고 개화를 시키고 보았을 텐데, 역시 주인의 아들이란 어려운 대상이었다.

게다가 그레이스에게 특이할 정도로 애정을 나타내는 공작 때문에 더욱 그러했다. 아직 공작가에 입적한 것이 아니니 적당히 무례하게 대한다고 해서 예의에 벗어나지는 않을 것이다.

그러나 공작에게는 절차상의 문제를 떠난 근본적인 기분의 문제였다. 누구라도 그레이스를 함부로 한다면 공작이 나서서 제재를 가할 분위기였던 거다.

난감하다는 대답과는 어울리지 않게 찬찬히 가게 안을 둘러보다 벽에 걸려 있는 '어떤 것'을 발견한 그레이스의 눈에 기묘한 빛이 스치고 지나갔다. 슬쩍 짓궂은 웃음기를 자기 혼자서 지어 보인 그레이스는 총관을 보며 물었다.

"아직도 하실 이야기가 많은가요?"

"하고 싶은 이야기를 다 풀어놓자면 오늘 밤으로도 부족할 판입니다."

"그럼 어디 한가한 곳으로 가서 마저 이야기하는 게 어떨까요? 여기서 계속 이러고 있으면 영업에 방해가 될 테니까요."

"밖이요?"

"네. 저야 이곳 지리를 모르니 사람들이 잘 오가지 않는 한가한 곳으로 총관께서 안내해 주세요. 계속 가게에 있었더니 바깥바람이 맞고 싶네요."

"그렇다면 맡겨주세요, 내 좋은 장소를 알고 있으니. 에스더 양, 잠시 그레이스 군을 데리고 나갔다 오겠습니다. 그러니 걱정하지 마세요."

"네? 아, 예."

그래도 계속 대화를 하고 싶다는 긍정적인 대답을 들은 총관은 구석에서 눈치만 살피고 있는 에스더에게 인사를 하고 앞장서 가게를 나왔다. 그의 뒤를 느린 걸음으로 따르던 그레이스는 가게를 나가기 전에 벽에 걸려 있는 '어떤 것'을 챙기는 것을 잊지 않았다.

총관과 그레이스가 가게를 떠나고 얼마 되지 않아 동네 사람들이 하나둘 가게 안으로 들어오기 시작했다. 총관에 의해 가게 앞에서는 물러났지만 그래도 멀리 떨어진 곳에서 줄곧 지켜보고 있었던 것이다.

"에스더!"

"대체 어떻게 된 거야?"

"저 아이, 분명 에스더 조카지? 그런데 어떻게 공작님하고."

우수수 쏟아지는 질문들에 에스더는 한숨을 내쉬며 가게에 남아 있는 빵들을 바라봤다. 어제는 그레이스와의 상봉 때문에 오후 장사를 하지 않은데다가 오늘은 오전부터 장사를 하지 못해 팔지 못해 남은 빵이 꽤 되었다.

이러다간 남은 빵들을 그녀와 그레이스가 다 해치워야 한다는 말이 나오기 직전이었다.

"에스더~"

질문에는 대답을 않고 한숨만 내쉬는 그녀를 부르는 소리가 한층 높아지고 길어졌다. 번뜩 가게 안에 사람들이 많다는 것과 그들이 모두 소비자가 될 수 있다는 것을 깨달은 에스더는 움찔움찔 벌어지려는 입을 모으며 웅얼거렸다.

"글쎄요. 오늘은 장사를 망쳐서 이야기할 맛도 안 나네요. 문 닫고 오늘은 그냥 쉴까 해요. 하긴 이런 식이라면 계속 장사도 안 될 것 같으니까 며칠 쉬어버릴까."

혼잣말처럼 중얼거리는 그녀의 말을 들은 사람들은 순간 움찔하더니 근처 가까이에 있는 빵을 하나씩 집기 시작했다.

"정말 너무들하세요. 이젠 조카랑 둘이 살아가려면 예전보다 더 열심히 살아가야 하는데, 이런 식이라면 앞날이 막막하기도 하고."

그녀의 말이 끝나기가 무섭게 사람들은 하나씩만 들었던 빵을 두세 개씩 더 집기 시작했다. 그레이스가 걱정했던 것처럼 에스더는 사람들에게 시달리지 않았다. 어쨌든 토박이인 그녀가 이곳 사람들을 다루는 데는 그보다 훨씬 나았던 것이다.

얼추 보아도 오늘은 재고 하나 없이 장사를 끝낼 수 있어 보였다. 뭐, 그레이스에 대해서는 그냥 언니의 아들이며, 우린 아무것도 모른다고 우기면 되는 일이었다.

마을 사람들은 그녀와 크게 다르지 않았다. 간혹 똑똑한 사람들도 있지만 대부분이 보통 수준의 일반인에 불과했다. 말하지 않는 것 이상을 추리할 만큼의 지적 수준도, 그렇다고 악성 루머를 무작위로 만들어서 퍼뜨릴 만큼 성격이 삐뚤어지지도 않았다.

물론 예전에 셰어도란트에 자자했던 언니와 공작님의 소문을 아는 자들은 어림짐작으로 추측할 수 있을 것이다. 그리고 소문은 이렇게 날 것이다. 언니가 공작님의 아이를 임신하고 셰어도란트를 도망쳤으며, 그사이에 태어난 것이 바로 그레이스라고.

순박한 사람들에게는 보이는 것이 진실이고 들리는 것만이 사실이었다.

총관이 안내한 곳은 마을의 뒤편에 있는 한적한 공원이자 산책길이었다. 아름드리 나무와 곳곳에 앉아서 쉴 수 있는 의자가 있는 것이, 세세한 곳까지 신경 쓴 흔적을 엿볼 수가 있었다.

"이곳이라면 안심하고 이야기해도 좋을 겁니다. 마을 뒤편인데다가 저녁이나 돼야 가족 단위로 산책 나오는 사람들이 가끔 보일 정도죠. 공작님께서 주민들의 여가를 위해 섬세히 신경 쓴 부분이기는 하지만 생각만큼 사람들의 호응을 많이 받지 못하는 곳이랍니다."

총관의 목소리에는 은은한 자부심이 엿보였다. 비록 주민들의 이용이 적기는 하지만 작은 것에서부터 주민들의 생활을 돌봐주는 베르크너 공작의 씀씀이가 좋았다. 당장 큰 효과는 없더라도 이런 정책은 날이 갈수록 효력을 발휘할 것이다.

보다 나은 미래를 위해 한 걸음씩 걸어가는 현재가 만족스러웠다.

총관은 당장이라도 푸른 물이 뚝뚝 떨어질 것만 같은 나무 아래에 서서 그레이스를 바라보았다.

먼저 어떤 이야기부터 꺼내야 하나. 집사와 비교해 총관이란 직업의 우위를 말해야 하나. 베르크너 공작님의 진정한 소원이 무언지를 알려주어야 하나. 잠시나마 고민을 하다가 가게에서 했던 이야기를 마저 하는 게 낫다는 결론을 내렸다.

바로 본편으로 넘어가는 것보다 우선은 한 가지 주제로 대화를 하면서 친해지는 것이 좋다 싶었던 것이다. 상당히 무모한 짓이었다. 총관과 집사를 두고 그 우위성에 대해 논하는 것이 두 사람에게는 처음부터 무의미했던 것이다.

특히 그레이스에게 집사를 나부랭이로 표현하는 짓 따위는 절대 해선 안 되는 일이었다는 것을 이때의 그로서는 절대 알 수 없는 일이었다.

"아까 가게에서 했던 이야기를 마저 할까요? 예를 들어서 하는 말이지만 집사와 총관! 얼핏 보면 서로 비슷해 보이는 직업이기는 하지만 엄연히 다른 직종이라는 것을 말해 주고 싶군요. 집사야 하인들이나 관리하고 매 끼니는 무엇으로 하나, 손님이 오시면 어디에 머물고 어떤 접대를 해야 하는지만 결정하면 되지만, 총관에게는 그보다 더 고차원적인 지적인 수준을 요구한답니다. 즉, 집사도 총관의 직속에 들어간다 이거죠. 애꿎은 일이지만 종종 사람들이 선택을 잘못해서 총관이 될 수 있는 것도 집사가 되는 바람에 인생 망치는 경우를 많이 보았습니다."

"인생을 망쳐요?"

어처구니가 없어서 되묻는 그레이스의 물음에 총관은 당연하다는 표정으로 고개를 끄덕였다.

"집사는 이미 한물간 직업입니다. 물론 아직은 많은 가문에서 총관보다는 집사를 두고 있지만 어림도 없는 말씀. 미래 지향적으로 보면 총관이 더 낫지요. 벌써 이름부터가 레벨이 다르지 않습니까? 집사와 총관, 역시 후자가 더 있어 보이죠."

"하! 총관이 하는 일이 무언지 아시나요?"

"그거야 저택이나 성의 모든 제반 업무를 담당하는 직이죠."

바로 나오는 대답에 그레이스의 입술이 말려 올라갔다. 분명 비웃음이 깃든 미소였지만, 총관이 보기엔 그저 살짝 꿈틀하다 만 것으로 보였다.

"물론 그 말도 맞습니다. 하지만 처음 총관이 나왔을 적에 그들의 일은 아주 제한되었다고 들었습니다. 가령 재정이면 재정, 인원 관리면 인원 관리, 정원 관리면 정원 관리 등등. 그 분야에 대한 일과 밑에 사람만 관리하고 총괄했죠. 즉, 한집안에 총관은 여럿 있을 수가 있다는 말입니다. 하지만 집사가 둘인 집은 지금껏 한 번도 본 적이 없습니다."

맘껏 비웃음을 섞어 대답하는 그레이스의 말에 총관은 그만 열받고 말았다. 한마디로 여럿인 총관이 하나인 집사 밑에 들어가는 게 아니냐는 소리였다.

"하지만 시대는 변했습니다. 더 이상 비전문적인 구닥다리 집사의 시대는 갔지요. 요는 전문인들의 시대! 그리고 점차 모든 분야에서 전문적인 지식을 갖춘 이들이 나오면서 그들이 집사가 할 일을 대신 하는 경우가 많아지고 있죠. 집사는 주인과의 개인적인 친분을 관계로 자리를 유지하는 구세대적인 시대의 상징입니다. 하지만 총관은 다르죠. 그들은 실력과 전문성을 두루 갖춘 새로운 시대를 여는 상징입니다."

옳은 말인지는 모르지만 실력도 없고, 오직 공작과의 친분으로 총관 자리를 유지하는 그가 말하기에는 전혀 설득력이 없었다. 하지만 아직 총관의 뒷배경과 그의 실력을 모르는 그레이스로서는 반박에 앞서 말문이 막혔다.

집사 나부랭이와 구닥다리 집사에서 구세대의 상징이라니.

이쯤 들었으면 결론은 난 것이다. 마지막까지 노인에게 이러면 안 된다는 양심이 그를 망설이게 했지만 더 이상은 참을 수가 없었다. 또 자민트가 말하기를 나이와 외모로 총관을 평가해선 안 된다고 했다. 비록 나이는 있지만 현월의 기산단의 어느 누구보다 강하고 무서운 이라고 했다. 이 말을 전적으로 믿고 그래도 일말의 망설이던 마음까지 구석에다가 던져 버린 그레이스는 가게에서 나오며 가져왔던 것을 주머니에서 꺼냈다.

케이크를 상자에 담아 포장할 적에 사용하는 너비 2㎝가량의 분홍색 리본 띠 뭉치였다. 사용하는 용도가 많아서 리본 띠의 양은 꽤 많았다.

그레이스가 리본 띠를 꺼내 만지작거리다 고개를 숙이고 뭐라 중얼거리는데도 총관의 입담은 끝날 생각을 하지 않았다. 아니, 뭔가 이상한 기색을 차리고 입을 다물었을 때에는 이미 그레이스의 입에서 마지막 주문이 끝난 후였다.

"속박에서 벗어난 아름다움이여 스스로를 구속하여 나에게 복종하라."

주문과 함께 그의 손에 있던 리본들이 분홍색 마나에 휩싸여 총관에게로 날아갔다.

"어, 어?"

현월의 기사단의 단장까지 역임했던 총관이었다. 마법사를 부하로도 두었고, 수없이 많은 마법사들과 싸워본 적도 있었다. 하지만 지금까지 저렇게 산뜻할 정도로 예쁜 분홍색의 마나는 보지 못한 그였다.

아니, 저게 마나이기는 한 건지, 그것조차도 의심이 가 눈을 모아 자기에게로 날아오는 분홍색에 분홍 빛이 반짝이는 리본을 멍하니 쳐다보았다. 뛰어난 그의 감각에 의하면 위협적이라거나 살기 혹은 공격적인 느낌은 전혀 없었다. 해서 방심하고 지켜보았다.

설마 하니 베르크너 공작님의 아드님이나 되시는 분이 충성스러운 총관을 공격한다는 것도 어불성설이고 말이다. 게다가 그에게 날아오던 리본은 그의 앞에서 잠시 멈춰 나비 모양의 매듭을 만들기 시작했다. 그 모양이 너무 신기해서 총관은 입을 벌리고 감탄을 하였다.

"오오~"

하지만 그건 실수였다. 눈앞에서 나비 모양으로 매듭을 만들던 리본들이 어느새 그의 몸을 친친 감겨오는 게 아닌가. 설명은 길지만 그 순간은 찰라와 같이 짧아서 눈 깜짝할 사이도 없이 분홍색의 리본들은 미라처럼 총관의 몸을 동여매 버렸다.

"읍읍."

특히 입과 팔 부분이 리본으로 꽁꽁 싸인 총관의 몸 여기저기에선 예쁘고 앙증맞은 리본들이 수십 개가 달려 있었다. 바람에 기분 좋게 살랑살랑 흔들리는 모양이 참으로 고왔다.

"총관께서 제게 물어보셨던 기본 상식들은 솔직히 거의가 모르는 것뿐이었습니다. 사는 게 바빠서 교리서나 역사서는 최근에야 읽기 시작했거든요. 이런 무식한 저를 공작님께서 좋게 봐주시는 것은 알고 있습니다. 하지만 저는 그 마음만 받겠습니다. 그것만으로도 고맙고 기쁘니까요. 그러니 무식한 저에게 더 이상의 것은 기대하지 말아주셨으면 합니다."

총관의 몸에 달린 리본 몇 개를 손봐주면서 그레이스는 차분하게 자신의 뜻을 밝혔다. 과연 이것으로 총관이나 공작의 측근들이 포기할지는 모르겠지만 일단 그의 의사는 확실하게 전달한 셈이었다.

"그리고 집사와 총관에 대한 토론은 나중에 제 마음이 조금이라도 진정될 때, 그때 다시 하지요. 지금은 상당히 기분이 불쾌해서 말입니다. 거듭 강조하지만 한 번 깨진 그릇은 아무리 다시 붙이려 해도 도로 그릇이 될 수 없습니다. 게다가 전 그릇이었던 때도 없었으니 영원히 조각일 수밖에 없는 사람이죠. 그러니 조각을 찾아 붙일 생각만 하지 말고 온전한 그릇을 찾으세요."

이 말을 끝으로 그레이스는 어여쁘게 리본에 묶여 나비 매듭이 꽃처럼 흔들리는 총관을 내버려 두고 유유히 가게로 돌아가 버렸다. 총관이야 수십 개의 나비 매듭으로 꼼꼼하게 묶여 있어도 빠져나올 능력이 충분히 있어 보이니 걱정할 필요는 없었다. 아마도.

STORY 28

그늘은 빛이 있기에 존재한다

용병 일을 그만두고 평범한 여인의 삶을 살아가는 프러드 젠시는 꽃집을 운영하는 남편과 쌍둥이 딸들과 함께 행복한 나날을 보내고 있었다.

"누가?"

젠시는 남편 하이젤이 뭔가 열심히 적고 있던 종이를 뺏어 읽어보고는 쌍심지를 켜고 남편을 노려보았다.

"행복한 나날?"

"그럼 아니야?"

선이 곱고 일견 유약하게도 보이는 하이젤은 크게 침을 삼키면서 젠시의 물음에 대답했다. 한때 잘 나가던 용병이며, 만약 그대로 갔다면 여인들 중 최초의 특급 용병이 나오지 않았을까 하는 평가를 듣는 젠시는 솔직히 좀 무서운 구석이 있었다. 솔직하게 고백하자. 많이 무섭다.

"맞고 틀리고를 떠나서 이런 글은 왜 쓰는 건데?"

종이와 남편을 번갈아 보며 젠시의 얼굴이 점점 마땅찮다는 표정이 되어갔다.

"그냥, 제니와 라민 씨를 보니까 우리가 처음 만났을 때가 생각나서."

멋쩍게 머리를 긁적이며 사촌 동생의 이야기를 꺼내는 남편을 보고 젠시는 손 안에 쥐고 있던 종이를 꾸깃꾸깃 구겨 버리고 말았다. 그래 남편의 말 때문에 생각나고 말았다. 한때 토이지 라민이 좋다고 짝사랑에 빠져 허우적거리던 젊은 날의 그녀가.

이제 와 그에 대한 마음이 남아 있는 건 아니었다. 남편에게 불만이 있는 것도 아니고 자신들의 쌍둥이 딸내미들도 너무 예쁘고 사랑스러워서, 말마따나 행복한 나날을 보내고 있는 것도 사실이었다.

하지만 근래 그녀의 마음을 불편하게 만드는 것은, 남편의 사촌인 제니가 한때 그녀의 청춘과 열정을 모두 불살랐던 라민과 사귀는 사이가 되었다는 것이다. 그에 대한 미련은 먼지 한 톨만큼도 없음에도 속이 갑갑하고 위장이 쓰리는 이유는 뭘까.

더욱이 이렇게 나가다가 제니와 라민이 결혼이라도 하게 된다면 그녀는 그를 뭐라 불러야 하나. 그때는 가족이라는 이름으로 한 뭉치가 되는 거다. 껄끄럽지 않다면 거짓말이었다. 그래도 오랜 세월 나름으로 순수하게 짝사랑하던 사람인데, 사촌이라지만 시누이의 남편이 되어 앞에서 알짱거린다면 많이 거슬릴 것이다.

비록 짝사랑이었지만, 사랑은 끝났어도 기억은 남는다. 남자들은 그것들을 추억이란 이름으로 아름답게 포장해서 가슴에 담아두는지 모르겠지만 젠시는 전혀 아니었다. 그 기억의 찌꺼기조차 자근자근 밟아서 저 지하 깊숙한 곳에다가 묻어버리고 싶었다. 갖가지 생각들이 뒤엉켜서 그녀의 속은 속도 아니었다.

"그런데 여보, 우리 언제 제니하고 라민 씨를 초대해서 저녁 식사라… 헉!"

사촌이지만 여동생이 없는 하이젤은 제니를 누구보다도 아꼈다. 마냥 귀엽기만 하던 여동생한테 연인이 생겼다는 것이 섭섭하기는 하지만 둘을 불러다가 식사라도 하고 싶었다. 그러면서 라민이 얼마나 동생을 사랑하는지도 떠보고 말이다.

하지만 그는 젠시가 던진 장미의 줄기가 벽에 깊숙이 박히는 것을 보고 입을 다물어야만 했다.

"초대하고 싶으면 당신 혼자서 해!"

싸늘한 기운이 풀풀 나는 젠시의 대꾸에 하이젤은 맹렬하게 고개를 저었다. 아내께서 저렇듯 싫다는 의사를 분명하게 밝히니, 그로서는 감히 제니와 라민을 초대할 엄두는 꿈도 꾸지 못했다. 그러기에는 그의 목숨은 하나였고, 쌍둥이를 위해 아직 할 일이 많이 남아 있었다.

기가 팍 죽어서 화분갈이를 하는 남편의 뒷모습에 젠시는 자신이 너무 심했다는 생각이 들었는지 그에게 다가가 뒤에서 살며시 안아주었다.

"내가 당신 사랑하는 거 알지?"

젠시의 물음에 하이젤은 고개를 열심히 위아래로 끄덕였다. 그 한마디에 그의 얼굴에서는 벌써 화색이 돌기 시작했다.

"내가 우리 보금자리에 다른 사람이 오는 거 싫어하는 것도 알지?"

"응."

"그런데 왜 그런 소리를 해서 날 화나게 만들어."

"미안해."

"알았으면 됐어. 고개 좀 돌려봐, 우리 남편 얼굴 좀 보게."

등 뒤에서 하이젤을 안고 있던 젠시는 남편이 그녀를 볼 수 있게 몸을 돌리도록 한 다음에 짧은 입맞춤을 해주었다. 그러자 하이젤은 얼굴을 붉히며 젠시의 어깨를 툭 치며 부끄러워했다. 꽃과 햇살이 가득한 곳에서 그들의 사랑은 언제나 향기로웠다.

구겨진 채로 구석에 버려진 종이에 써진 것처럼 그녀가 행복한 나날을 보내는 것은 맞는 말이었다. 하지만 제니와 토이지 라민은 절대 싫었다. 라민이 다른 여자와 결혼한다고 했으면 이러지는 않았다. 이미 상관없는 남자, 누구랑 결혼하든 관심도 없으니까. 하지만 이제 와 없던 관계를 만드는 것만은 사양하고 싶었다.

"여보!"

"응?"

"내가 용병단에 있었을 때 토이지 라민이 말이야."

젠시는 거짓말 같은 건 하지 않을 생각이었다. 유약한 그녀의 남편에게는 있는 그대로의 토이지 라민에 대해 이야기해 주어도 충분했다. 절대 상상도 못하는 세계에 살고 있는 토이지 라민의 실상은 꽃집의 하이젤에게는 너무도 먼 별세계의 이야기였다.

세계 자체가 틀린 것이다. 물론 한때 자신의 부인도 그런 세계에 몸담고 있었다는 것을 모르지 않지만 젠시는 예쁘기라도 하지 않는가. 하이젤은 논리엔 안 맞지만 저리 예쁜 사람이 하는 일이라면 모두가 타당한 일이었을 거라는 믿음이 있는, 순진한 남편님이었다.

하얗게 질리기 시작하는 하이젤의 얼굴을 보는 젠시의 귀에는 라민과 제니의 이별의 레퀴엠이 울려 퍼지는 듯했다.

하이젤의 사촌 여동생이 아니랄까 봐 제니는 무척이나 여성스럽고 귀여우며, 진정한 애교가 무언지 잘 아는 여인이었다. 그래서일까. 그녀를 보면 라민은 정말 귀여워죽겠다는 표정으로 그녀의 볼을 잡아당겼다. 근육이라 단단해 잡아지지도, 당겨지지도 않는 그녀의 볼을 용케도 말이다.

그래, 인정할 것은 인정하자. 얼굴 때문에 그녀를 무슨 괴물 취급하는 사람들이 나쁜 거지 그녀가 나쁜 것은 아니었다. 누구보다 심성이 고운 그녀는 악의로 사람을 괴롭히는 일은 하지 않았다. 단지 악의없이 행하는 모든 일이 사람들에게는 악의로 다가온다는 게 문제였다.

용병단에서는 그녀의 존재 자체가 협박이며 공포였다. 무심결에 그냥 쳐다만 봐도 자기에게 무슨 흑심이 있는 줄 알고 난리가 나는 사람이었다. 세상에서 자신이 가장 여리고 예쁜 아가씨라고 자신했기에 세상의 모든 남자들은 발정난 짐승이요, 파렴치한이었다.

그런 오해만 하지 않고 조용히 지내준다면 그녀가 만들어주는 꿀꿀이 죽도 달게 먹어줄 수 있었다.

위생에 대한 개념 자체가 없는 것도 자신들이 깨끗하게 손보면 되니까 걱정없었다. 제발 이미 깨끗한 방을 청소한다고 더 어지럽히고 더 럽게만 만들지 않아준다면 소원이 없을 것이다.

또 토이지 라민과 연애하는 것까지는 말릴 의욕도 없으니 제발 아무도 없는 곳에 가서 둘이 껴안고 더 심한 짓을 하더라도 조용히만 살아주었으면 싶었다. 사람들 많은 곳에서 손 하나 잡은 것 가지고 제발 순진하게 벙긋벙긋 웃는 짓만은 말아주었으면 하는 게 단원들의 소원이었다. 두 사람이 그러고 있는 것을 보면 사람들은 흐뭇하기보다는 무서웠다.

연애를 시작한 다른 이들과 마찬가지로 라민과 제니의 주변에도 진득진득한 꿀인지 기름인지 모를 것들이 넘실거리고 있었다.

애인이 없는 이들은 보통 사이좋은 연인들을 보면 시샘하거나 질투가 나서 자신도 빨리 애인이 생겼으면 한다. 하지만 라민과 제니를 옆에서 지켜보는 모든 이들의 한결같은 외침은 차라리 혼자 살고 만다는 것이다.

혼자 살고 말지 저리는 못 산다. 아니, 보는 것도 못 견디겠다. 옛날이 그리웠다, 깨끗하고 청결하며 담백했던 그날들이.

에이첸 용병단이 대책없이 소름 끼치는 연인에게서 자유로워지는 길은 오직 그레이스의 귀환뿐이었다. 이제 빨래터에 쌓은 돌탑만 해도 과장을 더해 하늘에 닿을 듯했다. 아니, 어쩌면 하늘에 닿는 것은 그들의 한숨과 염원과 눈물일 것이다.

요즘 들어 단원들은 하루가 다른 하루로 넘어가는 것에 행복을 느끼고 있었다. 빨리 빨리 세월아 가라고 노래를 부르며 기다리는 내일이 그렇게 즐거울 수가 없었다. 이것을 보고 단원들은 시간이란 얼마나 주관적이며, 어떻게 받아들이느냐에 그 가치가 달라진다는 소박한 철학을 깨달았다.

그들은 더 이상 시간이 흐르는 것을 두려워하지 않았다. 그들은 인내와 기다림이 얼마나 고귀한 정신이며, 영혼을 밝게 정화시켜 주는 것인지 알게 되었다.

더불어 세상에는 온갖 희귀한 종류의 사람들이 넘쳐 나는 고로 웬만한 정도의 독특함을 지닌 이들이라면 눈감아줄 수 있는, 인간 자체에 대한 너그러움을 배워가고 있었다. 그동안 얼마나 편협한 눈으로 사람을 평가하고 세상을 보았던가.

이전의 에이첸 용병단이 깔끔 떠는 샌님들이란 소릴 들었다면 요즘의 그들은 갑자기 삶을 생각하는 구도자가 되어 있었다.

"대원들!"

단원들이 용병단 일층의 휴게실에 옹기종기 모여 열심히 청소를 하고 있는데, 재너크가 숨을 헐떡이며 들어와서는 장엄하게 동료들을 불렀다. 청소를 시작할 때는 보이지 않던 그가 어딜 갔다 왔는지 얼굴은 개기름과 땀으로 범벅이 되어 절박해 보였다.

"대원들 큰일이 일어났네!"

"뭔 큰일인데. 난 이제 웬만해서는 놀라지도 않아."

"맞아! 이제 나는 기름기가 있는 음식만 봐도 속이 울렁거릴 정도야. 그러니 재너크, 제발 그 개기름이 흐르는 얼굴 좀 치워줄래?"

몇몇의 열성없는 대꾸에 재너크는 두 손을 바들바들 떨며 방금 막 들은 이야기를 단원들에게 해주었다. 바로 클리크 백작의 저택에서 전해 들은 그레이스에 대한 소식이었다.

"그레이스가 클리크 백작가에서 쫓겨났대."

"쫓겨나다니, 누가?"

"그레이스가!"

"정말, 그게 사실이야? 임마, 그게 무슨 큰일이야?"

관심도 없어하는 모습은 어디로 가고 모두 손에 청소 도구를 꼭 쥐고는 재너크에게 몰려왔다. 아침까지 그들의 동공을 채우던 허무주의와 패배주의는 어느덧 사라지고, 바라보기에도 눈이 부실 정도로 빛나는 보석들이 일제히 재너크를 바라보았다.

"그런데 그레이스는?"

"맞아, 쫓겨났다면 바로 이곳으로 올 것이지 왜 안 오는 거야?"

재너크의 뒤로 그레이스가 따라 들어오는지 쳐다봤다가 아무도 없자 이내 실망스런 목소리가 여기저기서 들려왔다.

"설마, 쫓겨난 게 창피해서 못 오는 것은 아니겠지?"

"야, 재수없는 소리 하지 마! 그런데 우리 그레이스가 뭘 잘못했다고 쫓겨났다는 거지?"

"맞아. 이거 듣자니 기분 나쁘네. 언제는 필요하다면서 강제로 데려갈 때는 뭐고. 이것들이 정말!"

처음 그레이스가 백작가에서 쫓겨나서 돌아오게 되었다는 것을 기뻐하던 단원은 점차 이야기를 비약시키며 불쾌해했다.

이미 그들에게 있어 그레이스는 꽃 같은 구원자였다. 무도한 제니에게서 해방시켜 줄, 라민과 제니가 만들어내는 못 볼 것에 대한 느끼한 감상에서 구원해 줄 유일한 구세주였다. 그런데 그런 존재를 감히 쫓아내다니.

자신들은 하루의 해를 끌어내리고, 달을 산 너머로 던져서 조금이라도 빨리 날짜가 넘어가기를 바라며 그레이스를 기다렸건만. 그네들은 뭐가 잘나서 우리 그레이스를 내쫓았다는 말인가.

"그런데……."

재너크는 침통한 표정으로 단원들을 돌아보았다. 가슴이 콱 막혀 더이상 다음 말을 이을 수가 없던 재너크의 눈에서 난데없이 눈물이 흘러내리기 시작했다.

"헉!"

그의 심상치 않은 얼굴에서 무언가가 잘못되었음을 느낀 몇이 불안하게 그의 어깨를 잡으며 물었다.

"대체 무슨 일인가?"

"그레이스가… 백작의 저택에서 쫓겨난 게 이미 한 달이 넘었다는 거야."

"뭐! 하지만 그레이스는 이곳에 오지 않았잖아. 대체 무슨 소리야?"

"말 그대로 어느 날 갑자기 사라졌다는 거야. 몇몇 사람들이 매일 보이던 사람이 보이지 않아 집사한테 물어보니까 일을 그만두었다고 했다지. 그래서 그런 줄만 알았대. 그런데 누가 봤다는 거야, 저번 장마 때 비가 심하게 오던 날 피투성이가 되어 실려 나가는 그레이스를."

사나이답게 소매로 눈을 쓱쓱 닦아낸 재너크는 너무도 그레이스를 보고 싶은 마음에 멀리서 한 번 얼굴이나 보자는 심정으로 클리프 백작가를 찾아갔었다. 하지만 안으로는 들어가지 못하고 밖에서 배회하는 그를 이상하게 여긴 경비가 무슨 일이냐고 묻자 사실대로 말할 수밖에 없었다.

그러자 그 경비는 난처한 표정을 짓다가 주위를 둘러보고는 그에게 자신이 아는 사실을 이야기해 준 것이다.

사실 그레이스를 보려고 저택을 찾아갔던 단원들이 재너크만이 아니었던 것이다. 며칠에 한 번씩 꼭 찾아와서는 담 하나를 두고 연인과 이별한 사람처럼 구는 용병들을 보기에도 지쳤을 것이다. 해서 경비는 자기가 아는 사실을 살짝 찔러준 것이다.

"아니야, 거짓말이겠지!"

"그래, 정식 계약까지 맺은 용병을 그렇게 대우할 수는 없어."

"그레이스는 용병이 아니야. 그러니까 길드의 보호를 받을 수 없는 입장이라 고용자에게 부당한 대우를 받아도 따질 곳이 없다고, 이런 쌍!"

말을 하다가 사태의 심각성을 깨달은 단원들은 청소 도구를 그대로 거머쥔 채로 우르르 단장실로 몰려갔다. 설마 단장도 이 사실을 알고 있으면서 모른 척한 거라면 용서할 수가 없었다.

잠시 후 용병단의 사무를 보는 키제와 함께 클리프 백작가를 찾아간 단장은 저녁때쯤에야 초췌한 몰골로 돌아왔다.

그 역시 이런 일이 생길 거란 예상은 못한지라 많이 놀라고 흥분한 상태였다. 잠시나마 생각을 정리할 목적으로 휴게실 의자에 아무렇게나 앉아 팔짱을 끼고 눈을 감아버렸다. 그 순간 올백으로 넘긴 토렌즈의 앞 머리칼 한줄기가 사르르 이마로 흘러내렸다.

단장의 뒤를 따라 들어온 키제 역시 울분을 참지 못하고 마냥 거친 숨만 뱉어냈다. 답답한 단원들이 매달리며 묻자 그는 제 가슴을 탕탕 치며 소리쳤다.

"그 집사라는 개새끼! 그레이스가 하도 버릇없이 굴어서 버릇 좀 가르쳐서 내보냈단다. 그럼 우리 용병단에 알렸어야지. 대체 우릴 뭘로 보는 개수작이야!"

"아이고 답답해라. 대체 무슨 일이에요?"

단장도 그렇다 치고 키제까지 자세한 상황 설명 없이 분위기나 잡고, 화만 내니 나머지 단원들은 궁금해서 참을 수가 없었다. 개중에 눈치 빠른 녀석이 컵에다가 물을 담아 갖다 주자 벌컥벌컥 들이마신 키제는 식식거리면서 클리프 백작가의 집사인 드웰에게서 들은 이야기를 단원들에게 해주었다.

"뭐라더라, 감히 요나슨 공자께 해서는 안 되는 무례를 범했단다. 그래 정신 차리게 흠씬 두들겨 패준 다음에 길거리에다가 버렸다는 거야. 그래서 단장님이 만약 그레이스에게 불만이 있었다면 우리 용병단에게 알려 계약을 파기하고 위약금을 받아가는 것에서 끝내지 그런 처우는 가당치 않다고 따졌지."

"맞습니다. 아무리 용병이 아니라고 해도 그건 너무한 일 아닙니까? 단장님, 잘하셨네요."

키제의 말에 단원들은 오랜만에 단장이 믿음직하게 느껴져 모두 입을 모아 그를 칭찬했다. 위약금까지 물어주겠다는 말을 할 정도라면 단장도 급하긴 무지 급했던 것이 분명하다. 순간 가슴에서 끓어오르는 동지애가 사나이들의 가슴을 적셨다.

"그런데 그 개새끼가 뭐라고 한 줄 알아? 겨우 용병단에서 잡일이나 하는 녀석을 가지고 굳이 그렇게 할 필요가 있겠느냐는 거야. 그런 녀석 때문에 계약 파기니 뭐니 하면서 좋은 관계를 해칠 이유가 없다면서 아주 상큼하게 웃더만!"

"이런 우라질."

"그래서 그래, 그렇게 화가 나서 분풀이를 해야만 했다면 우리가 이해한다. 그럴 수도 있다. 하지만 적어도 비 오는 날 길거리에다가 버리는 것은 너무하지 않았느냐. 그건 완전히 사람보고 죽으라는 소리지 뭐냐? 아님 우리한테라도 알려주었다면 좋지 않았었느냐고 물으니까."

"물으니까?"

"깜박 잊어버렸단다."

"이런 개쌍놈의 자식을 봤나!"

키제의 이야기에 흥분한 단원들의 입에서는 원초적인 욕들이 무작

위로 쏟아져 나왔다. 기본적으로 인간이 갖춰야 할 근본이 되지 않았다면서 분노하고 발광하며 난리를 피웠다.

"그럼 그레이스는요? 설마 죽진 않았… 겠죠?"

조심스럽게 물어보는 질문에 모두 일제히 키제를 쳐다봤다. 그의 입이 천천히 벌어지면서 그 안에서 흘러나오는 소리를 촉각을 세우며 귀에 담으려 노력했다.

"지금까지 그레이스가 버려졌다는 일대를 수소문하고 왔지만 녀석과 비슷한 생김새를 가진 청년에 대한 이야기는 없었다. 부상자도, 시체도 없었다. 아마도 누군가에게 구조된 것이 아닌지……."

"요즘 세상이 어느 땐데 하릴없이 길가에 쓰러진 놈을 구해준답니까? 혹시 납치돼서 팔려간 게 아닐까요?"

"엉망으로 다쳤다면서? 누가 약값만 들게 병든 놈을 데려가냐."

"그럼 죽었다는 말인가. 죽은 게 아니라면 이곳으로 돌아왔을 거 아니야. 그레이스가 갈 곳이 이곳밖에 더 있어?"

누군가가 그냥 해본 소리에 제각각 이야기하느라 시끄러웠던 휴게실이 순간 싸늘할 정도로 고요해졌다. 그레이스가 죽었을지도 모른다는 가정 때문이 아니었다. 이곳밖에 갈 곳이 없는 그레이스라는 지적이 그들에게 무언가 꺼림칙한 기분을 남겼다.

사실 그레이스는 이곳 말고는 달리 갈 곳이 없었다. 하지만 과연 정말 없는 것일까. 이 일대에서 그레이스를 고용하고 싶어하는 사람들은 넘치고도 많았다. 녀석이 의리가 있어 박봉에도 참고 살았지, 가자면 어디라도 갈 수 있었던 게 그레이스였다.

즉, 이번 기회에 그레이스가 직장을 옮긴다 해도 달리 그를 붙잡거나 할 명분은 에이첸 용병단의 누구에게도 없었다. 누군가에게 도움을 받았을지 모른다. 그리고 만약 자신이 그레이스라면 다시 이곳으로 돌아오려고 했을까. 돈만 아는 수전노와 그를 인정하기는커녕 언제나 빈정대고 결벽증 환자로나 취급하기에 급급했던 사람들이 있는 곳으로 말이다.

무거운 돌이 한가득 그들의 머리 위로 떨어져 내렸다. 압사해서 숨이 막힐 듯한 갑갑함에 모두 목덜미를 만지며 일제히, 누구도 지시하지 않았음에도 동시에 단장을 노려봤다.

어차피 자기들이야 개차반에 성질 더러운 놈들이니 그럴 수 있다고 치자. 게다가 예전엔 그랬지만 지금은 오히려 그레이스에게 잡혀 사는 인생이었다. 숨 한 번 내쉬었다가 뱃속에 있는 먼지라도 밖으로 꺼내 놓을까 눈치 봐가며 조심해 오던 그들이었다.

그네들은 할 만큼 했다. 하지만 단장은 대체 무얼 했나. 누구보다 대우받고, 그들처럼 눈치 볼 것 없이 제 마음대로 했다. 용병단에서 유일한 면죄부를 부여받은, 선택받은 자였다. 그런데 결국엔 그깟 돈 몇 푼에 그레이스를 팔아버리고 말았다.

차마 입 밖으로는 꺼내지 못하는 욕들을 혓바닥 밑으로 삼키며 단장을 노려보는 그들의 시선에는 원독이 가득했다.

적어도 무도한 제니만 어떻게 해준다면 단장을 용서해 줄 만한데, 하필이면 그녀의 절대적인 아군이 되어버린 토이지 라민이 특급 용병이었다. 그와 분란이 일어나 봤자 불리한 것은 단장이었다. 돈 좋아라 하는 단장이 돈을 끌어다 오는 돈덩어리와 싸워가며 제니를 내쫓지는 못할 것이다.

이는 제니와 라민을 제재할 수 있는 사람이 이곳에는 없다는 뜻이었다.

점점 그네들의 머리로 암울한 그림자가 내리기 시작했다.

그레이스는 떠났다. 죽었는지 살았는지는 모르지만 사실 단장들과 단원들에게 중요한 것은 무도한 제니에게서 자신들을 구원해 줄 마지막 비상구였다. 비상구가 활짝 열리고 밝은 햇살이 들어오기만을 기다렸건만 문은 열리기도 전에 그대로 막혀 버린 것이다. 아니, 아예 부서지고 말았다.

"이는 우리 에이첸 용병단을 무시하는 행위다."

줄곧 눈을 감고 내내 침묵을 지키고 있던 단장이 드디어 입을 열며 자리에서 일어섰다.

"용병이 아니었다 해도 우리 용병단에 소속된 일원으로 계약을 맺은 것이었다. 십여 년이 넘게 우리와 동고동락해 온 가족을 그렇게 대우했다는 것은 우리 용병단이 눈에 들어오지 않았다는 말이겠지."

"좋아라 하며 팔아먹을 때는 언제고 이제는 가족이래."

자신의 말에 토를 달며 시부렁거리는 단원을 험하게 쏘아준 토렌즈는 계속 다음 말을 이었다.

"제 집 안에 있는 것은 풀 한 포기, 돌 하나마저도 소중한 법이다. 그런데 감히 우리 가족을 해쳤으니 그에 응당한 대우를 해줘야지 않겠나?"

토렌즈의 장엄하기까지 한 외침에 단원들은 모두 '또야?'라는 표정을 지었다. 저 장엄함과 긴 서술의 시작을 여는 방식은 누군가가 용병단 기물을 부쉈을 적마다 보는 것이라 이제는 모두가 지겹다는 반응이었다.

하지만 토렌즈는 나름으로 심각했다. 여태 클리프 백작과 직접 거래를 했던 것은 아니지만 에이첸 용병단은 그동안 섭정 여왕파와 긴밀한 관계를 유지해 왔다.

귀족들의 파티 때도 국왕파가 아닌 섭정 여왕파에 붙어서 귀족들을 사냥하느라 용병단에서는 많은 사상자가 나오기도 했다. 토이지 라민도 그때 국왕파의 수장 격인 데르웰자를 쫓다가 팔을 잃었던 것이다. 하지만 서로에 대한 효용 가치로 제법 원만한 관계를 유지해 온 사이가 지금 금이 가고 있었다.

이번 일은 섭정 여왕파 전체와 얽힌 문제는 아니지만 그들의 한 축을 이루고 있는 클리프 백작가에서 벌어진 일이었다. 물론 백작 본인이 아닌 그의 아들과 집사에 의해 벌어진 일이지만, 이는 그쪽에서 에이첸 용병단을 어떻게 보고 있는지를 여실히 보여주고 있는 대목이었다.

평소 백작이 에이첸 용병단에 대해 어떤 평가를 내렸기에 아들과 집사가 감히 그런 짓을 한단 말인가. 보고 듣지 않아도 뻔했다.

발바닥이나 핥으면서 그녀들이 던져 주는 먹이만 받아먹으면 아무 불만 없는 행복한 강아지로 보이겠지. 손만 내밀면 머리를 들이밀고 쓰다듬어 달라고 조르는 아양 떠는 애완견은 마음에 들지 않으면 언제라도 버리면 된다.

계약도 무시하고 마음에 들지 않는다고 내다 버리는 애완견의 처지는 그레이스에게만 끝나는 게 아니라, 언제라도 에이첸 용병단 전체에도 생길 수 있는 일인 것이다. 비약이라 할지라도 전혀 뜬금없는 추측은 아니었다.

"흐흐, 파티가 끝났다 이거겠지. 그래서 이제는 너희 같은 용병 따위에게 고개 숙일 필요가 없다 이건가? 그래, 그렇게 나와보시지. 우리 한판 붙어보자 이거야. 내가 어떻게 이룩해 놓은 것들인데 너희에게 무시당하고 참을 것 같아?"

스산함이 지나쳐 광기마저 엿보이는 단장의 독백을 단원들은 어느 때보다 빠르게 바로 이해할 수 있었다.

대충 에이첸 용병단을 무시하지 않고서는 그레이스를 그렇게 대할 수는 없었다는 잠정적인 결론이 나온 후였기에 이해가 더욱 빨랐던 것이다. 그레이스가 백작의 아들에게 무슨 짓을 했는지는 모른다.

하지만 그 녀석 성격에 마음에 안 들면 뭐라도 못할 게 없는 놈이니 대충 짐작은 갔다.

아마 콧대 높은 귀족의 아들내미는 그레이스의 잔소리를 견딜 수가 없었을 것이다. 하지만 그건 어디까지나 자기 밑에 있는 녀석들에게나 한정된 처사였다. 계약으로 이루어진 관계는 서류로 해결을 해야 했다.

또한 약조 위반에 대한 대가는 모두 금전적인 것으로 끝을 맺어야지 그런 신체적인 위협은 이쪽 세계에서는 절대 받아들일 수 없는 위법이었다.

"역시 우리 무시당한 거지?"

"맞아! 한마디로 뭐 닦고 버리는 휴지 취급한 거지."

"이걸 참아야 해, 말아야 해?"

"방금 단장이 붙자고 했잖아. 그럼 이미 결론난 거지, 뭘 고민해."

자존심에 상처 입은 건 단장만이 아니었다. 아니, 상처보다는 자기 보호 본능과 미래에 대한 불안이었다. 용병단은 그들의 간판이었다. 간판이 무시당했다는 것은 언제 그들도 무시당할지 모른다는 뜻이었다.

그레이스도 그레이스지만 일단은 자신들의 문제가 먼저였다. 해서 그들은 두 주먹을 불끈 쥐고 이번 일에 대한 어떠한 보복 조치가 가장 효과적인지에 대해 머리를 굴려보았다. 하지만 워낙에 머리가 돌이라 잘 굴러가기는 해도 구르기만 할 뿐 아무것도 나오는 게 없었다.

그러나 분명한 것은 이 일로 섭정 여왕파와의 좋던 관계는 완전히 깨진 것이다. 의뢰는 받을 것이다. 돈이 들어오는 일을 마다할 필요는 없을 것이다. 그러면서 나중에 뒤통수를 멋지게 날리는 거다. 문제는 어떻게 하면 더욱 효과적이고 확실하게 하느냐이다.

"어머나!"

그런데 사내들이 모여 흉흉한 기운을 내뿜는 모습이 여인의 눈에는 꽤나 무섭게 보였나 보다. 마침 라민과 어딜 갔다 왔는지, 발그레해진 볼이 영락없이 얼큰하게 술에 취해 보이는 제니가 외마디 비명을 지르며 연인의 뒤로 얼른 숨어버리니 말이다.

그래 봤자 그 좋은 덩치가 늘씬한 라민의 뒤에 숨는다고 가려질 가망은 없었다. 오히려 제니의 굵직한 팔뚝이 라민의 뒤로 보이는 바람에 공포를 느끼는 것은 도리어 단원들이었다.

우연히 스치기만 해도 추행하는 거냐고 날아오는 주먹을 어디 한두 번 맞아봤어야지.

"사내자식들이 밤에 모여서 뭐 하는 짓들이야. 할 일이 그렇게 없어?"

힐끔 단장과 단원들을 돌아보며 라민은 몇 마디 투덜대더니 부들부들 떨고 있는 제니의 손을 잡고 이층으로 이끌었다.

"놀랄 것 없어. 애인도 없는 놈들이 밤에 할 짓이 없어 저렇게 자기들끼리 시간 때우고 있는 거뿐이니까. 하여간 저런 놈들이 있으니까 네가 여기 있는 게 안심이 안 된다니까. 밤에 문 꼭 잠그고 자야 해."

"네, 하지만 조금 무섭기는 해요."

"나도 네 걱정 때문에 잠을 못 자. 보통 예뻐야지, 어디 무서워서 내놓을 수가 있나. 그냥 주머니에 넣고 다닐까?"

두 연인의 대화는 계단 끝에 올라가서도 간헐적으로 들려왔다.

아기자기한 연인들의 대화는 참 듣기 좋았다. 좋다고 생각해야 한다. 그래야 그나마 견디고 살 수가 있다. 자기 최면이란 때론 놀라운 효과를 발휘하기도 한다. 저들은 토이지 라민과 제니가 아닌 그냥 여관을 찾아온 손님이다, 라고 모두 자신에게 주문을 걸었다.

"역시 그레이스가 보고 싶다."

"참 담백한 녀석이었지."

"살아 있다면 지금은 어디서 무얼 하고 있을까."

"녀석이라면 어디 간들 이곳보단 좋을 거야. 여기서 좀 고생을 했냐? 그러니 돌아오지 않는 거지."

차츰차츰 에이첸 용병단들의 머리 속에서 그레이스는 미화되어 가고 있었다.

어차피 그레이스가 없다면 그들이 제니에게 해방되는 날은 오지 않는다. 사내들만 우글거리는 곳에 제니를 두는 게 불안하다는 라민의 말에 잠시 기대도 걸어봤지만 안심이 안 되는 건 다른 곳도 마찬가지라는 결론을 내린 듯싶다.

차라리 옆에다 끼고 쳐다보는 게 가장 좋다며 요즘은 들어오는 의뢰도 받지 않는 걸 보면 말이다. 벌 만큼 번 것이겠지.

'그럼 제발 두 사람 다 용병단을 그만둬 줘!' 라고 외치고 싶었지만 외쳐 봐도 소용은 없을 것이다. 지금 라민과 제니에게 있어서 에이첸 용병단은 연애하기 딱 좋은 장소였다. 이 좋은 곳을 왜 그만두겠는가.

　　　　　*　　　　　*　　　　　*

　에이첸 단원들의 짐작대로 그레이스는 좋은 나날을 보내고 있었다. 총관이 다녀가고 베르크너 공작의 측근들이 그레이스를 찾아오는 일은 없었다. 자민트가 몇 번 찾아왔지만 에스더에 의해 쫓겨나 버렸다.

　이안도 자민트의 친척이란 소리에 함께 쫓겨날 뻔했지만 그레이스가 친구라고 하자 그는 예외가 되었다. 이안과 함께 온 마마린느는 붉은색 리본을 여러 개 갖고 와 그레이스에게 주기도 했다. 그를 아저씨라 부르며 따르는 게 영락없이 귀여운 조카 같은 아이였다.

　"그런데 이상해요."

　"응?"

　그레이스에게 줄 리본을 만지작거리며 마마린느가 귀엽게 이마를 찡그리며 말했다.

　"총관 할아버지요. 예전엔 제가 머리에 리본을 바꾸거나 하면 언제나 먼저 눈치 채고 예쁘다고 칭찬해 주셨거든요. 그런데 얼마 전에 며칠 동안 보이지 않다 얼굴이 반쪽이 되어 나타난 후부터 조금 이상해지셨어요. 제 리본만 보면 학을 떼지를 않나, 요즘은 성에 분홍색으로 된 것은 모두 다른 것으로 바꿔 버리는 거 있죠. 커튼, 침대 시트, 가구든 이제 분홍색은 보기만 해도 멀미가 난다는데 혹시 총관 할아버지 어디 아픈 걸까요?"

　마마린느의 말에 그레이스는 슬머시 천장을 보며 딴청을 피워야 했다.

　요즘 마을에는 며칠 전에 이상한 괴물이 공원에 나타났다는 소문이 돌고 있었다. 초저녁에 가족과 함께 그곳을 찾은 사람들은 분홍색의 커다란 번데기 같은 게 온몸에 나비 매듭을 수십 개나 매단 채 산책로에 쓰러져 있는 걸 보았다고 한다.

그 번데기는 사람들이 비명을 지르자 벌떡 일어서더니 폴짝폴짝 뜀박질을 하며 달아났다고 한다. 석양에 의해 점점 붉은빛으로 물들어가는 나비 매듭이 마치 꽃송이 같았지만 아름답다기보다는 너무나 을씨년스러워서 소름이 끼쳤다는 것이다.

사람들이 번데기라 부르는 것은 당연히 총관이었다.

그레이스가 보기에 그라면 스스로 몸에 묶인 리본을 풀 수 있을 거라 생각했는데 그러지 못했던 것이다. 사실 리본 마법의 경우에는 리본을 푸는 역주문이 따로 있었다.

역주문으로 풀기 전에는 절대로 매듭이 풀리지 않기에 격한 운동을 하고 나서도 언제나 단정한 모양을 유지할 수 있다는 장점이 있는 마법이었다. 또한 은근히 강화 마법도 섞여 있어서 쉽게 찢어지거나 하는 일이 거의 없었다.

하지만 그래도 총관처럼 있어 보이는 사람이라면 자신의 힘만으로도 풀 수 있을 거라 생각해 그냥 내버려 둔 것이었다. 기사단 단장까지 한 사람이 설마 그걸 못 풀까 했다. 아무리 그러기로서니 저녁까지 묶인 채로 껑충껑충 뛰어서 돌아갈 줄은 몰랐던 것이다.

사사에게 그 이야기를 하자 그녀는 고개를 저으며 대답해 주었다.

"주문의 지속력이 강하니까요. 보조 마법의 경우엔 물질을 변화시키는 것이 많아요. 그 리본은 주인님에 의해 명령을 받은 순간 물질 자체가 변해 버렸죠. 처음의 기다란 끈에서 사람을 동여매고 나비 매듭의 모양으로, 역주문으로 풀어주거나 주인님의 영향력이 약해지기 전까지 평생을 그렇게 살아야 한다는 숙명을 받은 거예요. 그 할아버지가 몸을 풀고자 노력했다면 그 리본들도 자신들의 모양을 지키기 위해 사력을 다했을 거예요. 이런 게 바로 주문의 지속력이라는 건데, 마법으로 변화된 물체가 스스로를 지키며 저항하는 힘은 바로 마법 주문이 얼마나 뛰어난가에 걸린 문제예요. 가령 주인님이 광택 마법을 건 것들에다가 아무리 먼지나 더러운 것을 끼얹혀도 여전히 광택이 나잖아요. 이를 예로 들면, 아무런 영향을 주지 않은 상태에서 광택 마법이 유지되는 시간이 순수하게 주인님이 가진 마법의 구속력을 수치로 말하는 것이에요. 그리고 마법의 구속력이 유지되는 시간 동안 마법으로 변화된 물체에 강한 압력을 주어 마법이 풀리게 했을 때 바뀐 속성을 지키려는 힘을 주문의 지속력이라고 하는 거예요. 아시다시피 주인님이 배우시는 마법은 대마법사인 아버지가 만드신 것으로, 주문의 지속력이 여타 다른 마법사들이 만든 것들과는 비교 자체가 되지 않아요. 아무리 주인님의 마법이 구속력이 강해도 더 힘이 강한 자가 그걸 풀어버린다면 아무 소용이 없는 거죠. 그런데 주인님, 너무 멋지셨어요. 총관이란 사람 이번 일로 콧대가 한풀 꺾였겠죠? 까르르."

한마디로 카이룬의 마법 주문이 뛰어나서, 그레이스의 마법의 구속력이 유지되는 동안 강한 힘이나 마법으로 그걸 풀려고 해도 주문의 지속력이 강하기에 쉽지가 않다는 소리였다.

마마린느는 총관이 며칠 동안 보이지 않았다고 했다. 아마 그 기간 동안 매듭을 풀지 못하고 있었던 거고, 또 반쪽이 되었다는 말은 입을 집중적으로 동여맸기 때문에 그동안 음식을 섭취하기가 어려웠기에 몸이 빠진 것을 뜻할 거다. 나이 많은 사람한테 몹쓸 짓을 한 것 같아 죄책감이 들 찰나.

총관이 말했던 '집사 나부랭이'를 떠올리며 그레이스는 마음을 독하게 잡아먹었다. 아무래도 그 말만큼은 용서할 수가 없었다.

갓 구운 빵들을 식기 좋게 넓은 바구니에다가 간격을 두고 하나씩 올려놓던 그레이스는 순간 자제심을 잃고 손에 들고 있던 빵을 찌그러뜨리고 말았다. 슈크림 빵이라 안에 들어 있던 노란 크림이 손가락에 질펀하게 흘러내렸다.

굶주린다는 것이 무언지 아는 그레이스는 함부로 음식을 버리지 않았다. 해서 손가락에 묻은 슈크림을 혀로 핥아 먹으려 하는데 에스더가 가게 문을 열고 헐레벌떡 안으로 들어왔다.

그레이스에게 가게 일을 도와주지 않아도 된다고 했지만 그가 있어 역시 편하기는 했다. 가끔은 가게를 맡기고 친구들을 만나는 여가를 누렸고, 그레이스도 제과점 일이 좋았기에 기꺼이 도와주는 생활에 익숙해지고 있었다.

또 이제는 사람들이 그레이스를 보고 도망치거나 하는 일이 없기에 가능한 일이었다.

"그레이스, 이것 좀 봐봐!"

이미 결혼한 친구네 집에 놀러 갔던 에스더는 급하게 가게 안으로 들어오며 그레이스에게 3일 전에 나온 카트린느지를 보여주었다.

원래 발라와 티로이에만 발간되는 카트린느지가 셰어도란트에까지 오려면 보통 며칠이 지나야만 했다. 그것도 겨우 몇 개를 가지고 여럿이서 돌려가며 읽거나 함께 모여서 보는 경우가 많았다.

"이것 봐봐. 이분이 다이안 전하래! 세상에나! 난 그분이 이런, 이렇게… 이것 때문에 지금 사람들이 난리도 아니야."

에스더가 보여주는 카트린느지의 일면에는 3개월 후로 정해진 국왕의 결혼식에 관한 기사로 장식되어 있었다. 그와 함께 특유의 화려하고 천진난만한 미소를 머금고 있는 다이안의 얼굴이 실사에 버금갈 정도로 선명하게 찍혀 있었다. 그리고 그 옆에는 실물보다 조금은 못 나온 듯한 에린의 얼굴도 있었다.

"다이안 전하시네요."

"응! 세상에나 난 국왕 전하가 이렇게 아름다우신 분인 줄은 전혀 몰랐지 뭐니. 소문으론 엄청난 바람둥이에 성질만 더럽다고 들었는데, 이렇게 요정같이 생긴 분이 정말 그럴까?"

"소문은 믿을 게 못 되죠. 제가 봤을 때는 소문과는 거리가 먼 분이이신 것 같던데요."

"마치 직접 보기라도 한 것 같네?"

"일단 티로이에서 살았다 보니 본의 아니게 몇 번 뵌 적이 있었어요. 8년 전에 우연히 한 번 만났고 얼마 전에도……."

다이안과의 일련의 만남들을 떠올리며 이야기하던 그레이스는 에스더에게 갑자기 어깨를 잡히는 바람에 놀라 그녀를 쳐다봤다.

"정말?"

"예?"

"정말 국왕 전하를 직접 만나봤다는 거니?"

"네."

"언제, 어디서, 어떻게?"

초롱초롱 반짝이는 눈으로 물어보는 이모의 기대에 그레이스는 처음 다이안을 만나고, 클리프 백작의 저택에서 일을 시작했을 때 다시 만난 것까지 이야기해 주었다. 하지만 눅눅하고 달빛이 위험스럽게 빛나던 어느 밤에 다이안이 그를 찾아왔던 일은 말하지 않았다.

그건 왠지 다이안이란 한 개인의 절망과 갈망을 들추는 것 같았다. 숨겨줘야만 하는 인간의 약한 모습 같아서 일부러 말하지 않았다. 하긴 국왕이 고작 빨랫방망이를 탐내려 했다는 것은 말하는 입장에서도 면구한 짓이었다.

"어머어머! 그럼 이 그림, 이라고 해야 하나. 하여튼 여기 카트린느지에 나오는 이 얼굴하고 다이안 전하의 얼굴이 어때? 정말 똑같이 생겼어?"

"보자마자 다이안 전하라는 것을 알아볼 정도로 똑같아요. 아니, 오히려 실물이 더 나은 것도 같고요."

"실물이 더 나아?"

"네."

그레이스의 말에 에스더는 카트린느지를 들고 다시 밖으로 뛰쳐나가 버렸다. 분명 사교계 주간지에 나와 있는 다이안의 얼굴에 대해 그레이스가 한 말을 동네 처자들에게 알려주기 위함일 것이다.

완전히 노처녀의 반열에 올라섰음에도 에스더는 여전히 소녀 같은 구석이 있었다. 그런데 그레이스는 얼마 전 길거리에서 보았던 카마인이란 사람이 더 잘생겼다고 생각해 에스더가 저러는 이유를 이해할 수가 없었다.

다이안 국왕이 아름답고 특유의 화사함에 눈이 부시다는 것은 인정한다. 하지만 아주 객관적인 시선으로 보아도 카마인은 정말 잘생겼다. 에스더에게 길거리에서 굉장히 잘생겼다는 사람을 보았다니까 대번에 그 이름이 나올 정도로, 그는 세어도란트 최고의 미남이라고 했다. 그레이스는 바르제바의 최고라고 해도 모자라지 않다는 생각을 했다.

들어보지는 않았기에 모르지만 아마 목소리도 무척이나 멋있을 게 분명했다. 그런 사람과 같은 지역에서 살다 보면 눈이 높아져서 국왕을 보더라도 저렇게까지 흥분하지는 않을 거란 생각에 더욱 이해가 가지 않았다.

그리고 또 그레이스는 카트린느지가 다이안 국왕의 얼굴을 종이에 담을 수 있었던 방법이 궁금해서 미칠 것만 같았다.

"그림도 아니고 얼굴을 그렇게 똑같이 종이에다가 찍어낼 수 있는 건 역시 마법이겠지?"

그렇지 않고서는 그렇게 정확한 얼굴 표현은 어려웠다. 그냥 똑같이 보일 정도로 잘 그렸다를 넘어 얼굴 표정을 순간 포착해서 종이에다가 찍어놓은 것처럼 현실감이 있었다. 아마도 보조 마법의 일환이 아닐까 싶었다.

"사사한테 물어봐야겠다."

그런 마법이 있다고 언뜻 들은 것도 같지만 당시에는 관심이 없어서 그냥 넘겨 버렸었다. 하지만 이런 식의 응용을 보니 꽤나 재미난 마법이란 생각이 들었다.

만약 카이룬의 마법에도 이와 비슷한 게 있다면 어떤 식으로 마나가 운용될 것인지 나름으로 계산해 보던 그레이스는 손님이 오는 줄도 모르고 그것에 빠져 있었다.

"저… 계신가요?"

부르는 소리에 놀란 그레이스는 십대 중반의 여자 애가 자신을 빤히 쳐다보고 있음을 발견하고는 놀라 자리에서 일어났다.

"죄송합니다. 뭐 특별히 찾으시는 게 있으세요?"

그레이스가 용건을 묻자 소녀는 무심히 가게를 둘러보다가 고개를 저였다. 붉은 머리칼을 곱게 땋아 한쪽 어깨로 늘어뜨리고, 종아리 중반까지 오는 짙은 자주색 원피스를 입은 소녀는 한눈에도 고와 보이는 인물이었다.

소녀의 곧고 긴 손가락들이 전형적으로 곱고 귀하게 자랐다는 인상을 주었다. 특히 그레이스와 비슷한 옅은 하늘색임에도 흐린 듯 뿌옇게 보이는 눈동자가 답답하기보다는 신비로워 보이기도 했다.

뭔가 망설이는 기색을 보이던 소녀는 뭔가를 결심한 듯 다부진 표정으로 물었다.

"다인 그레이스 씨, 맞나요?"

그와 나이 차가 많이 나지도 않을 소녀가 자신을 '씨' 라는 호칭으로 부르자 그레이스는 슬쩍 당혹감이 들었다.

마마린느가 그를 두고 아저씨라고 부르는 거야 아버지 친구인데다가 그만한 아이들은 외형적인 면을 가지고 사람을 평가하는 경향이 있기에 키가 큰 그가 어른으로 보일 것이다. 해서 아저씨라는 소리를 들어도 황당하거나 크게 거부감이 들진 않았다.

하지만 온몸으로 '나는 곱게 자란 아가씨예요' 라고 말하는 소녀가 '씨' 라는 호칭을 사용해 부르자 왠지 한꺼번에 나이가 들어 파삭 늙어버린 기분이었다.

아직 그레이스에 대해 잘 알지 못하는 소녀는 당황해서 머뭇거리는 그가 자신을 무시하는 거라 오해하고 지그시 아랫입술을 깨물었다. 아직 그녀는 그레이스가 어떤 감정이든 곁에서 보기에는 언제나 똑같다는 것을 알지 못했으니 당연한 결과였다.

"저는, 제 이름은 베르크너 소 마첸 사비나라고 해요."

두 손을 꼭 쥐며 뱉어내듯 자기를 소개한 소녀는 흔들리는 시선으로 그레이스를 올려다보았다.

"베르크너, 아!"

공작에게 딸이 있다는 소리와 그 이름을 듣기는 했지만 기억하고 있지는 않았다. 자신과는 상관이 없는 이름이었으니까. 하지만 베르크너라는 성에 그레이스는 난감해 시선을 돌려 창밖을 내다봤다.

유리창 너머로 흐릿하고 거뭇하게 보이는 그림자의 실루엣이 아마도 사비나를 수행해 온 호위의 뒷모습 같았다.

마을 사람들이 베르크너 공작의 얼굴을 잘 알고 있듯 사비나도 알고 있을 가능성이 컸다. 그녀가 수행원까지 이끌고 마을에 찾아왔으니 사람들은 또 무슨 이야기를 하나 궁금해할 것이다.

이젠 그레이스에 대해 사람들은 어느 정도 정리를 끝낸 마당이었다. 그레이스가 베르크너 공작의 사생아지만 그의 후계자는 될 생각이 없고, '다인 그레이스'로 살고자 한다는 것과 얼굴은 무표정에 차갑게 보이지만 공작님처럼 자상한 면을 가지고 있다고 말이다.

그렇게 안정되어 가고 있는데 총관에 이어 공작의 딸이라. 총관과 같은 이유로 찾아온 건지, 아버지의 외도로 태어났다는 배다른 형제가 어떻게 생겼는지 단순하게 한 번 보고 싶어서 찾아왔는지는 알 수가 없었다.

목적이 무엇이든 간에 진실은 이미 저 너머에 있었고, 사람들은 지금 엉뚱한 곳을 파고 있었다. 하지만 사실대로 말할 수 없음에 그들이 딱하기도 하고 미안하기도 했다. 그나마 어떠한 기대도 주지 않는 게 그레이스가 이들을 위해 할 수 있는 최선이었다.

"사비나 공녀셨군요. 그런데 빵을 사실 게 아니라면 여기엔 무슨 일로 오신 겁니까?"

손님을 대하듯 깍듯한 대우에 사비나는 감정이 절제되지 않는 눈으로 '오빠'라는 사람을 쳐다봤다.

어머니가 다른 이복형제에 대한 거부감은 없었다. 오히려 그가 가문의 성을 물려받는 걸 거부했다는 소리에 실망하기까지 했다. 딸인 그녀가 할 수 없는 거라면 누구든지 상관이 없었다. 그게 가문과 아버지를 위한 일이라면 더욱더.

처음엔 이런 식으로 직접 찾아올 생각은 없었다. 언제 아버지가 시간을 내서 만나는 자리를 마련해 주실 것이기에 그때를 기다리려 했지만 우연히 사람들이 하는 이야기를 듣게 되었다.

한때 셰어도란트를 강타했다는 아버지와 어느 하녀와의 소문, 그리고 그녀에게서 태어난 아버지를 그대로 빼닮은 청년의 이야기가 사비나를 자극했다. 보고 싶었다, 아버지를 닮았다는 그녀의 또 다른 형제를.

자신을 비롯해 누구도 아버지를 닮은 이가 없었기에 궁금증은 더욱 컸다.

하지만 막상 소문에서처럼 아버지를 닮았음에도 차가우리만치 무표정한 그레이스의 얼굴에 그만 감정이 복받쳐 올랐다. 자상하셨던 아버지, 하지만 언제나 그 마음은 여기 속을 알 수 없는 그레이스의 얼굴처럼 차가웠다.

마치 자상했던 아버지가 껍질을 벗고 본래의 감정을 고스란히 내보이며 자신을 바라보는 것만 같았다.

"제가 이곳에 온 이유를 누구보다 잘 아실 거라 생각해요."

"아니요, 저는 모르겠습니다."

"한번 만나고 싶었어요. 오라버니가 있다는데 만나고 싶은 건 당연한 거잖아요."

처음 만나는 자리였음에도 사비나는 자연스럽게 그레이스를 오라버니라 불렀다. 아버지가 같다면 형제의 호칭을 아낄 필요가 없다는 게 그녀의 생각이었다. 비록 가문의 성은 받지 않았지만 아버지가 그를 아들이라 부르니 그녀에게 당연히 오라버니였다.

"누가 누구의 오라버니라는 건가요? 제 이름이 다인 그레이스라는 건 공녀께서 더 잘 알고 계시지 않습니까. 방금 전에 공녀께서 절 그 이름으로 찾으셨죠."

명백한 거부를 나타내는 그레이스의 대답에 사비나는 다시 입술을 깨물었다. 그의 거부가 그녀가 항시 받아왔던 아버지의 그것 같아 심장에 단검이 꽂혀 계속 피가 새어 나오듯 몸에서 힘이 빠져나갔다.

"아버지로 인정하지 않는다, 가문의 성도 물려받지 않겠다, 가족으로도 생각하지 않는다면 뭐 하러 이곳에 온 거죠? 무엇 때문에 셰어도란트에 남아 있는 거예요? 차라리 눈앞에서 사라지면 기대라도 하지 않잖아요."

힘줄이 보일 정도로 두 손에 힘을 주면서 사비나는 자신의 목소리에 감정이 깃드는 것을 억제했다. 냉정해지고 싶었다. 이성적이고 지혜로워서 어떠한 상황에도 당당하게 맞서고 싶었다.

"떠날까요?"

"……?"

"떠나라고 하면 언제든지 떠날 수 있습니다. 하지만 당장은 아니에요. 적어도 이모님이 결혼을 해서 가정을 이루거나 제가 어디에 가든 이모님을 잘 부양할 자신만 있다면 언제라도 떠납니다. 이곳에 미련이나 원하는 것, 아무것도 없습니다."

"오라버니, 당신한테는 아버지나 이 셰어도란트가 보이지 않나요? 미련이 없으면 만들어요. 원하는 게 없어도 욕심을 내요. 베르크너 공작의 아들이라면 그렇게 해야만 해요!"

지금껏 살아오는 동안 베르크너 공작의 딸이라는 것을 자랑스럽게 여겼고, 그에 걸맞은 의무와 책임에 충실하려 노력했던 사비나에게는 그레이스의 말이 어처구니가 없었다. 마치 베르크너 가문과 셰어도란트가 아무런 의미가 없다는 그런 식의 발언은 누구라도 용서할 수가 없었다.

"대체 제게 무얼 기대하시는 건지 모르겠습니다. 제발 바라건대 사생아 따위에게 무얼 바라지 말고 그냥 무시해 주세요. 아가씨 같은 분에게 오라비란 소릴 들을 만큼 대단하지도 않고, 베르크너 공작님의 뒤를 이을 만큼 태생이 좋은 것도 아니니까요. 무엇보다 그런 부담스러운 자리는 제가 싫습니다."

높낮이 없이 차갑기만 한 그레이스의 목소리에 사비나의 몸이 가늘게 떨렸다. 그녀가 지금껏 살아오면서 이런 대우를 받았던 적은 한 번도 없었다. 자식들에게 무심했던 아버지도 이렇게 대놓고 그녀를 밀어내지는 않았다.

"맞아요. 아버지께 아들이 있었다면 아무도 오라버니를 신경 쓰지 않았겠죠. 내가 이렇게 먼저 찾아와 손을 내밀지도 않았을 거고요. 하지만 아니잖아요. 아버지껜 대를 이을 후계자가 없어요. 그런데 어느 날 오라버니처럼 장성한 아들이 나타났으니 모두 바랄 수밖에요. 원할 수밖에 없잖아요."

금방이라도 흘러내릴 눈물을 눈에 핏발이 선연하도록 힘을 주어 막으며 사비나는 그레이스에게 당차게 대답했다. 그레이스에게 화가 났다기보다는 그의 말대로 사생아에게까지 와서 이렇게 부탁해야 하는 처지가 싫은 건지도 모른다.

"베르크너 가의 피가 몸에 흐른다면 '피의 대가'를 치러야 하는 게 의무예요. 싫더라도 가문을 위해서, 나라를 위해서."

"헤르베트의 맹세인가요, 귀족들이 지켜야 할 명예와 의무를 나열한? 가문과 국가를 위해 '나'를 희생하라는 그 잘난 맹세들 말입니다. 하지만 저는 귀족이 아닙니다. 사생아에게까지 헤르베트의 맹세를 지킬 의무가 있다는 소린 듣지 못했습니다."

총관에게 들었던 기본 상식에 대해 나중에 알아보고 숙지한 덕에 그레이스는 사비나에게 떳떳하게 자신의 입장을 고수할 수 있었다. 보통의 귀족들은 사생아는 자식으로도 취급하지 않았다. 자식으로도 생각하지 않기에 귀족들이 교양 과목으로 외우고 다니는 헤르베트의 맹세를 지킬 의무도 없었다.

그리고 맹세라고 하지만 어디까지나 관례법으로 큰 구속력이 있는 것은 아니었다. 만약 귀족들이 그것을 모두 지켰다면 작금의 무시당하는 국왕은 나올 수가 없었다. 요즘은 그저 품위 유지와 자신들만의 특권 유지를 위해 써먹는 것 말고는 큰 영향력이나 제약이 없는 말장난에 불과했다.

"너무 귀족적이시네요."

"……?"

"많은 귀족들을 만나본 것은 아니지만 공녀처럼 이렇게 원리 원칙에 귀족으로서의 사명감이 투철하신 분은 처음이라서요."

"저……."

"욕이 아닙니다. 칭찬이에요. 전 무엇이든 자기 주관과 신념이 확고한 사람이 좋으니까요. 귀족다운 귀족은 정말 처음이라 놀랍기도 하고 배울 것도 있어서 좋았습니다."

그레이스의 차갑던 목소리가 한풀 꺾이며 약간 누그러졌다. 크게 표시는 나지 않지만 사비나도 그걸 느낄 수가 있었다.

"언니는 제가 갑갑하다고 했어요. 너무 아버지만, 셰어도란트만 생각한다고요. 하지만 그건 당연한 거 아닌가요? 제가 태어난 땅이고, 제게 생명을 주신 분이에요. 사랑하지 않을 리가 없잖아요."

"사람이란 추구하는 가치와 소신이 제각각인 법이죠. 하지만 그것은 공녀의 이야기고 저는 아닙니다."

"네, 저는 셰어도란트와 베르크너 가문이 중요해요. 왜냐하면 아버지가 그렇게나 지키고 싶어했던 것들이니까요. 피땀 흘려가면서 수많은 목숨들의 대가로 지켜진 땅이고, 명예니까요. 지키고 싶어요. 하지만 전 그럴 수가 없으니 대신 오라버니가 지켜주세요."

그레이스를 위해 찾아온 것이 아니었다. 그녀가 할 수 없는 일을 대신해 줄 수 있는 이를 찾고자 함이었다. 또한 아버지가 그레이스를 어떻게 생각하는지 알고 있기에 더욱더 그였으면 좋겠다고 생각했다.

사랑받지 못했기에 사랑받는다는 것에 민감한 그녀였다. 누구도 사랑하지 않은 아버지였기에 누군가를 아끼고 사랑하는 게 너무도 확실하게 눈에 들어왔다. 그녀와 자매들이 결코 받지 못했던 애정을 아버지가 그레이스에게 보내고 있다는 것을 그녀라고 모를 리 없었다.

사실은 외치고 싶었다. 밉다고, 미워서 죽여 버리고 싶다고. 하지만 미움받을까 봐 그러지 못한다. 그렇게까지 사랑받는 그레이스가 부러웠다. 해서 그가 아버지의 아들이 되어주기를 바랐다. 누구보다 아끼는 아이가 아들이 된다면 아버지가 기뻐할 테니까. 그것만으로도 그녀는 행복해질 수 있기에.

"이상하군요. 공작님께 후계자가 없다고 하셨는데, 공녀께선 그분의 자식이 아닙니까? 단지 남자라는 이유로 저처럼 못 배우고 별 볼일 없는 태생을 후계자로 하느니 아가씨 같은 분이 공작님의 뒤를 잇는 게, 저는 오히려 상식 같은데요."

하지만 그레이스는 사비나의 생각을 이해할 수가 없었다. 아버지와 셰어도란트를 사랑하고 가문을 아끼는 그녀라면 어느 누구보다 자격이 있어 보였다. 대체 어느 사람이 그녀처럼 이 땅을 사랑하고 아낄 수가 있을까.

가문의 수장과 작위라는 건 지킬 의지와 번창해 나갈 능력이 있는 자가 맡아야 하는 것이다. 그런 면에서 그레이스 자신은 절대 아니었다. 지킬 의지도, 능력도 없는 사람이 한 세대를 맡아 정통성을 유지한다고 해서 과연 가문의 위대한 이름을 길이 빛낼 수 있을까. 전혀 아니라고 본다.

그래서 철저하게 남성 중심으로 돌아가는 사회에서 여자에게 가문을 물려받으라는 소리는 칭찬이 아닌 욕이라는 것을 알고 있음에도, 그레이스는 그게 꼭 무리만은 아니라는 생각이 들었다. 너무 고집스러워서 지나칠 정도로 귀족적인 아가씨라면 잘 해나갈 수 있을 거란 믿음이 있었다.

그래서 순수한 의도로 꺼낸 말이었지만 사비나의 입장에서는 그 말을 곡해해서 들을 수밖에 없었다. 결국 참아왔던 분노, 아니, 분노는 아니었다. 딱히 그레이스에게 화가 났다거나 하는 것은 아니었으니 말이다.

군이 따진다면 울분에 가까울 거다. 가슴에 꽉 들어차서 나가지 않던 가슴앓이가 결국 한계치에 다다른 것이다.

"나도, 나도 그러고 싶어요. 힘들어하는 아버지를 위해서 누구보다 든든한 버팀목이 되어주고 싶단 말이에요. 우리 세어도란트를 어느 곳보다 살기 좋은 곳으로 만들고, 이 땅에 사는 사람들이 모두 행복해질 수 있도록. 하지만 여자인 내가 뭘 할 수가 있겠어요? 고작 빨리 결혼해서 손자를 낳아 아버지께 드리는 것 말고는 없잖아요. 내가 할 수 있는 게!"

줄곧 평정을 유지하던 사비나의 목소리가 위험하게 떨리면서 가게 안에 울려 퍼졌다. 그녀도 아들로 태어나고 싶었다. 적어도 그렇게나마 아버지께 의미가 있는 자식이 되고 싶었다.

"법으로 규정되었나요?"

"······?"

"여자가 후계자가 되고, 작위를 물려받으면 안 된다고 법에 상기되어 있습니까?"

"그거야 안 되는 게 당연한 거······."

"아니, 오해 말고 들어주세요. 제가 정말 몰라서 묻는 말입니다. 문서화된 법으로 여자는 안 된다고 쓰여 있습니까?"

"그런 당연한 것을 누가 법으로 만들겠······."

어처구니없는 물음이라고 단언하는 사비나의 말을 그레이스가 손을 들어 끊어버렸다.

"한마디로 그런 법은 없다는 말이군요. 그럼 한번 해보세요. 물론 능력이 안 된다면 처음부터 포기하시고요. 포기하고 빨리 결혼해서 아들이나 낳도록 노력하는 게 좋을 겁니다. 능력도 안 되면서 어설프게

작위를 받았다간 매장될 수도 있으니까. 하지만 방금 전에 남자였다면 하고 싶었다는 일들, 여자라서 못한다면 남자였다고 해도 못할 일들입니다. 남자라서 여자라서가 아니라, 당신이란 사람이 할 수 있는지 없는지가 중요한 것 아닐까요."

그레이스의 말에 사비나는 무언가에 한 대 얻어맞은 듯 멍해져서 그를 빤히 쳐다보았다. 한 번도 그런 식으론 생각해 본 적은 없었다. 여자와 남자는 태초부터 다른 몸과 능력을 가지고 태어났다. 똑같을 리가 없었다.

그러나 다른 만큼 같기도 했다. 신체적인 차이로 구별되는 역할을 빼고는 같았다. 생각할 수 있고, 말할 수 있고, 볼 수 있고, 들을 수가 있다.

여자라서 못했다는 말은 결국 남자였어도 못했을 거라는 뜻이다. 성별은 핑계이고, 진실은 개개인의 능력과 노력이 일의 성과를 가늠한다. 남자라서 성공한 게 아니라 그 사람이 뛰어나기 때문이라는 말이다.

하지만 그게 마음먹는 대로 되었다면 지금쯤 적어도 한 명이라도 작위를 물려받은 여자가 있었을 것이다.

"안 돼요. 국왕 전하가 작위를 인정해 주지도 않을 뿐더러 아버지가 딸인 저를 후계자로 삼을 리가 없잖아요."

"물어봤나요? 공작님께, 국왕 전하께? 한 번이라도 노력해 보고 도전이라도 한 뒤에 그런 말을 하세요."

"또 있어요. 법에 규정되어 있지 않다고 해도 베르크너 가는 무인 집안이에요. 무인도 아닌 제가 어떻게 무가를 물려받을 수가 있겠어요."

"그것도 법에 나왔습니까? 베르크너 가문은 무인이 아니라면 절대 작위를 물려받을 수 없다고요. 무가는 언제까지나 영원히 무가여야만 한다고요. 게다가 저도 무인이 아닙니다. 저한테 맡길 마음이 있었다면 굳이 무인이 아니어도 된다는 뜻이 아니었을까요."

어느새 그레이스는 사비나를 강력하게 설득하고 있었다. 그녀가 공작의 뒤를 잇겠다는 마음만 먹는다면 그는 자유로워질 수가 있었다. 이왕이면 서로 원하는 길을 가는 것이 피차 좋은 거 아니겠는가.

"남자잖아요. 지금이라도 배우면 늦지 않을 거예요. 게다가 자민트 경한테 들으니까 클리프 백작가의 자제와 대련을 하면서 그의 수련을 도와주는 일도 했다면서요? 그럼 기본 바탕은 있다는 소리잖아요."

"그거야 다쳐서 재활을 위해 수련하는 것을 도와준 것뿐이라 별거 아니었습니다. 누구나 할 수 있는 일이었죠. 그런 거에 기대를 걸 생각은 하지 마세요. 저 아주 형편없는 실력을 가졌으니까요. 차라리 이럴 시간이 있으면 공녀께서 지금이라도 배워보시든가요. 소질이 없으면 남자든 뭐든 언제 배우더라도 소용이 없는 법입니다."

원래 그레이스는 노력이 소질과 재능을 우선한다는 입장이었다. 하지만 사비나를 설득해야 하는데 그런 말은 차마 할 수가 없었다. 그녀의 마음을 돌리기 위해서는 자신의 소신도 내버릴 각오를 하는 그레이스였다.

"훗, 그러네요. 하지만… 내가 아무리 하고 싶다고 해도 아무도 인정해 주지 않으면 무슨 소용이 있죠? 모두가 오라버니처럼 생각하지는 않아요."

"그럼 모두가 인정할 수밖에 없는 사람이 되어야겠죠. 싫다는 저를 찾아와서 하소연하는 시간이 있다면 말입니다."

조금의 너그러움도 찾아볼 수 없는 말들이었지만 다 맞는 말이었다. 그러나 무얼 어떻게 해야 하는지 사비나로서는 감당이 되지 않았다. 아니, 과연 자신이 해나갈 수 있는지조차 자신하기 어려웠다.

만약 내가 남자였다면 하는 상상은 많이 해보았다. 하지만 한 번도 여자로서 자신이 그 일들을 할 수 있을 거라고는 생각도 못했다. 그래서 마지막 보류를 남기고 싶었다. 자신이 성공하지 못할 경우에라도 안심할 수 있도록.

"만약에, 만약 제가 노력했는데도 하지 못한다면, 정말 노력했지만 아무도 인정하려 들지 않는다면 그때는 오라버니가 제가 하지 못한 일을 대신해 주시겠어요?"

"아니요. 절대 그럴 수 없습니다."

"제발, 이게 마지막 부탁이에요. 더 이상은 귀찮게 하지 않을게요. 노력할 거예요. 그래도 어쩔 수 없는 한계라는 게 있잖아요. 적어도 아버지의 아들이라면 오라버니도 그분을 생각해 주세요. 한 번이라도 아버지의 입장에서 생각은 해보셨나요?"

리카도가 그레이스의 생부라면 꽤나 설득력있는 소리였다. 그랬다면 그레이스도 아버지라는 존재에 대해 진지하고 긍정적인 사고를 가질 수 있었을 것이다. 하지만 유감스럽게도 그의 생부는 리카도가 아니었고, 그렇다고 해서 드노엘을 아버지라 인정하고 싶은 마음도 없었다. 그레이스에게는 아버지 자체가 없었다.

아버지가 없기에 리카도를 큰아버지로 인정할 수가 없었다. 아버지가 있어야 친가 친척들도 있는 법이었다. 리카도에 대한 그레이스의 심정은 고마움과 안타까움이었다. 어머니에 대한 그의 애정이, 그녀의 슬픈 사랑이 헛된 것이 아님을 증명해 주었다. 그것만으로도 그는 리카도가 고마웠다.

어머니의 아들이란 이유로 자신에게 조건없는 애정을 주는 그의 마음이 고마웠다. 하지만 그렇다고 아버지처럼, 큰아버지로서 그를 좋아하는 것은 아니었다. 아직은 아니었다.

해서 사비나의 부탁은 그가 받아들일 수 있는 한도를 넘어선 것이었다. 그로서는 도저히 리카도의 입장에서 생각을 하고 말 마음이 전혀 없었던 것이다. 그리고 고마움 때문에 자신의 꿈을 포기하고 싶지도 않았다.

"한계에 다다르면 혼자서 포기하세요. 전 제 꿈이 따로 있습니다. 당신을 위해서, 공작님을 위해서 제 꿈을 포기할 만큼 두 분에게 남다른 애정이 있는 것도 아니고요."

"꿈?"

사비나에게 있어 최고의 가치는 아버지였다. 아버지가 바라보는 것, 아버지가 이루고자 하는 것, 그분이 원하는 것이 바로 자신의 꿈이고 최고의 목표였다.

그러기에 그녀에게 있어 베르크너 공작이란 자리는 지상의 어떤 것보다 지고하고 절대적인 가치를 지니고 있었다. 만약 그녀가 남자였다면, 그레이스가 위협이 된다면 그를 죽여서라도 차지하려 했을 것이다.

또한 그러기에 누구보다도 지키고 싶었다. 자신이 아닌 다른 사람에게 넘겨주더라도 상처입지 않는 모습 그대로 지켜주려 노력하는 것이다.

그런데 그 자리를 거저 주겠다는데도 포기하고 선택하는 꿈이란 무언지 도저히 상상이 가지 않았다. 설마 바르제바의 국왕이라도 되고 싶은 게 꿈인 건가.

의문이 가득한 사비나의 얼굴을 보며 그레이스는 득의양양하게 대답했다. 그래 봤자 사비나가 보기에는 여전히 냉정하고 차가움만이 느껴지는 얼굴이었지만 말이다.

"집사."

"예?"

"언젠가는 꼭 집사가 되고 싶거든요."

"풋! 죄송해요. 하지만… 하하하!"

그레이스의 대답이 이해가 되지 않아 잠시 눈만 깜박이던 사비나는 결국 웃음을 참지 못하고 허리까지 굽히며 웃기 시작했다. 손가락으로 눈가를 훔치는 것이 눈물까지 흘리는 것 같았다.

어린 소녀가 울상을 짓고 애써 감정을 억제하며 냉정해 보이려 노력하는 것보다야 보기에는 좋았지만, 이런 반응은 역시 그레이스를 우울하게 만들었다. 왜 그의 꿈을 들은 여자들은 하나같이 똑같은 반응을 보이는 것일까.

실라가 그러더니 어제는 이안과 함께 왔던 마마린느가, 그리고 이제는 우아한 아가씨였던 사비나마저 배를 잡고 웃고 있었다.

"왜, 왜 하필 집사예요? 하고 많은 직업들 중에서."

간신히 웃음을 참고 제일 먼저 묻는 질문마저도 똑같았다. 세 여자는 모두 그에게 왜 하필 집사냐고 물었다. 그리고 그가 하는 대답 역시 언제나 같았다.

"제가 아는 직업 중에 최고니까요."

다시 한 번 가게 안에 퍼지는 웃음소리에 그레이스는 천장을 노려보았다. 이럴 줄 알았다. 대체 집사가 언제부터 이렇게 우스운 직업으로 전락했을까. 생각할수록 불쾌했다. 총관도 그렇고, 세 여자도 그렇고 사상이 많이 불순한 사람들이었다.

"훗, 우리 계약 하나 할까요?"

"……?"

"만약에 제가 베르크너 공작의 작위를 물려받을 수 있게 된다면 제 집사가 되어줄래요?"

"예?"

손가락으로 눈가를 훔치며 원래의 얌전하고 고상한 아가씨로 돌아온 사비나는 정중하게 그레이스에게 제안했다.

"베르크너 가의 집사! 바르제바에서 이보다 최고의 집사 자리는 없을 거예요. 그리고 제가 아버지의 뒤를 이을 수 있는 자식이 된다면 전 오라버니의 존재가 굉장히 껄끄러울 거예요. 그건 제가 아버지 옆에서 보고 자랐기에 알 수 있어요. 오라버니의 생각과는 상관없이 사람들은 당신을 이용하려 들겠죠."

아버지와 삼촌을 가장 가까운 곳에서 지켜보았던 사비나는 알 수 있었다. 형제라는 것이 돌변하면 얼마나 무서운 적이 되는지.

"그러니 제 옆에 있어요. 제 옆에서 누구보다 제 편이 되어주세요. 제가 훌륭한 공작의 후계자가 될 수 있도록 도와주세요. 그럼 전 오라버니가 최고의 집사가 될 수 있도록 밀어드릴게요. 물론 자신없다면 하지 않아도 돼요. 능력도 안 되면서 집사가 되었다간 우리 총관한테 곤혹을 당할 테니까요."

조금 전에 그레이스가 했던 말을 되돌려 주면서 사비나는 은근히 그레이스를 도발했다. 하지만 그 도발에 넘어갈 그레이스는 아니었다.

분명 베르크너 가의 집사는 매력적인 제안이었다. 그 사람만 없다면 꺼릴 이유가 없었다.

게다가 사비나가 이야기했듯이 그가 사생아라고 해도 아들이 없는 베르크너 공작의 핏줄이라면 주위에서 그를 가만두지 않을 것이다. 요즘 들어 특히 그걸 많이 느끼고 걱정하는 바였다. 세어도란트에서는 사람들이 적어도 그를 존중해 주었다. 사생아임에도 공작의 아들을 대하듯 정중하고 예의를 지켜주었다.

그렇다고 언제나 어렵게만 대하는 것은 아니었다. 가게를 보는 그에게 자연스럽게 농담도 건네고, 그 혼자 가게에 있어도 무서워하지 않고 들어와 빵을 사가지고 가기도 했다. 날이 갈수록 점점 허물이 사라져 가는 게 느껴질 정도로 사람들이 그를 대하는 게 하루하루 달랐다.

그들에게 있어서 베르크너 공작은 절대적으로 믿을 수 있는 사람이었기에 그의 사생아 역시 아무 의심 없이 자연스럽게 받아들이는 것이다. 또한 그러기에 그레이스를 아껴주는 것이다.

그러나 세상으로 나오면 그를 보는 사람들의 눈은 달라진다. 그는 그 자체로서보다 베르크너 공작의 사생아로서의 가치로 받아들여지고 이용당할 가능성이 컸다. 세상엔 공작의 친구와 그를 존중하고 믿는 사람만 있는 게 아니니 말이다. 한 번 철저하게 이용당한 경험이 있는 그레이스는 두 번 다시 그런 일을 겪고 싶지 않았다.

"자신할 수 있나요?"

"무엇을요? 제가 공작의 후계자가 되는 것, 아님 오라버니를 집사로 채용하겠다는 장담 중 어느 것 말인가요?"

"둘 다요."

"자신할 수는 없어요. 하지만 끝이 없다는 각오로 노력할 거예요. 말 그대로 그렇지 못하면 결혼해서 아이나 낳는 신세가 될 테니까요. 설마 그것보다는 좋지 않겠어요?"

"그럼 그때 보죠. 전 아무하고나 계약하지 않습니다."

"저도 아무나 고용하지 않아요. 나중에 서로가 상대에게 얼마나 가치있는 사람인지 확실해지면 우리 그때 계약해요. 그럼 일단 이것으로 구두계약을 맺죠."

사비나는 오른손을 그레이스에게 내밀었다. 서로 계약 문서를 작성할 처지는 아니니 의지와 우애를 돈독히 하자는 의미였다. 이에 그레이스도 유쾌한 기분으로 사비나의 오른손을 잡았다.

순간 사비나의 얼굴이 묘해졌고, 그레이스는 아차하고 악수를 풀고 자신의 손을 내려다보았다. 슈크림 빵을 손으로 으깨 버린 바람에 손바닥이 노란 크림으로 범벅이었던 것이다. 미처 처리하지 못한 사이에 사비나와 대화하느라 잊고 만 것이다. 덕분에 그녀의 손에도 노란 크림이 묻어버렸다.

손바닥을 잠시 쳐다보던 사비나는 혀끝으로 크림의 맛을 살짝 보았다. 약간은 굳었지만 여전히 달콤하고 고소한 맛이 혀를 즐겁게 했다.

"우리처럼 달콤한 구두 계약을 맺은 사람들은 세상에 또 없을 거예요."

사비나의 말에 그레이스는 순간 웃음을 터뜨렸다. 하지만 그녀의 눈엔 여전히 냉담하고 무관심한 표정으로 살짝 입을 벌리고 콧방귀만 뀌는 그레이스만 보일 뿐이었다.

바르제바의 세 번째 왕조인 트로웰 왕가의 제27대 국왕, 트로웰 세뮤 다이안의 국혼은 겨울이 첫발자국을 살짝 내밀며 하얀 입김을 내뿜기 시작할 즈음으로 잡혔다.

겨울이 지나고 따뜻한 봄에 혼인 날짜를 잡자는 의견이 있었으나 다음 해 봄에는 흉성이 몇 개월 동안 밤하늘을 덮을 거라며, 국혼은 물론 일반 백성들도 이때는 혼인을 피하는 게 좋다는 점술가들과 지학자들의 견해에 따른 것이다.

보통 국혼이 최소 6개월이라는 준비 기간을 거쳐 완벽하게 치러지는 것에 비해, 불과 3개월의 여유밖에 없었던 다이안 국왕의 결혼은 그만큼 많은 절차를 생략한 약식으로 준비할 수밖에 없었다. 하지만 축제의 준비는 하나 부족함없이 진행되고 있었다.

각국을 대표해서 찾아온 칙사들과 지방에서 올라온 귀족들로 발라는 오랜만에 사람들로 북적거렸다. 하지만 특유의 폐쇄성과 차분함으로 국왕의 혼인이 있는 나라의 수도라고 하기엔 민망할 정도로 절제되고 가라앉은 분위기는 여전했다.

대신 티로이나 여타의 대도시에서는 완전히 축제 분위기였다. 국왕의 혼례가 있기 7일 전부터 밤마다 폭죽들이 어두운 하늘에 그림을 그렸고, 색색의 종이로 만든 꽃들이 거리를 장식했다. 오랜만에 있는 국가적인 행사라 모두가 축제를 준비하느라 여념이 없었다.

특히 그 외중에 가장 화제를 모았던 것은 연일 카트린느지의 일면을 채우는 다이안 국왕의 화사한 용안이었다. 기존의 신문들이나 잡지에 실리던 인물들의 얼굴은 모두 화가가 그린 그림을 인쇄한 것들이었다.

그래서 실물과는 비슷하다고 해도 붓 하나를 어떻게 놀리느냐에 따라 인물의 얼굴이 전혀 다른 사람이 되기도 했다.

그런데 카트린느지는 인물의 얼굴을 사실 그대로 박아놓은 듯 현실적이고 생동감이 넘쳤다. 게다가 흑백이 아닌 총천연색을 그대로 인쇄하였기에 마치 살아 숨 쉬는 듯 인물이 생생하기마저 했다.

소문에 의하면 마법을 이용한 고난위도의 수법으로, 인물의 표정을 순간에 잡아내서 종이에 새기는 기법이라고 했다.

즉, 카트린느지에 나오는 인물들의 얼굴은 실물과 똑같다는 뜻이었다. 그 소리에 카트린느지를 본 일반 백성들을 놀라게 한 것은 새로운 마법에 대한 호기심이 아닌 전혀 다른 것이었다.

그들이 평생을 살아봐야 다이안 국왕을 실제로 볼 수 있는 기회라고는 거의 전무하다고 할 수 있다. 해서 그들이 국왕을 접할 수 있는 곳은 신문이나 잡지에 실린 그림이 전부였다. 모두가 어린애처럼 통통불어서 짜증을 내고 있는 국왕의 초상화 말이다.

하지만 카트린느지에 실린 다이안 국왕의 실사는 전혀 달랐다. 아직 십대 중반의 어린 국왕은 너무 순수하고 아름다워 보였다. 입가에 슬그머니 머금고 있는 미소가 그렇게 천진해 보일 수가 없었다.

변변찮은 보석 하나 없이 너무도 수수해 보이는 차림을 하고 있어도 화려하고 절로 멋이 흘러내렸다. 순간 천사를 보고 있는 게 아닌지 의심이 들 정도였다.

일견 미간에 잡힌 주름이 안쓰러워 보이기도 했다. 이토록 천진한 아름다움을 갖추고 계시는 분이 무슨 고민이 있어 저렇게 미간에 주름이 생겼을까.

그에 비해 곧 새 신부가 될 에린은 극악의 평을 받았다. 빠지는 인물은 아니었지만 그렇다고 빼어난 미모를 자랑할 정도는 아닌 그녀가 다이안과 함께 나란히 서 있다면 당연 어울리는 그림은 아니었다. 그냥 있어도 몸에서 빛이 나는 다이안과 비교해 그녀는 너무 평범했다. 아니, 오히려 늙어 보였다.

그래서 일부에서는 에린이 천진한 국왕을 꼬드긴 게 아닌지 조심스러운 추측들도 떠돌기 시작했다. 저 평범해 보이는 외모로 무리없이 다이안에게 접근해서 일종의 '모성애'를 자극한 게 아닌가 하고 말이다. 다이안이 그녀에게서 느낄 수 있는 것이 모성애 말고 뭐가 더 있겠느냐는 혹평이었다. 하여튼 카트린느지에 실린 다이안의 실사로 인해 그에 대한 평은 기존과는 많이 달라지기 시작했다.

에린과의 결혼을 결정했을 때의 순정적인 순애보에서부터 아름답고 천진해 보이는 외모까지 뭇 여인들의 감성을 자극한 것이다. 지독한 바람둥이니, 오만한 고집불통이니라는 소문을 집어 삼킬 정도로 말이다. 이렇게 아름답고 순수해 보이는 분이니 주위에서 꼬리치고 달려드는 여자들이 아마 문제였을 거라는 의견도 많았다.

반면 남자들은 여자들과는 다른 것을 보았다. 물론 예전부터 보았던 다이안 국왕의 초상화와는 전혀 달라 보이는 그의 실사에 놀라고 호의적인 감정을 품게 된 것은 사실이다. 하지만 그들의 마음을 움직인 것은 여러 귀족들과 함께 있던 국왕의 모습이었다.

사람들 속에 있어도 다이안은 그 누구보다도 눈에 띄는 존재였다. 누구보다 화려해 보이는 인상이라 절로 눈이 그쪽으로 가는 것은 부정할 수가 없다. 그래 처음에 그를 보고 나서야 천천히 옆에 있는 귀족들이 하나씩 눈에 들어왔다. 모두 하나같이 체격 좋고, 값비싼 옷감으로 몸을 둘둘 말고 있는 그들의 몸은 반짝이는 보석들로 도배되어 있었다.

물론 지난가을 추수제가 열린 파티에 참석한 국왕과 귀족들의 실사이니 그들의 차림이 화려할 수밖에 없다는 것은 인정한다. 하지만 진자주색의 성장에 어떠한 보석도 하지 않고 있는 다이안과는 너무도 대조적인 모습이었다.

무리 중에서 제일 먼저 다이안이 눈에 보이는 것은, 그의 외모에서도 기인하겠지만 사위에 반짝이는 사람들 중 그만이 유일하게 반짝이지 않은 때문이기도 했다.

지난여름과 가을은 무척이나 가물었었다. 흉작 정도는 아니어도 먹고살기에는 박하다 싶을 정도로 힘들게 두 계절을 지내야만 했다. 그런데 카트린느지에 실린 귀족들은 하나같이 살이 통통하고 윤기가 흘렀다.

몸에는 덕지덕지 참 많이도 달고 다니면서 춤추고 사냥하며 인생을 즐기는 모습을 심심치 않게 볼 수가 있었다. 국민들은 국왕이 사치스런 사람이라고 들었다. 매일 놀고 먹으면서 욕심은 얼마나 많은지 귀족들에게 바라는 것도 많아 그 비위를 맞추는 게 힘들다고 들었다.

그런데 막상 그들의 눈에 보이는 국왕은 수수하다 못해 초라해 보였다. 다이안 국왕의 얼굴을 크게 확대한 실사에선 국왕을 상징하는 인장으로 사용하는 반지 하나 말고는 어떠한 귀금속도 발견할 수가 없었다.

잘 차려입은 귀족들 사이에서 어린 국왕만이 어색하게 서 있는 장면은 그들에게 이상한 서글픔을 자아내게 만들었다.

어쨌든 그 덕분에 카트린느지는 발행 부수를 전보다 배로 늘렸음에도 공급이 딸려 나중에는 웃돈을 얹히고도 구하기가 힘들게 되었다. 예전에는 한 명이 사면 이웃이나 친구들과 나눠 봤지만 이제는 소장할 목적으로 사기 때문에 다른 이들에겐 보여주지 않았기 때문이다.

사람들이 카트린느지를 소장하고 싶어하는 것은 당연히 다이안 국왕의 실사를 모으기 위해서였다.

그래서 행여나 국왕의 실사가 구겨지지 않도록 조심하기 위해 여러 손을 타지 않게 하는 것이다. 실제로 카트린느지를 빌려줬다가 상대가 다이안 국왕의 실사를 오려내 가지는 바람에 크게 싸움이 일어나는 웃지 못할 일이 생기기도 했다.

카트린느지에 의해 다이안의 이미지가 긍정적인 측면에서 상승효과를 보았다면, 에린은 '늙은 아줌마'라는 좋지 못한 별명을 가지게 되었다. 덕분에 다가오는 국왕의 결혼식을 안타까워하는 이들은 점점 늘어만 갔다. 잘하면 아까운 어린 국왕이 늙은 아줌마의 꼬임에 넘어가 결혼을 한다는 위험한 동요가 나올지도 모를 처지였다.

하지만 일단은 나라의 축제인 만큼 즐길 것은 마음껏 즐겨보자는 게 사람들의 심리였다. 어차피 그들이 싫어한다고 해서 바뀌는 것은 아무것도 없으니 말이다.

다이안의 결혼식 당일에는 다행히도 날씨가 좋았다. 쌀쌀한 바람이 간혹 몸을 으슬으슬 떨게 만들었지만 따스한 햇볕에 마음만은 봄날과 같이 들뜨고 흥분이 되는 날이었다.

"저기를 보십시오."

살이 너무 쪄서 턱이 세 겹으로 겹친 마이야르 백작에게 애쉬튼 남작이 턱짓으로 한쪽을 가리켰다. 그곳에는 신경질적으로 보일 만큼 무척이나 마른 남자가 대여섯 명에게 둘러싸여 대화를 나누고 있는 중이었다.

"누구지?"

애쉬튼 남작이 가리킨 곳은 외빈들을 위한 자리였다. 즉, 외국인들과 접촉할 일이 적은 백작으로서는 처음 보는 사람이었다.

"오그덴 제국의 무라드 후작입니다. 이번에 제국을 대표해 칙사로 바르제바에 왔답니다."

"무라드 후작이라면 제국에서도 손꼽히는 명문가였지, 아마?"

"네, 베르크너 공작가와 비교될 만큼의 가문입니다. 저쪽이 후작이기는 하지만 제국의 작위인 것을 감안하면 베르크너 공작이 조금 아래라 할 수도 있겠지요."

애쉬튼 남작의 말에 마이야르 백작은 손가락마다 커다란 보석이 박힌 반지를 낀 오른손으로 턱을 만지작거렸다. 무라드 후작은 금발에, 날카로운 인상의 소유자로 보기에 절대 만만치 않게 생긴 인물이었다.

사람이란 본시 자신같이 후덕하게 살이 넘실거려야 인품 역시 뛰어나다는 매우 주관적인 선입견을 가지고 있던 백작은 입술을 실룩였다. 일단 그는 사람을 대함에 있어 그 약점부터 찾고 보자는 주의였고, 역시나 금방 찾아낼 수가 있었다.

"문득 생각이 나서 그러는데 무라드 후작이라면, 무능력한 선대가 재산을 말아먹은 바람에 완전히 빈털터리가 되었다는 소문이 네가 어렸을 적에 잠시 돌기도 했었는데 말이야."

숨길 수 없는 야유가 그의 목소리를 무척이나 부드럽게 만들었다. 남의 욕을 할 때면 마이야르 백작의 목소리는 한없이 부드러워지는 게 특징이었다.

"소문이 아니라 사실이었습니다. 선대의 후작이 도박꾼에다가 투자했던 사업들마다 모두 사기를 당해 한때 정말 어려웠었죠. 그런데 지금 저기에 있는 후작이 재산가의 여식을 아내로 맞이한 덕분에 위기를 모면했다고 합니다. 한 30년이 넘은 일입니다만."

"호오~ 그래?"

저만한 가문을 다시 일으켜 세울 정도의 재산이라면 대체 얼마만큼이었을까. 안타까운 일이었다. 그만한 자산가의 딸이라면 자신도 신분에 상관없이 당장에 아내로 맞이했을 텐데 말이다.

지금 그의 부인은 아름답기는 했지만 가문의 재정엔 별 도움이 되지 않는 집안의 여자였다. 게다가 나이가 드니 외모밖에 볼 것 없는 사람의 유일한 장점도 사라져 버리고 말았다. 세상엔 역시 돈과 명예와 권력이 배후자를 고르는 절대 목록이라는 걸 새삼 깨닫게 해주는 예가 바로 그의 아내였다.

"그런데……."

"……?"

"후작의 부인이 바로 데르웰자 가의 여식이랍니다."

"뭐?"

"정확히 말하면 데르웰자 보 마타 마울베르츠의 친여동생이었답니다."

데르웰자 가의 마울베르츠는 오덤 왕의 경제 정책을 도맡아 추진했던 자로, 귀족 출신이기는 했지만 직계가 아닌 '보 마타'였다. 한마디로 '소 마첸'의 이름을 이어받은 이들에게는 같은 귀족 대우도 받지 못하는 축에 속한 자였다.

하지만 엄청난 자산가로 지금의 호마린 자작처럼 귀족이라기보다는 장사꾼에 가까운 이였다. 그리고 골수까지 국왕파였던 자다. 해서 귀족들의 파티 때 가장 먼저 척결하려고 했지만 도망 다니는 기술이 극에 달한 인물이라 한때 섭정 여왕파의 최고 골칫거리이기도 했다.

결국엔 에이첸 용병단까지 이용해서 잡아야 했던 돈푼 꽤나 나가게 만든 이였다. 그렇기에 시간이 지난 후에도 그의 이름은 똑똑히 기억하고 있었다.

"젠장! 그렇다면 설마?"

"아니요. 듣자니까 그녀는 파티가 있기 몇 년 전에 병으로 죽었다더군요. 하지만 후작이 지금까지 재혼을 하지 않고 있는데다가 그의 후계자가 그녀의 아들이랍니다. 쌍둥이를 낳았는데 첫째는 후작과의 불화로 오래전에 집을 나가 둘째가 후계자가 되었다는군요."

남작의 설명에 백작의 얼굴이 일그러졌다. 하지만 하도 살이 많아서 어떤 표정을 짓고 있는지 알 수가 없었다. 어떤 의미에서는 도박을 할 때 가지고 있는 패를 절대로 상대에게 들키지 않을 유리한 조건을 가진 신체였다.

"우리에겐 좋은 정보가 아니군."

"그렇기는 하지만 예전 일입니다. 어쩌면 아내와 어머니의 나라라 해서 관계를 맺기가 좋지 않겠습니까? 귀족들의 파티에서 이긴 것은 섭정 여왕파지 백작님이 아니지 않습니까? 아니, 그걸 떠나서 만약에 무라드 후작이 부인 사망 후에도 처가에 신경을 썼다면 마울베르츠를 도와주었을 텐데 전혀 그렇지가 않았습니다. 완전 나 몰라라 했기에 사람들도 그와 후작의 관계를 잘 모를 정도였죠."

귀족들의 파티가 열렸을 때에 마이야르 백작도 섭정 여왕파로서 국왕파를 제거했지만 그거야 까마득한 옛날 일이었다. 지금은 섭정 여왕파와는 등을 돌린 마이야르 백작으로서는 국왕파의 돈줄이었던 마울베르츠의 제거에 대한 책임이 없었다.

그리고 무라드 후작 본인이 처가에 신경을 쓰지 않는다면 문제가 될 것도 없었다. 오그덴 제국의 무라드 후작이라면 꽤나 그럴싸한 월척임은 분명했다.

"호호호."

마이야르 백작이 혀로 입술을 핥으며 간사한 웃음을 흘리자 그의 턱이 크게 좌우로 흔들거렸다.

이번에 자신의 딸이 국왕의 비로 채택된 기쁨에 못 이겨 거하게 과식과 과음을 즐겼더니 두 개였던 턱이 세 개로 늘어나 조금의 자극에도 출렁거렸다. 하지만 살은 후덕한 인품의 상징이니 많을수록 좋다고 그는 주장하고 다녔다, 아주 절실하게.

그렇게 백작이 유쾌한 계획에 빠져 세 개의 턱을 쓰다듬고 있는데, 국왕의 결혼식이 열릴 약속의 광장이 갑자기 시끄러워지기 시작했다. 광장의 입구에서 시작한 소란이 점차 식이 진행될 연단으로 퍼지고 있었다. 제법 이름난 누군가가 새로 등장한 것이다.

"헉!"

누가 등장하든 관심없다는 듯 거만하게 앉아 있는 백작을 대신해, 새로 등장한 이가 누구인지 확인하려 자리에서 일어나 뒤를 돌아본 남작은 단말마의 신음을 흘리며 도로 자리에 주저앉아 버렸다.

"대체 누군가? 이런 소동을 야기하다니 예의가 없군."

반지가 주렁주렁 달린 손을 깍지 끼기 위해 애를 쓰던 백작은 남작의 반응에 뚱한 목소리로 크게 외쳤다.

"보, 보마……."

"보, 뭐?"

"보마르셰 소 마첸 카울리 후작입니다."

"아하! 그 양반이 웬일로 발라에… 뭐?"

결국 두 손을 깍지 끼는 것을 포기한 백작은 애쉬튼 남작의 대답에 참 오랜만에 들어본 이름이다, 정도의 반응을 보이려다가 놀라서 자리에서 벌떡 일어났다.

"힉!"

"흠흠."

하지만 마이야르 백작의 뚱뚱한 몸이 그만 일을 저지르고 말았다. 자리에서 일어선 그를 따라 의자까지 그의 엉덩이에 끼어서 같이 일어나 버린 것이다.

의장용이라 제법 묵직한 의자였음에도 마이야르 백작이 일어서자 그의 살로 꽉 차 있던 의자가 빠지지 않고 엉덩이에 붙어버린 것이다.

통상 광장에 준비해 놓은 의자들의 크기는 거의 비슷했다. 국왕의 장인을 배려한 의자는 다른 이들의 것보다 더 크기는 했지만 그건 장식이나 등받이 부분이 살짝 높다뿐이지, 앉는 부분 그 자체는 다른 것들과 크게 차이나 나지 않았다.

그런데 백작의 덩치는 다른 이들의 두세 배였다. 남들에게는 널널한 의자라도 그에게는 턱없이 부족했던 것이다. 바꾸고 싶어도 백작을 위해 준비한 의자는 의장용인데다가 다른 것은 조금 평범하게 생겼을 거라는 말에 그냥 앉기로 한 것이다. 해서 앉을 때 무지 고생을 하였는데 일어날 때는 또 몸이 의자에서 빠지지 않는 것이다.

당황한 애쉬튼 남작과 백작의 측근들이 의자와 마이야르 백작을 분리시키기 위해 애를 쓰는 동안에, 연단 앞까지 도착한 보마르셰 후작은 마이야르 백작들을 힐끔 쳐다보고는 좌중을 향해 입을 열었다.

"내 자리는 어디지?"

뭔가 심상치 않은 중대 발언을 하지 않을까 기대와 걱정으로 그를 바라보던 이들의 맥을 한풀 꺼지게 하는 소리였다. 십여 년 만에 발라에 돌아와서는 처음 하는 소리가 아무렇지도 않게 자신의 자리를 찾는 것으로 역시 보마르셰 후작이란 소리도 나왔다.

"여, 여기."

식의 진행과 감독을 맡은 이가 다가와 그를 자리로 안내했다. 시종장인 게일이 만일을 위해 베르크너 공작과 보마르셰 후작의 자리를 준비해 놓으라던 지시를 따른 게 그로서는 정말 천만다행이었다.

분명 참석하지 않을 게 분명한데 그분들의 자리를 앞 자석에 마련해 놓았다가 자리가 비면 보기에 좋지 않을 거라는 그의 반박에도 시종장은 꿋꿋했었다.

두 사람이 참석하지 않더라도 그들에 대한 예우는 해주어야 한다는 것이다. 그 예로 다이안 국왕의 즉위식 때 베르크너 공작이 미리 참석하지 못할 거라는 전문을 보내왔음에도 그의 자리를 준비해 놓았듯이 말이다.

안내받은 자리에 주저없이 앉은 후작은 아직 비어 있는 자신의 옆자리를 쳐다봤다. 연단과 가장 가까운 자리에 배치되어 있는 베르크너 공작의 자리였다. 국왕의 결혼식에 대한 참석 여부를 알리지 않았는데도 착실하게 자리를 마련해 놓은 주최 측의 준비성 혹은 눈치가 후작을 흡족하게 만들었다.

아직 40대 후반인 보마르셰 후작은 전체적으로 키가 크고 마른 편이었다. 콧수염을 길렀지만 짧은 갈색 머리와 녹색의 눈동자 때문에 굉장히 활동적인 느낌을 자아내는 인물이었다. 아니나 다를까, 다리를 꼰 채로 두 팔을 의자 등받이 위에 걸친 그는 관찰하듯 주위에 있는 사람들의 얼굴을 하나하나 둘러보았다.

낯이 익은 이들도 많았지만 처음 보는, 그의 표현을 빌리자면 솜털이 보송보송한 이들도 적잖았다. 그새 한 번의 물갈이를 거친 가문들과 신진 귀족들이 많이 있었던 것이다. 그를 처음 본 이들은 그와 눈이 마주치자 서둘러 고개를 돌려 버리거나 그의 시선을 외면했다. 그의 이름이 주는 영향력이 아직도 살아 있다는 반증이었다.

외빈들을 위한 자리에 모여 있는 대사들이나 칙사들도 마찬가지였다. 낯이 익어서 그와 눈이 마주치자 눈인사를 보내는 이들이 있는가 하면, 옆 사람에게 저 사람이 누구냐고 묻는 이들도 있었다.

많은 것이 그대로인 것처럼 보여도 또한 너무 많은 것이 변해 있었다.

콧수염을 쓰다듬으며 그 아래로 씁쓸한 미소를 지을 수밖에 없었다. 국왕파였던 그의 등장으로 섭정 여왕파는 물론, 여러 귀족들이 술렁거리고 있었다. 제발 가만히 죽은 듯이 살 것이지 왜 왔는지, 험담을 하는 이들도 분명히 있을 것이다. 괜히 그런 생각을 하니 귀가 가려워진 그는 약지로 귀를 후벼 팠다.

당장에라도 그에게 말을 걸고 싶어 안달인 인물이 몇몇 보였지만 그는 시종 그들을 무시하고 열심히 귀를 파는 데 열중했다. 광장에 있는 모든 사람이 그를 보고 있음에도 말이다.

얼마 지나지 않아 자신이 등장했을 때와는 비교도 안 되는 소란, 아니, 혼란이 일어나는 소리에 보마르셰 후작의 입술이 상큼하게 벌어지기 시작했다. 그러다 고개를 돌려 슬쩍 마이야르 백작을 쳐다보니 이번에는 네 명이나 그에게 붙어 의자와 백작을 분리하기 위해 힘을 쓰고 있었다. 이번에 약속의 광장에 나타난 것은 바로 베르크너 공작이었던 것이다.

보마르셰 후작의 등장에 이어 베르크너 공작까지 나타나자 약속의 광장은 일대 혼란에 빠져들기 시작했다. 여기에 에브람 후작만 가세한다면 몇십 년 만에 바르제바의 3대 명문가의 수장들이 한자리에 모이는 것이었다. 장관이기도 하고 가슴 설레는 일이기도 했다.

하지만 이게 마냥 반가운 일만은 아니었다. 광장의 자리 배치도는 서로 같은 세력들이 근방에 앉을 수 있도록 배정되어 있었다. 그래서 베르크너 공작과 보마르셰 후작의 등장에 사람들의 반응이 무리 단위로 확연하게 드러나고 있었다.

그러나 유일하게 차분함을 유지하고 있던 이라이언 공작은 생각할 게 있는 듯 손바닥으로 턱을 괴면서 자연스럽게 입을 가렸다. 손가락으로 가린 입술이 기이하게 벌어지며 하얀 이를 드러내며 웃는 공작의 눈동자에 한순간 광기 어린 광채가 스치고 지나갔다는 것을 아는 이는 아무도 없을 것이다. 어떠한 변수도 그에게는 즐거움뿐이었다.

두려움, 분노, 걱정 같은 것은 느껴지지 않았다. 유일하게 느낄 수 있는 즐거움을 위해서라면 이런 재미난 전쟁은 언제든지 참가할 의사가 있었다.

안내받은 자리에 도착한 리카도는 카울리를 보고 고개를 끄덕이며 아는 체를 했다. 하지만 그 이상의 형식적인 인사 이외의 것은 하지 않고 자리에 앉는 모습엔 전혀 스스럼이 없었다. 모든 이들의 시선을 한 몸에 받고 있는데도 동작 하나마다 자연스럽고 거침없는 공작의 모습은 사람들의 감탄을 자아냈다.

오랜 세월이 지나도 여전히 기품있고 단아해 보이는 베르크너 공작은 변한 게 전혀 없었던 것이다. 캐시미어 소재의 검은색 오버코트에, 두 줄로 겹쳐지는 검은 가죽 허리띠를 맨 그의 얼굴 어디에도 세월에 의해 추루해진 흔적은 찾아볼 수가 없었다. 여전히 당당하고 어디에 있으나 여유가 넘쳤다.

자신을 표현하기 위한 억지스러움이 없는 그는 천연 그 자체였다. 소위 사람들이 말하기 좋아하는 순수 혈통을 가진 존재 말이다.

카울리는 자신의 오른쪽에 자리한 공작을 넌지시 쳐다보다가 리카도의 왼쪽 가슴에 붙어 있는 브로치를 손가락으로 한 번 툭 건드렸다. 에메랄드와 다이아로 만들어진 단순하면서 멋스러운 두 개의 브로치는 백금으로 만들어진 세 줄의 사슬로 서로 연결되어 있는 디자인이었다.

하지만 그것 말고는 그렇다 할 치장을 하지 않은 공작 쪽으로 몸을 기울이며 카울리는 조그마한 소리로 속삭였다.

"요즘 사시는 게 힘든가 봅니다."

"……?"

"대체 이 차림이 뭡니까. 이런 곳에 오시려면 좀 꾸미는 것도 예의 아닙니까? 저를 보세요. 저기 건너편에 있는 돼지만큼은 아니라도 이 정도는 돼야 낯이 서지 않습니까."

다시 의자에 앉으려고 미어지는 살들을 의자 안으로 집어넣고 있는 마이야르 백작을 턱짓으로 가리키던 카울리는 손을 들어 자신의 가슴을 툭툭 쳤다.

짙은 갈색에 전체적으로 몸의 선이 드러나는 바지에다가 무릎까지 오는 검은색 부츠를 신은 카울리는 언뜻 보아도 굉장히 멋을 낸 흔적이 엿보였다. 역시나 상체에 딱 달라붙은 갈색의 상의 위에다 상앗빛 공단에 진주와 루비로 수를 놓은데다 둘레에 하얀 밍크가 둘러진 호사스런 망토를 왼쪽 어깨에 걸치고 있었다.

멋은 있지만 너무나 단순한 리카도의 차림하고는 확실하게 비교가 되었다.

"나도 제법 신경 쓰고 나온 거네."

티나지 않게 주위를 둘러보며 리카도는 멋쩍게 자신을 항변했다. 예전에 이런 차림은 적당히 예의를 차리는 수준에서 지나치지 않을 정도의 단정함을 유지했었다. 하지만 20년 사이에 발라는 사치스러워져도 지나칠 정도로 사치스러워지고 말았다.

꽤나 멋을 냈다고 생각되는 카울리마저도 저들에 비하면 많이 수수한 편이었다. 잘못하다간 궁핍한 생활에 찌든 몰락한 귀족이라는 오해를 살 만했다.

"신경만 쓰면 뭐 합니까. 유행을 알아야지요. 저도 제법 꾸미고 왔다고 생각했는데 저들을 보니까 어지간히 쪽이 팔려야죠. 하지만 공작님 덕분에 제가 체면이 좀 섭니다. 딸아이가 우겨서 걸치고 나온 이 망토가 아니었다면 참으로 우세스러울 뻔했지 뭡니까."

"나는 딸아이를 셰어도란트에 두고 와서 말이야."

"사는 게 힘드신 건 아니시고요?"

딸이 골라주었다는 망토를 내보이며 자랑하는 카울리에게 리카도는 자신은 그런 거 챙겨줄 딸이 없어서 이렇게 왔다는 식으로 대답했다. 그러자 카울리는 은근히 걱정을 하며 조용하게 물었다, 가세가 기울어진 건 아니냐고.

"행여나 힘들어진다고 해도 자네보다는 넉넉할 테니 걱정 말게."

"그렇다면야 걱정하지 않겠습니다. 없어서 수수한 것은 궁색이고, 있는데 수수한 것은 검소라지요? 아니, 짠돌이라고 했던가?"

"그런데 자네가 언제부터 이렇게나 남의 시선을 의식했나?"

예전이라면 남들과 자신의 옷차림을 비교하는 것은 물론, 남들의 시선 따윈 신경도 쓰지 않았을 카울리였다. 사뭇 달라진 그의 모습에 의아해하자 카울리는 어깨를 으쓱하며 대답했다.

"대세를 따라야죠. 혹시 카트린느지 보셨습니까?"

카울리의 물음에 리카도는 긍정의 뜻으로 고개만 끄덕였다.

"모두가 휘황찬란한데 유독 전하께서만 참으로 수수하시더란 말입니다. 그나마 보석보다 찬란한 미모가 받쳐 줘서 여전히 빛이 나셨지만, 사실 저는 그만한 외모는 아니지 않습니까. 분명 이번에 저나 공작님이나 카트린느지에 실릴 게 자명한데 비교가 되지 않겠습니까, 저들하고요. 저는 전하처럼 외모 하나로 빛이 나는 사람이 아니라 이렇게 나름으로 신경을 쓰고 온 겁니다. 여차 잘못하면 전국적으로 보마르셰 가문이 망했다는 소문이 돌지 누가 압니까?"

대답하면서 카울리는 참 안됐다는 표정으로 리카도를 쳐다봤다. 분명 리카도의 차림은 어디 한 군데 빠지지 않을 정도로 멋스럽고 세련되었다. 하지만 저쪽 진영이 워낙에 화려해야지.

이 모습 그대로 카트린느지에 실린다면 대번에 베르크너 가문이 몰락의 기로에 선 게 아닌가 하는 소문이 나돌 게 분명했다.

"설마 하니 어느 누가 베르크너 가문과 보마르셰 가문의 형편이 안 좋아졌다고 생각이나 하겠습니까? 그저 두 분의 검소함을 칭찬하겠죠."

리카도와 카울리의 대화에 끼어든 사람은 다름 아닌 에브람 후작이었다. 그의 존재를 이미 눈치 챈 두 사람은 갑자기 나타나 말을 거는 에브람 후작의 등장에 당황해하지 않았다.

대신 카울리는 못마땅하다는 표정으로 에브람 후작에게 말을 걸었다.

"칭찬한다고? 그럼 그 칭찬 자네나 많이 받지 그런가. 이렇게 번쩍번쩍하게 차려입고 그런 말 하면 못 쓰지."

마이야르 백작과 나란히 서 있어도 전혀 손색이 가지 않게 차려입은 에브람 후작의 옷자락을 거머쥐며 카울리는 연신 투덜댔다. 이러저러한 옷이 있는데 차라리 그걸 입고 왔어야 했다는 둥의 재미난 이야기를 하는 바람에 리카도는 저도 모르게 크게 웃고 말았다.

호탕하고 남의 시선 따윈 신경 쓰지 않는 카울리의 성격은 여전했던 것이다. 모두가 그들이 무슨 이야기를 하는지 촉각을 세우고 엿듣고 있는데, 하는 소리가 고작 옷에 대한 고민이니 얼마나 맥이 빠질까.

남들이라면 이런 낯 뜨거운 이야기는 절대 하지 못한다. 호마린 자작인 이안이라도 이렇게 많은 사람들이 자신을 쳐다보고 있다면 온갖 고상한 말로 좌중을 휘어잡는 방법을 사용하지 스스로 체면이 깎이는 짓은 절대 하지 않을 것이니 말이다.

하지만 카울리의 경우는 하고 싶은 말은 꼭 그 자리에서 해야만 했다. 그러기 위해선 자신이 웃음거리가 되더라도 마다하지 않았다. 사실 옷에 관한 그의 이야기를 곧이곧대로 들어서는 안 될 것이다.

그가 이런 이야기를 꺼낸 것은 귀족들의 지나친 사치와 국왕에 대한 처우가 마음에 들지 않았기 때문일 거다. 누가 뭐라 해도 국왕파의 한 사람으로서 카울리는 다이안 국왕이 귀족들 사이에서 기가 죽는 것도 싫고, 오덤 왕 시절에는 생각도 못한 이런 식의 호화도 싫었던 것이다. 자신의 입장을 확실하게 밝히는 그의 당당함은 언제나 리카도를 기분 좋게 했다.

여전히 옷 때문에 티격태격 말을 주고받는 카울리와 에브람 후작의 대화에 계속 귀를 기울이면서 리카도는 이라이언 공작을 찾았다. 그는 왕가의 친척들이 앉아 있는 곳에서 쉽게 찾을 수 있었다.

이라이언 가의 사람답게 참으로 곱게 늙었다고 해야 하나. 20년 만에 보는 이라이언 공작은 많이 늙기는 했지만 그 나이 또래에서는 찾아볼 수 없는 아름다움을 유지하고 있었다.

그러고 보니 예전에 사람들은 리카도와 이라이언 공작을 두고 아름다운 두 공작이라 부르곤 했다. 리카도가 내면의 아름다움으로 평가받았다면 이라이언 공작은 외면의 아름다움으로 인정을 받았던 것이다. 세월이 지난 지금에 와서 사람들이 그들을 또 어떻게 부를지는 모르겠지만 리카도는 그 말이 정말 듣기 싫었다.

특하나 자신의 내면에 숨겨져 있는 치졸함과 잔혹성을 알았을 때는 더욱더 그랬다. 그는 한 번도 아름다운 적이 없었다. 단지 아름답게 보이기 위해 노력했던 것뿐이었다.

아름답다는 말은 이라이언 공작에게나 어울리는 말이었다. 그의 내면이야 무슨 색으로 오염이 되었든 말든, 오직 외모만으로 인정받는다면 얼굴이 추하게 변하지 않는 이상 변함없는 사실이니 죄책감은 없을 거라 부럽기도 했다.

리카도가 쳐다보는 것을 느꼈는지 이라이언 공작도 고개를 돌려 그를 쳐다보았다. 두 사람의 시선이 엉키자 누가 먼저랄 것 없이 가볍게 묵례를 하고 미소로 인사에 화답했다.

베르크너 공작과 이라이언 공작은 빛에 속한 사람이었다. 태생부터가 선택받은 인간으로서 언제나 밝은 양지에서만 생활해 온 자들이었다. 부족할 것이 없었고, 저 밑바닥의 어둠 따위는 모르고 살아왔을 것만 같은 사람들이었다.

그래서 사람들은 그들을 어둠에 묻히지 않는 빛이라고 생각했다.

하늘을 나는 것은 새만이 아니다

하늘을 나는 것은 새만이 아니다

순백의 여우 털로 만든 망토를 마지막으로 혼례를 앞둔 다이안의 치장은 끝이 났다.

진주와 다이아로 장식이 된 발끝까지 오는 하얀색 로브에 허리에는 백금으로 만든 사슬을 느슨하게 여러 번 두르고, 주먹만한 다이아로 만든 브로치로 풀어지지 않게 고정시켰다. 허리에 두른 사슬은 결혼의 굴레를 의미했다.

오늘부터 다이안은 에린이라는 여자와 결혼이란 사회적인 약속을 하게 된다. 그건 굴레이며, 앞으로 다이안의 발목을 붙잡는 짐이 될 것이다. 어느 한쪽이 죽기 전에는 끝나지 않을 혼인의 서약은 그만큼 구속력이 강하고 풀기 어려운 것이었다.

신발까지 온통 하얀색으로 갖춰 입은 다이안은 게일이 가지고 온 왕관을 직접 천천히 자신의 머리 위에 썼다. 처음 이 왕관을 머리에 썼을 적에는 그의 작은 머리가 왕관에게 먹혀 우스운 장면을 연출하기도 했었다.

하지만 이제는 먹히지 않고 머리 위에 단단히 고정될 만큼 그의 머리는 커졌다.

"전하, 이제는 약속의 광장으로 가셔야 할 시간입니다."

"그러지."

게일의 재촉에 다이안은 거울을 보며 자기 자신에게 한 번 웃어주고는 여우 털 망토를 펄럭이며 약속의 광장을 향해 길을 나섰다.

광장의 입구에서는 오늘의 신부인 에린이 마차 안에서 다이안을 기다리고 있었다. 신랑과 신부의 입장은 함께였다. 예식장을 향하는 첫 걸음부터 두 사람이 함께여야 한다는 의미가 있었다.

서늘한 바람이 그의 볼에 홍조를 만들자 사람들은 그것을 새신랑의 수줍음으로 알고 두 사람을 향해 축복의 종이 가루를 던졌다. 알록달록 색색의 종이가 하늘 위에서 뿌려지며 예식이 진행될 연단을 향해 다이안과 에린은 함께 나란히 첫 발걸음을 디뎠다.

예식은 모두 맹세와 약속으로 진행되었다. 지키겠습니까, 하지 않겠습니까, 노력 하겠습니까 등등.

사제의 주례와 혼인의 서약에 이어 자신의 어머니와 할머니, 그 할머니들이 쓰셨던 왕관을 에린의 머리 위로 직접 씌워주며 다이안이 무슨 생각을 하였을지는 아무도 모른다. 푸른 하늘에서 눈처럼 내리는 종이 가루들과 사람들의 함성에 함초롬히 웃으며 답하는 그는 마냥 행복하고 아름다운 신랑처럼 보였다.

결혼식은 그 자체만으로 축복받고 축하하는 날이었다.

그래서 다이안은 오늘만큼은 에린에게 좋은 신랑이 되어주기로 했다. 결혼해서 좋은 날이 하루쯤은 있어야 앞으로의 지겨운 날들을 견딜 수 있을 테니 말이다. 그것이 혼인의 절차가 모두 끝나고 신부의 입술에 입을 맞추는 다이안이 에린에게 주는 결혼 선물이었다.

"축하드립니다."

"축하는 무슨 이게 어디 축하할 일인가. 다 우리 에린, 아니, 우리 여왕 전하의 타고난 운명인 거지."

마이야르 백작은 세 겹의 턱을 여유롭게 쓰다듬으며 식이 끝나자 그에게 몰려와 축하를 건네는 이들에게 겸양을 떨었다. 결국은 우리 딸이 잘났기 때문에 축하 같은 건 너무 당연하다는 뜻이었지만 그것도 나름의 겸손이기는 했다.

그러면서 백작은 살이 처져서 밑에까지 내려온 눈꺼풀 때문에 시야가 좁은 눈동자를 굴려 베르크너 공작이 있는 곳을 쳐다봤다. 여전히 세 명의 공작과 후작들은 자기들끼리 모여 앉아 다른 사람들의 접근을 허용하지 않고 있었다. 사람들에게 소외받는 게 아닌 그들이 다른 사람들을 무시하고 있었다. 마치 자기들 이외에는 눈에 보이지 않는다는 듯이 말이다.

혼인식이 끝나고 국왕과 새로운 왕비를 비롯한 왕가의 사람들은 벌써 백색의 궁으로 떠나고 없었다. 광장에는 귀족들만이 남아서 방금 전에 끝난 식의 여운을 즐기고 있었다. 이제는 하나둘 궁으로 자리를 옮겨 며칠 동안 벌어질 파티를 만끽하는 것만 남았다.

하지만 여기에 있는 많은 이들이 한꺼번에 궁으로 이동한다면 일대 혼란이 생기기에 하위 귀족들부터 움직이고 있었다.

궁으로 이동하는 이들은 떠나기 전에 모두 마이야르 백작에게 와서 오늘의 혼례를 경하하는 것을 잊지 않았다. 그러면서 한 번씩 소위 3대 명문가라 일컬어지는 세 명의 대귀족의 눈치를 보았다.

정작 그 세 명은 다른 사람들이 자신들의 주위를 배회하든 말든 관심도 없는데 말이다.

마이야르 백작은 입술을 실룩이며 콧방귀를 뀌었다. 오늘의 주인공은 자신이었다. 축하받아야 하고 모든 사람들의 관심을 한 몸에 받는 날이어야 했다. 아무리 명문이고 대귀족이라고 해도 오늘의 주인공을 이렇게 무시할 수는 없는 일이었다.

"흐응, 흥!"

"어디 불편하신 데가 있으십니까?"

마이야르 백작이 코맹맹이 소리로 콧소리를 내자 애쉬튼 남작이 걱정이 되어 물어봤다.

"날이 춥지는 않지만 그래도 야외이니 잘못하면 감기에 걸리겠습니다. 먼저 궁으로 옮기시겠습니까?"

"됐네."

두꺼운 모피를 몸에 둘둘 말고 있었지만 오랜 시간 야외에 있다 보니 춥기는 했다. 그러나 하위 귀족들부터 자리를 뜨고 있는데 그가 먼저 자리에서 일어설 수는 없었다. 무엇보다 그는 세 명의 명문가 귀족에게 인사를 받고 싶었다. 이렇게 꿋꿋이 버티고 있다 보면 자기들도 눈치가 있으니 와서 축하의 인사말을 건넬 게 분명했다.

그러나 그건 너무 과한 욕심이었다. 유감스럽게도 세 명의 고귀하신 분들은 마이야르 백작은 취급도 하지 않고 있었으니 말이다. 값비싼 모피를 두른 돼지 한 마리가 사람들 사이에서 귀여움을 받고 있는 장면이 재미나다는 생각 이상의 인식은 전혀 없었다.

대신 그들은 보마르셰 후작을 가운데 두고 난해하고 황당하다는 표정으로 어쩌지를 못하고 있었다.

"흡, 정말이지 저렇게 훌륭하게 장성하시다니 참으로 장하십니다. 허엉!"

눈물로 촉촉해진 눈을 손수건으로 찍어내며 감격에 몸을 떠는 보마르셰 후작을 보는 두 사람의 심정은 의외로 냉정했다. 카울리의 국왕에 대한 심정이야 이해는 가지만 그다지 함께 공감하고 싶은 마음은 아니었던 것이다.

원래부터가 베르크너 공작과 에브람 후작은 오덤 왕에 대해 좋다 싫다의 감정이 없었다. 물론 개인적으로 친하기는 했다. 국왕이 처리하기 힘든 개인적인 문제를 처리해 주고 덮어주기도 했지만, 그건 어디까지나 국왕과 신하로서의 우애와 의리였을 뿐이었다. 리카도와 에브람에게 있어 오덤 왕은 자신들이 모셨던 국왕이라는 것 말고는 딱히 어떤 감정을 찾기란 어려웠다.

베르크너 공작과 에브람 후작이 마지막까지 오덤 왕을 국왕으로서 대했다면 보마르셰 후작은 국왕과 신하를 넘어선 친구로 그를 기억했다. 그래 선왕에 대한 객관적인 입장을 고수하는 두 사람에 비해 카울리는 그렇지가 못했고 다이안 국왕에게도 남다른 애틋함이 넘칠 수밖에 없었다.

어렸을 적에는 그의 무릎을 베고 낮잠을 자기도 했고, 그가 직접 목마를 태워주기도 했던 다이안은 카울리의 머리 속에선 여전히 작고 귀여운 어린아이였다. 그런데 오늘 저리 장성하여 혼례까지 치르는 그를 보니 심정이 남다를 수밖에 없었던 것이다.

"요즘 내 최고의 낙은 카트린느지에 나와 있는 전하의 실사를 모으는 거라네. 그중 제일 마음에 드는 것은 가지고 다니는데 한번 보겠나?"

카울리는 차마 리카도에게는 말하지 못하고 에브람을 돌아보며 물었다. 그가 방금이라도 품에서 꺼낼 수 있게 오른손을 꼼지락거리며 상의 안쪽에다 넣으려고 하자 에브람은 고개와 손을 열심히 저으며 사양했다.

"됐네. 나야 지금까지 원하면 전하를 가까이서 뵐 수 있었으니 자네처럼 전하의 용안에 목이 마른 편은 아니네."

"그래, 그랬지! 누군 저 시골에 썩혀 있는 동안 누구는 이런 옷을 입고 잘도 호화롭게 살았다지?"

카울리가 에브람 후작의 옷을 슬쩍 만지작거리다가 던지면서 악의 없는 농담을 건넸다.

"그러게 누가 그렇게 외고집으로 살라고 했나? 적당히 수그릴 줄도 알았다면 전하를 옆에서 계속 모실 수 있었을 것 아닌가?"

"자네 같은 회색론자보다는 나아. 줏대도 없이 사는 게 뭐가 자랑이라고."

"지금 나를 두고 하는 말인가?"

카울리가 에브람을 두고 하는 소리에 리카도는 돌아보며 자기 자신을 손으로 가리켰다. 사실을 평하자면 그 역시 만만찮은 회색론자라고 할 수 있었다. 오덤 왕이 개혁 정책을 폈을 때나, 지금의 섭정 여왕파에 의한 귀족 정치에 대해서도 그는 어떤 게 좋다는 뜻을 한 번도 보인 적이 없었다.

마치 나만 건들지 않는다면 너희가 무슨 짓을 해도 관심없다는 듯이 말이다.

"하하하!"

부정도 긍정도 하지 못하고 멋쩍게 웃는 카울리에게 싱긋 웃어주면서 리카도는 자리에서 일어나 두 사람에게 물었다.

"계속 여기에 있을 텐가? 제법 날씨도 쌀쌀한데 나이 든 사람한테 찬바람은 안 좋은 거야."

서로 눈치 봐가며 서열상 나가고 있는 귀족들을 보자면 아직 그들이 나갈 차례는 아니었다. 광장에는 아직 많은 이들이 남아 있었고, 그들은 이들 중에서 가장 마지막에나 나갈 사람들이었다.

하지만 그런 순서를 무시하고 리카도가 손바닥을 비비며 자리를 떠나려 했다. 그러자 카울리와 에브람도 자리에서 일어나 그의 뒤를 따랐다. 옷은 따뜻하게 입었지만 얼굴 부분이 싸한 게 슬슬 추워지고 있었다. 게다가 리카도의 말처럼 찬바람은 나이 든 사람한테는 해로웠다.

"어!"

결국 마지막까지 자신에게는 인사 한마디도 없이 광장을 떠나는 세 명을 보고 마이야르 백작은 입을 쩍 벌리고 부들부들 떨어야만 했다.

그렇게나 눈치를 주었는데도 그냥 가다니. 게다가 아직 나갈 차례도 아닌데 품위없이 관례도 어기고 춥다고 먼저 자리를 떠난 저들이 과연 그 잘났다는 명문가의 귀족들이 맞는지가 의심스러웠다.

"흥, 시골에만 있더니만 예의를 잊어버렸나 보군."

추위로 발갛게 변한 코를 모피로 가리며 마이야르 백작은 못마땅한 듯 투덜거렸다. 그의 눈에는 저 세 명의 공작과 후작들이 아무리 잘난 척을 해도 이제 국왕의 장인이 된 자신과 비교하면 잘난 것도 없어 보였다. 시대는 이미 변해 있었다. 저들은 이미 역사책에나 나오는 시대의 유물로 전락한 지 오래였다.

"흥, 자기들이 아무리 잘난 체해봤자 결국은 언젠가 내게 꼬리 말고 올 수밖에 없을 거다. 흐흐흐."

예식이 진행되는 도중에 신랑 신부를 위해 뿌렸던 가지각색의 종이 가루들이 바람에 날려 광장에 때 아닌 장관을 이루었다. 하지만 땅에서 하늘을 향해 날아가는 종이 조각들이 마치 눈꽃 같아서 보는 이들은 가볍게 몸을 떨며 망토와 코트의 깃을 꼭꼭 여미기 시작했다.

리카도와 나머지 두 사람이 따뜻한 마차 안에서 궁을 향해 달려가고 있을 때, 마이야르 백작을 비롯한 고위 귀족들은 갑자기 기온이 내려간 광장에서 벌벌 떨며 자기 순서를 기다리고 있었다.

명문이라 할 수 있는 세 사람이 관례나 서열을 따지지 않고 자신들이 가고 싶을 때 떠나는 것은 일종의 자신감이었다. 그들이 관례를 깨면 파격이었고, 그들이 남을 의식하지 않는 것은 당당함과 오만이었다. 무슨 짓을 하더라도 저 사람들은 그럴 수 있다는 당연함이 그들에게서 묻어났다. 하지만 다른 이들이 그와 같이 행동한다면 무례였고, 무식이고, 무모함이었다.

해서 사람들은 추워도 리카도 일행처럼 도중에 나올 수가 없었다. 서로 눈치를 봐가며 저 사람이 아직 안 갔으니 나는 나중에 가야겠다고 버티다가 몇십 분 동안 광장을 떠나는 사람이 한 사람도 없는 사태가 벌어지기도 했다.

따뜻한 차 한 잔이 너무 생각났지만 마이야르 백작은 끝까지 버텼다. 이제라도 그냥 일어서서 궁으로 가고 싶었지만, 그랬다간 왠지 리카도 일행을 따라 하는 것 같아서 그럴 수도 없었다. 끝까지 버텨서 제일 마지막에 측근들과 함께 광장을 떠날 것이다. 이제 바르제바 최고의 귀족은 그 자신이니 말이다.

"돼지는 추위도 안 타나 봐!"

연회장에서 따뜻한 레몬티를 마시며 카울리는 마이야르 백작을 돼지라 빗대며 빈정댔다. 사실 카울리가 마이야르 백작의 외모를 가지고 돼지 운운하는 것은 어디까지나 개인적인 악감정에 의해서였다. 만약에 리카도나 에브람이 백작과 같은 처지였다면 먼저 건강을 챙기거나 살 때문에 오히려 사람이 관대해 보인다며 칭찬을 했을지도 모른다. 아니, 그럴 가능성이 컸다. 평소 체격이 마른 그는 살이 넉넉하게 찐 사람들을 부러워했으면 했지 절대 싫어하진 않았으니 말이다. 하지만 마이야르 백작의 경우라면 달랐다. 뭐든지 꼬투리가 되고, 조롱의 대상이 될 수밖에 없을 만큼 그에 대한 감정이 좋지 않았다.

그래서 단지 마이야르 백작이 살이 쪘다는 이유만으로 오늘 카울리에게 돼지라는 단어가 욕이 되고 만 것이다. 마침 마이야르 백작은 아직까지 연회장에 나타나지 않고 있어 다시 한 번 그는 험담의 소재가 되었다. 의자에 깊숙이 앉아 팔짱을 낀 채 눈을 감고 있던 에브람은 피식 웃으며 말했다.

"비계가 많으면 추위를 잘 타지 않는다는 말을 들은 적이 있네."

"그래? 그런데 난 왜 돼지가 전혀 부럽지가 않지?"

"비계가 많으면 더위를 남보다 심하게 타거든."

"아하! 그래서 안 부러웠던 거구나. 난 추위보다 더위에 약하니까."

생각하기도 싫은지 몸을 부르르 떨던 그는 이라이언 공작과 이야기를 나누고 있는 리카도를 살폈다. 오랜만에 만난 친구마냥 사이좋게 대화 중인 두 사람을 보며 카울리는 에브람에게 귀엣말로 속삭였다.

"그림 좋지?"

국왕파인 그로서는 이라이언 공작이 어떻게 해도 좋게 보이지가 않았다. 막말로 그와 대화를 나누게 된다면 저런 화기애애한 분위기는 절대 만들 수가 없었다.

"뭐가?"

"바르제바의 기둥이라 할 수 있는 두 공작님께서 저리 사이좋게 담소를 나누는 게 아름답지 않나?"

카울리의 말에 에브람은 어깨 너머로 잠시 돌아보다가 시큰둥한 표정으로 대답했다.

"두 분 성격에 서로 맞지 않아도 대놓고 싸우는 사람들은 아니니까. 그리고 미리 밝히는데 날 끌어들일 생각은 말게. 난 내 딸아이가 벌여놓은 일을 뒤처리하는 것만도 벅차! 정쟁이고 뭐고 이제는 신물이 나네."

"누가 뭐라고 했나? 자네 같은 회색론자에겐 처음부터 아무것도 바라지 않았네. 그런데 딸아이라면 레미나? 그 얌전한 아이가 왜? 혹시 이번에 간택이 안 돼서 속상해 하던가."

"흥! 차라리 그랬으면 오죽이나 좋아. 에휴~ 그 아이 이야기는 하기도 싫네."

레미나의 이야기에 에브람은 말도 하기 싫다는 듯 고개를 저었다. 그녀가 카트린느지를 창간했고, 발행자이며 편집자라는 건 그도 알고 있었다.

아무리 숨긴다고 해도 자기 집안에서, 그리고 자기 사람들이 동원되어 벌어지는 일을 모를 리가 없었다.

처음엔 어처구니가 없었지만 딸아이의 생각이 기발하기도 하고 재미도 있어서 뒤에서 은근히 도와주고 있었다. 그런데 이번에는 급기야 국왕과 손을 잡기까지 한 것이다. 친국왕파로 노선을 바꿔 버린 레미나를 말리기에는 이미 너무 깊숙이 개입해 버린 뒤였다.

카울리에게 말은 그렇게 했지만 그로서는 레미나를 도와줘야 할지, 아니면 만일의 사태를 위해 따로 일을 준비해야 하는지 아직 결정을 하지 못한 상태였다.

"마음대로 되지 않는 게 바로 자식이더군."

"뭐, 세상 이치가 다 그렇지. 그런데 저기에 있는 게 클리프 백작이지?"

카울리는 이라이언 공작의 옆에 앉아 있는 풍채 좋은 중년인을 가리키며 물었다. 오랜만에 보는 인물들이 많아 이름이 잘 떠오르지 않는 경우는 이렇게 에브람에게 확인을 했다.

"음, 맞네."

"그럼 그 옆에 앉아 있는 젊은이가 백작의 아들이라는 요나슨인가 보군. 전에 국왕의 수호 기사에게 호되게 당했다는."

"맞네, 왜 관심있나? 사위로 삼게?"

"우리 딸은 이제 겨우 열두 살이야, 사위는 무슨! 그게 아니고 얼굴 표정이 저게 뭔가 하고 말이야. 완전히 뭐 씹은 얼굴이군. 젊은 놈이 뭐가 불만이 많아 베르크너 공작님 앞에서 건방지게 저러고 있는지, 쯧쯧."

카울리의 말에 에브람도 뒤를 돌아 베르크너 공작의 건너편에 앉아 있는 요나슨을 쳐다보았다. 말처럼 붉게 상기된 얼굴이 화가 난 것도 같고, 단순히 당황해서 어쩔 줄을 몰라 하는 것도 같고 확실치가 않았다.

두 사람이 본 것처럼 요나슨의 얼굴은 그의 마음을 그대로 옮겨놓은 듯 아주 엉망이었다. 약속의 광장에서 처음 베르크너 공작을 보았을 때부터 그의 상태는 이러했다.

처음 아버지가 그를 가리키며 베르크너 공작이라고 하자 요나슨은 머리를 한 대 얻어맞은 기분이었다. 마지막 순간까지도 건방졌던 그레이스의 얼굴을 이곳 발라에서 다시 보는 줄 알았다.

단순히 닮았다는 것을 떠나 머리카락 색이며 눈동자까지, 단지 비슷하게 생긴 사람이 또 하나 있다는 것으로는 설명이 되지 않는 우연의 일치였다.

마음속에선 설마라고 외쳤지만 지금 이렇게 가까이서 베르크너 공작의 얼굴을 보고 그의 목소리를 들으니 몸에서 소름이 돋기 시작했다.

"그런데 요나슨이라고 했나? 어디가 불편해 보이는데 괜찮은가?"

클리프 백작과 함께 있는 이라이언 공작을 찾아와 이야기를 나누던 리카도는 자신을 보고 당황해하는 요나슨에게 일부러 말을 걸었다. 자못 인자한 그의 목소리에도 요나슨의 안색은 나아질 기색이 없었다.

"어제 저녁에야 발라에 도착해 아직 여독이 풀리지 않았나 봅니다. 티로이에서 늦게 출발한 이유로 날짜를 맞추기 위해 무리를 했답니다."

아무 대답도 없이 그저 고개만 숙이고 있는 아들의 행동에 당황한 클리프 백작이 대신 변명을 해주었다. 그러자 리카도는 이해가 간다는 표정으로 고개를 끄덕이며 물었다.

"티로이라, 그곳에 가본 지도 정말 오래됐군. 그곳은 여전히 활기가 넘치지?"

"네, 예."

더 이상 공작을 피할 수만은 없어 요나슨은 간신히 대답을 했다. 사실 얼굴과 목소리가 닮았다는 것으로 공작과 그레이스의 관계를 속단할 필요는 없었다. 최악의 경우 그레이스가 공작의 사생아라고 해도 그가 용병단에서 잡일이나 하고 있던 것을 비추어봐서는 인정받지 못한 존재임이 분명했다.

"젊은 사람들한테는 발라보다는 티로이가 더 좋을 거야."

"그, 그런 편입니다."

"클리프 백작이 부럽군. 이리 든든한 아들이 있으니 얼마나 뿌듯하겠나."

리카도의 칭찬에 클리프 백작은 입이 찢어져서 옆에 앉은 아들의 등을 몇 번 두들겨 주었다. 이번에 속을 썩이기는 했지만 이만하면 남부럽지 않은 아들이었다.

"베르크너 공도 새로 부인을 얻으셔야지요."

팔불출인 클리프 백작을 보고 속으로 혀를 차던 이라이언 공작은 나른한 목소리로 리카도에게 말했다. 베르크너 공작이 아들이 없다는 것은 모든 사람들이 아는 이야기였다. 해서 그가 과연 언제 새장가를 들어 아들을 볼지가 사람들의 주된 관심사이기도 했다.

"하하하! 이 나이에 새장가라니 주책입니다. 익숙하게 되어서인지 이젠 혼자가 더 편하더군요."

"그래도 아들은 보셔야지요."

"아들을 얻어야만 하는 이유가 후계자 문제 때문이라면 꼭 아들이어야 된다는 고집은 없습니다. 외손자라도 똑똑하다면 문제 될 것은 없다고 생각합니다."

"맞는 말씀입니다. 제 생각이 짧았습니다."

이라이언 공작은 가볍게 고개를 숙여 사과를 했다. 남의 가문의 문제, 특히 후계자에 대한 간섭은 월권이었다. 하지만 이로써 베르크너 공작이 후계자 문제를 어떻게 해결할지는 알게 되었다. 모두의 궁금증 하나가 풀린 것이다.

"국왕 전하 내외 분 듭십니다."

비교적 온화한 분위기에서 대화가 오고 가는 중에 드디어 오늘의 주인공들이 등장했다. 예식복에서 연회복으로 갈아입은 국왕 내외는 솔직히 좋게 말해도 잘 어울리는 한 쌍이란 말이 나오지 않았다.

다이안이 웬만한 여자들보다 인물이 나은지라 겨우 평범한 수준을 넘어선 에린이 옆에 있자면 자연 비교가 될 수밖에 없었다. 항간에 떠도는 별명처럼 늙은 아줌마라는 소리가 전혀 틀리지 않았던 것이다.

그도 그럴 것이 마이야르 백작에게서 저만한 딸이 나온 것도 기적이니 에린으로서는 다행이라면 다행이기도 했다. 이보다 나은 것을 바란다면 그건 억지였다.

국왕 내외는 연회장을 돌면서 귀족들의 인사를 받았다. 서열을 기준으로 인사를 받지 않고 다이안이 직접 연회장의 입구에서부터 오른쪽으로 돌며 무작위로 인사를 받는 형식이었다.

축하의 말과 답례가 오고 가고 마침내 베르크너 공작의 앞에 선 다이안은 뜻밖이라는 표정으로 그를 보며 물었다.

"그대가 베르크너 공인가? 그대가 오늘 내 결혼식에 참석했다는 소리를 듣고 시종장에게 그대의 인상착의를 물었지. 유감스럽게도 난 그대에 관한 기억이 하나도 없어서 말이야."

"모두가 저의 불찰입니다. 일신상의 이유로 전하의 즉위식은 물론,

그 후에도 전하를 배알하지 못한 점 뭐라 변명할 수 없는 저의 죄입니다. 사죄드립니다."

"그래, 그동안은 공이 잘못한 거야. 앞으로 그대의 얼굴을 자주 볼 수 있다면 내가 무척이나 기쁠 것 같은데?"

"이제부터는 발라에 오래 머물 예정이오니 자주 전하를 찾아뵙도록 하겠습니다."

오른손을 왼쪽 가슴에 대고 다이안을 기사와 주군의 예로써 대하며 인사를 하는 리카도의 대답에 순간 연회장 전체에 숨이 막힐 것 같은 긴장감이 돌았다. 그가 발라에 오래 머물 거라는 말과 국왕을 찾아뵙겠다는 것이 문제였다.

"그래? 그렇다면 앞으로 그대를 자주 볼 수 있을 거란 기대를 해도 좋겠군."

"찾으시면 언제라도 뛰어오겠습니다."

"내가 찾지 않아도 공이 알아서 와주게."

천진난만하게 연회장에 감도는 긴장감 따윈 나는 모른다는 얼굴로 다이안은 연이어 외조부인 이라이언 공작의 축하를 받았다.

그 옆에서 에린은 얌전하게 다이안의 뒤를 따르며 현숙한 국모의 모습을 보여주기 위해 노력하였다. 일부러 다이안이 에린에게도 의견을 물어보는 등 그녀의 위신을 차려주는 장면도 몇 있었다.

다이안이 연회장의 반을 거의 돌아 겨우 자신의 차례가 오자 카울리는 눈물을 글썽이며 다이안을 맞았다. 하지만 다이안은 그를 보고 멈칫 당황하더니 미간을 찌푸리며 물었다.

"어디서 본 것 같은데……."

"보마르셰 소 마첸 카울리입니다."

"아! 보마르셰 후작?"

"네, 제가 그동안 몸이 좋지 않······."

"반갑네. 그대도 정말 오랜만이지?"

"죄송합니다. 제가······."

"뭐, 그럴 수도 있는 거지. 오~ 에브람 후작도 여기에 있었군. 요즘 에는 왜 궁에 자주 오지 않는 건가?"

감격에 벅차 기뻐하던 카울리가 무슨 말을 하기도 전에 다이안이 말을 끊어버리더니 결국에는 옆으로 건너가 에브람 후작에게 아는 체를 하며 그에게서 돌아서 버렸다. 베르크너 공작에게 했던 언제든지 찾아오라는 말과 보고 싶었다는 등등의 말을 듣기를 기대했던 그로서는 여간 뻘쭘한 게 아니었다.

또한 유일하게 남아 있다시피한 국왕파인 그와 국왕과의 만남을 기대했던 이들에게도 적잖은 실망과 웃음을 남기기도 했다.

구부렸던 허리를 천천히 펴고 자신을 향한 시선을 애써 무시한 카울리는 아무 일도 없었다는 듯이 에브람의 옆에 서서 작게 속삭였다. 절대 옆에 있는 다른 이들에게 들리지 않을 정도로 작은 목소리로.

"내 얼굴 붉어졌나?"

카울리의 물음에 에브람은 찬찬히 그의 얼굴을 살피더니 사무적인 목소리로 대답해 주었다.

"조금."

"그럴 줄 알았어."

카울리는 최대한 자연스럽게 바깥 경치를 구경하려는 듯 몸을 뒤로 틀었다. 그렇게라도 해서 붉어진 얼굴을 다른 이들에게 보이지 않기 위해서였다.

하지만 그의 뒤에는 창문은커녕 아무것도 없는, 하다못해 그림 한 점 붙어 있지 않은 맨 벽뿐이었다. 대번에 벽과 마주 보게 된 그는 점점 벽의 꽃이 되어가고 있었다.

"아버지가 안 계세요."

연회장을 한 바퀴 돌았음에도 마이야르 백작이 보이지 않자 에린이 걱정이 묻어난 목소리로 다이안의 소매를 붙잡았다. 그래 다이안이 사람을 시켜 장인의 소식을 알아오도록 했다. 이내 마이야르 백작에 대한 일을 알아온 이의 대답은 간략했다.

"쓰러지셨답니다."

"아니, 방금 전까지 정정하시던 분이 왜?"

심부름을 갔다 온 이가 난감한 표정으로 전해온 소식에 에린은 거의 기절을 하려 했고, 그녀를 부축하며 다이안이 놀라 묻자 그는 더욱 난감한 표정으로 전후 사정을 이야기해 주었다.

"추운 날씨에 너무 오랫동안 밖에 있었던 데다가 작은 의자에 몸을 억지로 끼워 앉은 바람에 몸이 너무 긴장을 했다고 합니다. 몸에 일시 마비가 오는 바람에 저택으로 실려가셨답니다. 하지만 건강에는 별 지장이 없으니 근심하실 일은 아니라고 하셨습니다."

말이 좋아 일시 마비지, 몸에 살이 많고 운동하는 걸 싫어해서 종종 혈액 순환이 원활하지 못한 마이야르 백작은 쥐가 잘 나는 편이었다.

그런데 꼭 쥐가 나면 그것도 참지 못하고 기절해 버리는 바람에 실려가는 경우가 많았던 것이다. 해서 그가 일시 마비로 실려갔다고 하면 모두가 그 일인지 알고 있었다. 하지만 그런 사정을 모르는 카울리는 에브람에게 귓속말로 속삭였다.

"마이야르는 비계도 부실하군."

어느새 벽에서 떨어져 나온 카울리는 다이안에게 무시를 당했다는 충격도 잠시, 보기 싫은 얼굴 하나를 보지 않아도 된다는 기쁨에 가벼운 마음으로 연회를 즐길 수가 있었다.

혼인 예식과 밤까지 이어진 연회에서 먼저 빠져나온 에린은 신랑을 맞이하기 위해 여러 준비를 해야 했다.

몸 곳곳에 향이 배도록 향신료로 목욕을 하고, 손톱과 발톱은 모양이 상하지 않을 정도로 짧게 깎아야만 했다. 먹으면 입 안에서 체리향이 난다는 젤리도 먹었다. 그밖에 다이안의 몸을 상하게 만들 수 있는 장신구나 머리핀을 모두 치우고 여러 사람이 달려들어 머리칼에 윤기가 나도록 빗으로 정성스레 빗어주었다.

마지막으로 하얀 속살이 그대로 내비치는 황금색 네글리제를 착용한 에린은 침대에 비스듬히 누워 다이안을 기다렸다. 레이스로 만들어진 황금색의 네글리제 사이로 그녀의 하얀 속살이 그대로 비쳐 고혹적인 자태를 만들어냈다.

완벽한 첫날밤을 위한 준비는 모두 갖추어졌다. 이제 신랑만 등장하면 되는 것이다.

늦은 시간이 되어서야 다이안은 술 냄새를 풀풀 풍기며 신방에 들어섰다. 발걸음이 삐뚤삐뚤 불안정했지만 용케 침대에까지 무사히 도착한 다이안은 에린을 보자 헤실거리며 웃어댔다.

"하하하, 와아앙비! 내가 오늘 술 좀 마셨어……."

다이안은 혀가 꼬부라진 소리로 말을 하고는 에린이 말릴 사이도 없이 털썩 침대에 쓰러져 버렸다. 당황한 에린이 다가가 그의 옷을 벗기려 하자 다이안은 그녀의 손을 뿌리치며 웅얼거렸다.

"내 몸에 손대지 마! 난 누가 나 자는데 건드는 게 제일 시러. 손대기만 해봐라……. 가만 안 두울……."

혀가 잔뜩 꼬인 채로 중얼거리던 다이안은 어느새 코까지 골아가며 잠이 들고 말았다. 그런데도 에린이 그의 몸을 만지려고만 하면 어떻게 아는지 손을 마구잡이로 내젓는 바람에 그녀는 첫날밤에 남편에게 뺨까지 얻어맞는 신세가 되고 말았다. 에린은 결국 화가 나서 씩씩대다가 뜬눈으로 밤을 새고 말았다.

다음날 아무 일도 없었다는 듯이 기지개를 켜며 일어난 다이안은 밤 사이에 수척해진 에린을 보고 아주 해맑게 웃으며 말했다.

"왕비, 어젯밤엔 좋은 꿈을 꾸었나요?"

어제 부로 부부가 되었기에 다이안은 에린에게 존대를 하였다. 그 정중함과 자상함에 차마 지난밤의 일을 꺼낼 수가 없었던 에린은 억지로 미소 지으며 고개를 끄덕여야만 했다.

*　　　　*　　　　*

다이안과 에린의 혼례가 있은 지 정확히 한 달이 지나서 나후가 후궁으로 궁에 들어왔다. 왕비를 맞이했던 것과는 다르게 후궁이 궁에 들어오는 절차는 간략했다.

혼인의 서약도 오직 그녀 혼자만이 사제 앞에서 낭독하였다. 그리고 사람들의 축하도 없이 바로 자신의 처소로 배정된 궁으로 가서 다이안이 오기를 기다리는 것이다. 하지만 그날 밤에 다이안이 그녀를 꼭 찾아가야만 한다는 법은 없었다.

그리고 그날 다이안은 나후를 찾지 않았다. 대신 왕비인 에린을 꼭 끌어안고 잠만 잤다. 다이안이 나후를 찾지 않은 건 에린에게는 분명 기쁘고 좋은 일이었다. 하지만 이렇게 잠만 자는 것도 마냥 기쁜 일은 아니었다.

혼례를 치룬 지 한 달이 지났지만 그녀는 다이안과 아직까지도 첫날 밤을 치르지 못한 상태였다. 다이안이 그녀를 안고 잠만 자기 때문이 었다. 오로지 잠만 말이다.

거기에서 끝나는 게 아니라 잠귀는 또 얼마나 밝은지 에린이 조금이 라도 뒤척이기라도 하면 신경질을 내며 잠투정을 했다. 해서 에린은 다이안과 잘 때는 몸을 경직시킨 채로 꼼짝을 못하는 바람에 아침만 되면 몸이 노곤해서 날로 사람이 초췌해지기만 했다.

그러나 역시 그녀의 가장 큰 문제는 밤에 잠만 자는 다이안이었다. 하도 답답한 마음에 은근슬쩍 이야기를 꺼내보았더니 다이안은 너무도 천진난만한 얼굴로 눈을 깜박이며 무슨 소리인지 모르겠다는 표정을 지어 보였다. 이전엔 잘도 남세스러운 농지거리를 해대더니만 이제는 천하의 순진한 소년이 따로 없는 듯 얌전을 빼는 것이었다.

그런 식이었다. 다이안이 매일 에린을 끌어안고 자고, 나후가 후궁 으로 들어왔음에도 정작 그와 첫날밤을 치른 여자는 아무도 없었던 것 이다.

그렇다고 여자인 그녀들이 먼저 다이안에게 덤벼들 수는 없는 일이 었다. 아니, 나후는 궁에 들어와 다이안의 얼굴조차 보지 못한 처지였 다.

그래 어쩔 수 없이 에린은 시종장에게 넌지시 국왕 전하의 교육을 지시했다. 여자를 유혹하는 일은 잘했지만 정작 본격적인 일에 대해서 는 잘 모르는 듯하니 말이다. 그런데 불행히도 교육은 야릇한 결과를 자아내고 말았다.

"불결해!"

"예?"

"난 여자들이 좋았어요. 부드럽고 아름다웠던 그녀들이요. 가까이에 있으면 향기롭고 자상하며 따스했지. 그런데 남녀가 하는 짓이란 그런, 그런 더러운 짓이라니! 이젠 왕비도 찾지 않을 겁니다."

쌀쌀하게 내뱉은 말을 마지막으로 다이안은 왕비를 찾지 않았다.

주위에서 아무리 설득하고 한 번 해보면 생각이 달라질 거라고 달래도 보았지만, 다이안은 의외로 고집을 피우며 왕비와 후궁과의 합궁을 거부했다.

국왕의 반응이 이러니 이제는 어느 누구도 그를 두고 바람둥이네, 여자만 밝히는 호색한이네라는 말을 할 수가 없었다. 오히려 세상에 둘도 없이 순하고 순결한 남자라고 불러야만 할 판이었다.

섭정 여왕파는 굳이 싫다는 국왕을 설득해서 왕비나 나후와의 합궁을 유도하지 않았다. 일단 국왕이 어린 마음에 어쩌다 에린에게 마음을 주기는 했지만 그것이 오래가리라고는 생각하지 않고 있었다.

그러나 더럭 왕비가 왕자라도 잉태하면 어쩌나 고민했는데, 이로 인해 싹 사라진 것이다. 철이 들면 그도 어리고 아름다운 나후에게로 눈을 돌릴 것이다. 성에 눈을 뜨는 건 그때라도 늦지 않았다.

*　　　*　　　*

카울리는 자신을 찾아온 작고 깡마른 남자를 쳐다보며 당최 마음에 들지 않는다는 얼굴로 고개를 저었다.

"도저히 이해가 안 되는군. 난 왜 자네가 날 찾아왔는지 납득이 안 돼."

"뭐가 말입니까? 저는 도와드리겠다고 했습니다. 그것 말고 또 뭐가 부족하다는 겁니까?"

보마르세 후작의 탐탁지 않다는 반응에 그를 찾아온 에이첸 용병단의 단장인 토렌즈는 당당하게 맞받아쳤다. 모종의 이유로 후작을 찾아오기는 했지만 그는 꿀릴 게 없다는 반응이었다.

"하! 그럼 내가 지금 자네 말을 아무런 여과 없이 곧이곧대로 받아들일 거라 생각했나? 귀족들의 파티 때 앞장서서 국왕파의 귀족들을 사냥했던 당신 에이첸 용병단을 내가 왜 믿어야 하지? 섭정 여왕의, 아니, 이라이언 공작의 개를 말이야."

개라는 말에 토렌즈의 이마에 잠시 심줄이 올라왔다 사라졌다. 그레이스 사태로 인해 섭정 여왕파와의 관계를 청산하기로 마음은 먹었지만 토렌즈는 당장에 이를 실천할 수가 없었다. 아무리 날고 기어봤자 일개 용병단이 공작과 그 패거리를 상대로 할 수 있는 복수는 거의 없었다. 고작 의뢰를 받지 않는 거 말고는 없는데, 그런 출혈은 피하고 싶었다.

다른 용병단 배만 채워주는 거 말고는 아무런 실효가 없기 때문이다. 그가 원하는 것은 철저한 복수였고, 세상에 확립된 에이첸 용병단의 위상이었다. 또한 아주 개인적인 악감정까지 더해져서 섭정 여왕파가 예전 국왕파가 그랬던 거처럼 아예 망하기를 바랐다.

하지만 뚜렷한 방향도 잡지 않고 바로 의뢰를 거절해 봤자 피 보는 것은 바로 자신이었다. 이라이언 공작에 맞먹는 세력과 다시 손을 잡아야만 했다. 다시 개가 될 수도 있었지만, 우선은 자신과 용병단을 무시한 전 주인에 대한 복수가 먼저였다.

버려진 개가 얼마나 처절하게 달려드는지 보여줘야 다음부터는 누구도 함부로 그들을 버릴 수가 없을 것이다.

"개는 버림받기 전까지는 절대 먼저 주인을 버리지 않습니다."

토렌즈는 확실하게 그의 처지를 밝혔다.

"……!"

"개는 버림받았다고 해도 자신을 버린 주인을 탓하지 않는다고 했습니다. 그런데 이번에 보니까 저희는 개가 아니더군요. 사람이었습니다. 그런데도 개 취급을 받고 버려졌죠. 그러니 그들이 바라는 대로 개가 되어줘야 하지 않겠습니까? 옛 주인에게 충성을 다하는 미련한 개새끼가 아닌 미쳐서 보이는 게 없는 광견이 되기로 말입니다."

슬며시 앞머리 한 가닥이 차가운 열변을 토하는 토렌즈의 이마로 흘러내렸다. 그렇지 않아도 마른 체격이었는데, 근래 들어 더욱 살이 빠진 그가 눈에 핏발이 선 채로 말하는 모습은 정말 광견병에 걸린 개처럼 보였다.

"선택하십시오. 저는 구걸하러 온 게 아닙니다. 후작님 같은 분에게는 저희 용병단쯤이야 하찮게 보이시겠지만, 저에게는 피땀을 흘려 일궈온 녀석입니다. 저흴 함부로 대한다면 저희도 그를 함부로 할 겁니다. 저흴 개 취급한다면 원하는 대로 개가 되어줄 겁니다. 저흴 배신한다면 진정한 배신자가 무언지 보여줄 겁니다."

"무섭군."

카울리가 눈썹을 치켜 올리며 빈정거렸다. 에이첸 용병단이 얼마나 유용하고 쓸 만한지는 그도 잘 알고 있었다. 이미 그는 토렌즈의 제의를 받아들이지는 것으로 마음을 굳힌 상태였다. 하지만 감정적으로 쉽

게 넘어갈 수 없는 문제들이 있기 마련이었다. 이것은 오랫동안 국왕
파와 에이첸 용병단 사이의 묵은 감정들이었다.

원래가 때린 사람보다 맞은 사람이 매가 얼마나 아픈지 아는 법이었
다. 비록 귀족들의 파티 때에는 참여하지 않았지만 여전히 건재한 국
왕파들과 연락을 주고받던 그였다.

해서 에이첸 용병단의 실력이 얼마고 얼마큼 두려운지도 잘 알고 있
었다. 하지만 그렇기에 더욱 쉽게 마음을 열 수가 없었다.

"우리에게도 신용과 믿음이란 게 있습니다. 적어도 높은 곳에서 우
릴 내려다보는 분들보다는 더 많이."

토렌즈의 일침을 가하는 말에 카울리는 입 꼬리를 말아 올리며 웃었
다. 예전엔 이 사내를 죽이고 싶었다. 그가 일개 용병단의 단장으로 고
용된 것이 아니었다면 정말 암살자를 보냈을지도 모른다.

그런데 시대는 역전이 되어 무식한 나무꾼이란 별명을 가진 토렌즈
가 자신을 찾아온 것이다. 자신들을 버린 옛 주인에게 독과 광기를 품
은 채로 말이다. 결국은 원점이었다. 다시 시간은 옛날로 돌아가 또 다
른 미래를 만들려고 하는 것이었다.

"여기에서 가장 중요한 것은 신뢰 같군. 사실 난 아직 자네를 완전
히 믿지 못하겠네. 그리고 자네도 우리를 믿지 못하겠지? 자네 말이 맞
다면 한 번 배신당했으니 쉽사리 또 사람을 믿기는 어려울 테니까."

"굳이 우리가 후작님을 믿을 필요는 없습니다. 우리가 원하는 것은
저들이고, 후작님께서 원하는 것도 저들이 아닙니까. 공동의 적이 생
겼으니 그들을 물리치기 위해 합치는 것일 뿐 서로를 믿어야 할 이유
는 없지요."

"이봐, 이봐! 이거야 원, 맞는 말이기는 하지만 너무 삭막하지 않나?"

카울리가 머리를 긁적이며 난처해하자 토렌즈는 진지하게 한 가지 제안을 꺼냈다.

"제가 돈을 좋아한다는 건 잘 알고 계시죠?"

"그거야 알 만한 사람은 다 알지. 아, 그러고 보니 파티가 한창이었을 때에 이라이언 공작보다 더 많은 금액을 줄 테니 우리와 다시 계약하자고 제의를 했는데도 자네가 거절을 했던 적이 있었지? 자네라면 능히 받아들일 거라 생각했는데 말이야. 사실 그 일이 자네를 다르게 보는 계기가 된 건 사실이네."

문득 떠오른 옛날 일은 카울리로 하여금 토렌즈에 대한 긍정적인 평가를 내리게 했다. 돈만 아는 토렌즈 단장이었지만 그래도 한 번 맺은 계약에 대해서는 절대 신용을 지키는 자였다. 실력도 있었지만 그러한 투철한 직업 정신이 그의 에이첸 용병단을 바르제바 최고의 용병단으로 만든 것이다.

한 입으로 두말할 사람이 아니라는 것쯤은 알고 있었다.

"당시에는 이라이언 공작과 먼저 계약을 했었으니까요. 말하지 않았습니까? 우리도 신용이 무언지는 알고 있다고요. 하지만 제가 하고 싶은 말은 그런 게 아닙니다."

잠시 뜸을 들인 토렌즈는 심적인 아픔을 감수하겠다는 표정으로 카울리에게 말했다.

"우리 용병단의 특급 용병인 광풍의 라민은 잘 아실 겁니다."

"잘 알지."

"삼 년간 빌려 드리겠습니다. 후작님은 동전 한 푼 지급하실 필요 없습니다. 그에게 주는 임금은 제가 지불하겠습니다."

"하!"

너무 뜻밖의 제안이라 카울리는 다시 확인할 생각도 못하고 헛웃음만 지으며 토렌즈를 쳐다봤다. 특급 용병인 광풍의 라민을 고용하는 데는 막대한 금액이 든다. 그런데 돈만 아는 토렌즈가 돈을 받지 않겠다는 데다가 자신이 도리어 임금을 내주겠다니 그 자체가 믿어지지가 않았다.

"대체 무슨 속셈인지 모르겠군."

"믿어주길 바란다는 말입니다. 세상에서 돈을 가장 사랑하는 제가 돈까지 포기하고 보이는 성의입니다. 대신……."

"대신?"

"라민과 또 다른 한 놈… 이 아닌 여성을 함께 받아주셨으면 합니다."

"여성을?"

"사실은 저희 용병단에서 일을 하는 아이인데 라민의 애인이기도 합니다. 둘이서 도통 떨어지려고 하지 않으니, 부탁합니다."

"나야 공짜로 광풍의 라민을 고용할 수 있는데 싫을 리가 있나. 그런데 그녀도 용병인가 보지?"

용병단에서 일한다는 소리에 카울리는 그녀가 용병일 거라 단정했다. 차마 제니에 대한 자세한 정보를 말할 수 없었던 토렌즈는 대충 얼버무리며 대답했다.

"일을 시작한 지 얼마 안 된 아직 애송이입니다. 그래서 라민도 안심이 안 되는지 그녀를 자기 옆에서 떨어뜨리려고 하지 않습니다. 혹시나 겉모습만 보고 그녀한테 무얼 바라지는 않는 게 좋을 겁니다. 오히려 밥만 축낼 경향이 큽니다."

제니의 겉모습을 강조한 토렌즈의 당부를 후작은 크게 받아들이지 않았다. 그저 에이첸 용병단과 손을 잡게 되었다는 것과 광풍의 라민을 고용할 수 있다는 것만으로도 여념이 없었다.

"그런데 이거 너무 갑작스러운 일이라 그대로 받아들여야 할지, 사실 모르겠네. 너무 맛있는 음식이라 먹다가 체하면 화가 날 것 같거든."

"이것만은 알아주십시오. 저희가 먼저 배신하는 일은 절대 없습니다."

"사실 나는 자네가 싫어. 굉장히 싫은데 믿을 수 있는 사람이라는 것은 인정하네."

"저는 후작님을 싫어하지도 그렇다고 믿는 것도 아닙니다. 다만 저들! 우리에게 빚을 앗아간 저들을 도저히 용서할 수가 없을 뿐입니다."

이를 갈며 원독을 뿜어내는 토렌즈의 모습에 카울리는 저도 모르게 몸을 떨었다. 무슨 일이 있었는지는 모르겠지만 이라이언 공작이 큰 실수를 한 건 분명했다. 어쩌다가 이렇게 위험한 사람을 건드렸는지.

하여튼 토렌즈의 제안으로 인해 보마르셰 후작과 에이첸 용병단의 협정은 급물살을 타듯 순식간에 이루어졌다. 서로가 만족스런 조건으로 계약을 체결하고 나서 악수까지 한 토렌즈는 가벼운 걸음으로 후작의 저택을 나올 수 있었다.

밖에서 기다리고 있던 키제가 얼른 다가와 전황을 물었지만 단장은 말없이 한참을 걸어가다 갑자기 멈춰 서 두 주먹을 불끈 쥐어 보였다.

"성공했군요?"

"그래."

"그럼 라민과 제니는 저기다 넘겨 버릴 수 있는 겁니까?"

키제는 보마르셰 후작과의 협정보다 라민에 대한 일이 더 우선인 듯

했다.

"어느 누가 광풍의 라민에 대한 유혹을 떨칠 수 있겠나."

"흐흐흐."

"제니까지 멋지게 넘겼네."

"푸하하하하!"

토렌즈의 확답에 키제는 결국 광소를 터뜨리고 말았다. 영광의 땅 한가운데서 일개 용병인 그가 이런 큰 소리를 내며 웃는 게 발각된다면 잡혀갈 수도 있었다. 하지만 넘치는 기쁨에 일단 그런 생각은 접어두었다. 또 잡히면 어떤가, 이렇게 기쁜 것을.

토렌즈가 아무리 사정이 급해도 자기 돈 들어가면서까지 손해를 볼 사람은 아니었다. 후작에게 믿음을 보여주는 방법으로는 돈 안 드는 다른 것들도 많았다. 그럼에도 라민을 건네준 것은 그만한 사정이 다 있었기 때문이다. 그가 최대한 손해를 적게 보면서 말이다.

토이지 라민과 제니의 연애는 초기에는 매우 순탄했다. 그런데 어느 날 제니의 친척들이 용병단으로 들이닥쳤다. 라민 따위의 인간에게 소중하고 연약한 제니를 줄 수 없다는 친족 회의가 있었다는 것이다.

그런데 문제는 그 친척이라고 몰려온 사람들이 젠시의 남편인 하이젤만 빼고 모두가 제니와 쌍둥이처럼 닮았다는 것이었다. 오히려 남자라는 점에서 더 좋은 체격에 근육질로 웬만한 용병들과 맞먹는 힘을 가지고 있었다.

대체 그들만큼 몸이 좋고 무인으로서의 자질이 넘치는 사람들이 티로이 어디에서 그렇게나 많이 살고 있었는지 알 수가 없을 따름이었다. 하지만 그도 그럴 것이 그들은 보석 가게, 여성복 전문점, 서점, 제과점

등등에 종사하는 사람들이었다. 즉, 에이첸 용병단의 단원들과 전혀 거리가 먼 분야의 사람들이었던 관계로 그들은 그렇게 훌륭한 신체 조건을 가진 사람들을 여태 만나지 못했던 것이다.

그런 자들이 용병단에 우르르 몰려와 제니를 데려가겠다고 하자 라민은 결사 반대하며 그들에게 대항했다. 그로 인해 부서진 용변단의 기물은 굳이 언급할 필요도 없을 것이다. 일층이 완전히 폐허가 되었으니 말이다. 뿐만 아니라 그렇지 않아도 오래된 건물의 벽에서 먼지가 피어오르도록 금이 생기는가 하면, 그 과정에서 용병들 몇이 스치는 주먹에 맞아 중상을 입고 말았다. 물론 혼잡한 싸움에 끼어들어 일부러 매를 번 녀석도 있었다. 나중에 라민에게 따질 건수를 만들기 위해서였다.

가까스로 제니를 지키기는 했지만 라민으로서도 제니의 친척들이 다시 쳐들어온다면 다음을 장담할 수 없는 처지였다. 해서 어딘가로 사랑의 도피를 떠날 수밖에 없었다. 더불어 파기된 기물들과 금이 간 건물의 공사비와 용병들의 치료비까지 부담해야 할 의무가 있었다.

그때 나온 것이 바로 보마르셰 후작과 협정을 맺게 된다면 라민과 제니를 그에게 떠넘겨 버리자는 것이었다.

일단 지금 사정으로는 라민이 의뢰를 받고 혼자 용병단을 떠날 수도 없는 입장이었다. 이는, 즉 단장에게 돈이 굴러오지 않는다는 뜻으로 그의 가치가 바닥으로 곤두박질쳤다는 의미이기도 했다.

하지만 그가 용병단에 소속되어 있음으로써 주는 이미지 상승 효과로 인해 그를 자른다는 것은 있을 수가 없었다. 그는 아무 일을 하지 않아도 에이첸 용병단에 광풍의 라민이 있다는 거 하나만으로도 빛이

나게 하는 존재였다.

결국 얼마 동안 일을 핑계로 그와 제니를 어딘가로 보내 버리자는 안건이 나왔다. 한 몇 년 친척들에게서 도망가 애 하나 낳고 돌아오면 아무리 반대하던 가족들도 어쩌지는 못할 것이다.

그와 동시에 그들은 자유를 얻는 것이다.

사정을 모르고서는 광풍의 라민을 마다할 사람은 없었다. 그리고 라민의 입장에서도 보마르셰 후작이라면 안심하고 제니와 자신을 의탁할 수 있었다.

대신 토렌즈는 라민에게 위의 피해 배상금을 받지 않기로 했고, 라민 역시 임금을 받지 않고 제니와 함께 보마르셰 후작에게 피신한다는 것으로 사전 합의를 본 것이다. 이미 제니와 라민은 그녀의 친척들을 피해 발라에 와 있었다.

이제 남은 것은 두 사람을 보마르셰 후작에게 넘기는 것이었다. 설마 하니 공짜로 광풍의 라민을 고용하는데 제니 하나 눈 못 감아주지는 않겠지. 게다가 그 넓은 저택에서 제니가 무슨 짓을 하는지 후작이 일일이 관여하거나 알지도 못할 것이다. 어쩌면 3년이 지나도록 그녀가 있는지 없는지도 모를 가능성이 컸다.

그러나 결과를 미리 말하자면 보마르셰 후작은 3년 내내 제니의 존재를 너무도 강하고 충격적으로 매일 깨달으며 살아야만 했다. 이로써 후작은 평생에 큰 도움이 되는 하나의 교훈을 깨닫게 되었다.

세상에 진정한 공짜는 없다는 걸.

*　　　　*　　　　*

리카도가 발라에 있는 동안 드노엘은 몇 차례 발작을 일으켰다. 하지만 아무도 그가 내는 비명 소리를 듣지 못했다. 성의 꼭대기 층에 감금되어 있는 그가 발작을 일으킨다고 해도 들을 수 있는 사람은 아무도 없었던 것이다. 해서 드노엘은 다른 방법을 사용해야만 했다.

드노엘이 유일하게 만날 수 있는 사람은 그에게 하루 세 끼의 식사를 갖다 주는 소년이었다. 그것도 바깥에서만 열 수 있는 작은 개폐구를 통해서였다.

처음에는 몇 번 말을 걸어보았지만 전혀 반응이 없었다. 아이가 교육을 잘 받았구나 싶었는데, 고개를 숙여 개폐구 너머로 본 소년은 그가 부르는데도 아무것도 듣지 못하는 양 자기 할 일만 하는 것이었다.

그냥 모른 척하는 것이 아닌 아예 그의 말을 듣지 못하는 것이었다.

"하긴."

지금까지 그의 감언이설에 넘어간 사람들을 감안해 보면 그건 당연한 조치였다. 그래 드노엘이 아무리 말을 걸어도 소년은 자기 할 일만 하고 그냥 돌아가 버렸다. 그로서는 세상과 통하는 모든 수단이 차단된 것이다.

그래서 마지막 수단으로 그는 식사를 밀어주는 개폐구로 손을 쑥 내밀어 소년의 팔을 잡아챘다. 갑자기 당한 일에 소년은 비명도 못 지르고 입만 벙긋거렸다. 역시 말도 못하는 아이였다.

하지만 드노엘이 알고자 했던 것은 그런 게 아니었다. 그는 강한 압력으로 소년의 손목을 붙잡고 놓아주지 않았다.

"바아, 바바하."

목에서 울리는 대로만 소리를 내며 발버둥거리는 소년을 한참을 붙잡고 있다가 힘이 빠진 척 슬머시 놓아주었다.

다음에 소년은 조심하려는 듯 신경을 썼지만 드노엘의 손아귀에서 벗어나지는 못했다. 하루에도 몇 번씩 매 끼니를 가져올 때마다 그렇게 소년과 드노엘의 전쟁은 시작되었다. 그 과정에서 식사를 담은 쟁반이 엎어지기도 하고 소년의 손목과 드노엘의 손가락에 상처가 생기기도 했다.

그렇게 며칠이 지나자 마침내 드노엘이 바라던 대로 총관이 나타났다. 개폐구를 통해 잔뜩 못마땅한 표정으로 서 있는 총관을 향해 드노엘이 히죽거렸다.

"오래간만이군. 종종 찾아오지 그랬나? 난 종종 총관이 보고 싶었는데 말이야."

"유감스럽게도 전 드노엘님이 전혀 보고 싶지 않았습니다. 앞으로도 절대 보지 않았으면 하는 소망이 있고요. 대체 무엇이 문제입니까?"

식사를 담당하는 소년과의 마찰을 전해 듣고 찾아온 총관의 표정은 좋지 못했다. 지금 베르크너 공작은 발라에 가 있었다. 그것을 알고 이러지는 않겠지만 참 때도 잘 맞춰서 일을 벌이는 드노엘이었다.

"별다른 건 없어. 자넬 불러달라고 말하고 싶었는데 그 아이가 말을 듣지 못하더군. 그래서 그렇게 하면 자네가 날 이렇게 찾아올 줄 알았지."

"다음에 제게 볼일이 있으면 그러지 마시고 뭔가 표시가 될 만한 것을 그 아이에게 보여주십시오. 방 안에 장식으로 사용하는 자기 인형 같은 게 있을 거 아닙니까."

"아하! 그걸 생각 못했군."

총관의 말에 드노엘이 정말 몰랐다는 표정을 지어 보였지만, 작은 개폐구를 통해 대화를 나누고 있는 총관은 그의 얼굴을 볼 수가 없었다.

개폐구의 높이는 드노엘의 휠체어에 맞춰져 있었다. 그래 반대편에 있는 총관이 허리를 숙이지 않는 이상 방 안의 그를 볼 수는 없었다. 딱히 그렇게 할 만큼 일일이 드노엘의 얼굴 표정을 확인할 이유는 없었지만 말이다.

"그래, 볼일이라는 게 뭡니까? 드노엘님과 이렇게 노닥거릴 만큼 저는 한가한 사람이 아닙니다."

"훗! 그래, 아주 바쁘신 총관이지. 그런데 이거 아나? 자네가 개입하지 않으면 이곳 사람들이 일을 더 잘할 거라는 걸."

"어서 용건이나 말하시죠?"

"이런, 이런. 오랜만에 사람을 만나 좋아하고 있는데 너무 성급하잖아. 제발 내 생각 좀 해줘. 웬 종일 혼자서 심심풀이 말 상대도 없이 시간을 보내는 사람의 심정이 어떤지 알아?"

기운이 빠진 드노엘의 목소리에 총관은 콧방귀를 뀌며 대꾸했다.

"그런 드노엘님은 남 생각을 퍽이나 많이 해주셨습니까?"

"그래서 지금 이 모양이지 않나. 나쁜 짓하면 어떻게 되는지 보여주기 딱 좋은 예지! 하지만 나도 사람이라고. 이 속에서 몇날 며칠이 아닌, 아마도 죽을 때까지 살아야 할지도 모르는데 이건 너무하잖아. 나보고 그냥 죽으라는 거야? 심심하다고. 무료해서 죽겠단 말이다!"

결국 이를 갈며 제 본성을 드러내는 드노엘에게 총관이 한껏 비웃음을 담아 대답해 주었다.

"무료해서 죽겠으면 그냥 죽지 왜 사십니까?"

"미안하지만 난 자살은 절대 하지 않아. 유감스럽게도 이 몸이 버티는 한 최대한 오래 살 테니 기대해도 좋을 거야, 쿡쿡! 난 자살할 만큼 내 자신을 아끼지 않거든. 원래 자살이란 자기 자신만을 지독하게 사랑하는 도착증 환자들이나 하는 짓인데, 알다시피 난 나를 끔찍이 싫어하거든. 그런 내가 나 좋으라고 스스로 목숨을 끊을 것 같아?"

드노엘이 자살을 하는 일은 절대 없을 거라는 건 총관도 알고 있었다. 스스로를 살해함으로써 편하게 생을 끝내는 짓은 그에겐 절대 어울리지 않는 일이었다. 무엇보다 자살을 선택할 수밖에 없었던 자신의 처절한 마지막이 그가 결국 패배자였음을 뜻한다는 것을 드노엘은 너무도 잘 알고 있었다.

그의 자존심은 죽은 후에라도 그걸 인정하려 들지 않을 것이다.

"심심해서 미칠 것 같다고! 뭔가, 뭔가를 내게 줘. 아니면 하루에 몇 시간이라도 말 상대를 할 수 있는 녀석을 붙여주든가. 그것도 어렵다면 뭔가 기를 수 있는 걸 주었으면 좋겠어. 여긴 햇볕이 잘 안 드니 식물은 안 되겠군. 그렇다면 무슨 애완 동물이라도 안 될까? 이왕 큰 개라면 좋겠지만 그것도 안 된다면 작은 거, 새나 고양이 같은 거라도. 안 되나?"

띄엄띄엄 말을 더듬거려 가면서 드노엘은 총관에게 사정을 했다. 방금 전의 독기도, 오만함도 모두 버리고 총관에게 매달렸다.

"죽을 때까지 여기에서 살아야만 하는 내 입장도 생각해 줘. 미칠 것 같다고. 미칠 것 같아! 아무도 없는 공간에서 매일 유일하게 볼 수 있는 녀석은 벙어리에 귀머거리지. 요즘은 먼지들한테 말을 걸면서 놀아. 계속 혼자서 말은 하는데 들어주는 사람도, 대답해 주는 사람도 없어. 아니, 있었던가? 며칠 전부터 귀에서 환청이 들리는 것도 같더군. 흐흐흐."

드노엘의 심정이 총관도 조금은 이해가 갔다. 지금까지 버틴 것도 대단한 일이었다. 이전에도 계속 방에 있기는 했지만 그때는 스스로 자신을 유폐시킨 것이었다. 사람을 만나려면 언제든지 만날 수 있었던 상황이었다.

그런데 지금은 무엇을 하려 해도 그가 할 수 있는 일에는 제약이 있었다. 아무 일도 하지 않는다는 것은 똑같지만 자기가 스스로 하지 않는 것과 남에 의해 못하는 것은 달랐다.

불을 밝히는 등이 있기는 했지만 드노엘은 그것도 켜지 않고 빛도 제대로 들어오지 않는 방에서 계속 어둠 속에 혼자 묻혀 있었다.

아무 불편 없이 만족하다고 여긴다면 그건 정말 미친 것일 게다.

"그건 저 혼자 독단으로 해결할 문제가 아니군요."

"독단이든 형님에게 물어보든 난 아무 상관 없어! 이 미칠 것 같은 공간에서 빼달라는 소린 안 할 테니 내게 뭔가를 줘. 내가 말을 걸면 뭔가 반응을 보여주는 것들로… 물고기! 물고기여도 좋겠다. 제발 살아 움직이는 것으로… 미칠 것 같아! 미치는 것은 싫은데, 이러는 거 정말……."

"한 번 여쭈어보겠습니다. 그밖에 하실 말씀 없으면 저는 이만 가요."

괴로워하는 게 분명한 드노엘의 외침에 총관의 목소리는 조금 누그러졌다. 아무리 미워하는 이라도 이런 식으로 무너지는 것을 보는 것은 결코 마음이 편치 못했다.

"크큭!"

총관이 떠나고 한참이 지나 머리를 감싼 채로 괴로워하던 드노엘의 입술 사이로 소름끼치는 비소가 흘러나왔다.

"크크큭, 하하하하!"

목이 메어 더 이상 웃을 수가 없을 때까지 그의 웃음소리는 점점 커져만 갔다.

드노엘이 미치겠다고 난리를 피운 일주일 후에 그에게 작은 강아지 한 마리가 떨어졌다.

이제 겨우 어미 젖을 뗀 강아지는 굉장히 덩치가 작은 놈이었다. 원래 종이 작은 개라서 다 큰다고 해도 지금과 별 차이 없을 놈이었다.

"이왕이면 큰 녀석으로 주지. 이런 감칠맛나게 작은 녀석을 어떻게 키우나?"

"싫다면 마십시오."

"아니, 됐네. 어차피 개는 다 똑같은 개지."

예전부터 종자가 큰 것을 좋아하던 드노엘이 제 손바닥에 올라오는 강아지를 보며 투덜거렸다. 하지만 그것도 어디인가. 싫다면 도로 가져가겠다는 총관의 말을 무시하고 제 품에 꼭 안으며 만족해했다.

"참 귀엽기도 해라."

총관이 떠나고 강아지를 볼로 쓰다듬으며 드노엘은 애정이 뚝뚝 묻어나는 소리로 속삭였다.

"네 이름을 무어라고 할까? 너만은 내가 정말 예뻐해 줄게. 그러니까 걱정하지 마. 나는 동물에게는 꽤 너그러운 사람이거든."

벌써 꾸벅꾸벅 고개를 끄덕이며 잠들어 버린 강아지를 무릎에 올려놓고 드노엘은 방 안을 환히 밝혀주는 등을 켰다. 강아지와 함께 살아가는 이상 어둠 속에서만 살아갈 수는 없었다.

이 강아지는 그처럼 어둠을 배워서는 안 된다. 듬뿍 사랑을 받고 자라, 사랑이 뚝뚝 묻어나는 귀여운 개로 자라야 했다. 누구라도 보면 예뼈서 품에 안고 싶을 정도로.

그래서 잠든 강아지를 쓰다듬어 주는 드노엘의 손길은 그 무엇보다도 부드럽고 따뜻했다.

내가 부르는 건 희망의 노래,
그들이 꿈꾸는 건 반란

내가 부르는 건 희망의 노래,
그들이 꿈꾸는 건 반란

"*전하께선* 여전히 왕비를 피하신다고?"

"이제 왕비의 처소에는 일체 발걸음을 옮기시지 않으십니다. 함께
자리를 하시더라도 언제나 불쾌한 기색을 감추지 못하시는 게, 밑에 사
람들이 민망해서 어찌할 바를 모를 정도입니다."

이라이언 공작의 물음에 그의 앞에 부복해 있던 사내가 건조한 목소
리로 대답했다. 유독 키가 작아 보이는 사내는 공작이 다이안에게 붙
인 감시자 중 하나로, 보리스라는 자였다. 오늘은 일주일에 한 번씩 다
이안의 행적에 대해 보고하는 날로 특별히 공작을 찾아온 것이다.

"이번 주에 베르크너 공작이 전하를 찾았다고 들었는데."

"죄송합니다. 이번에도 베르크너 공작님과 전하와의 대화는 엿듣지

못했습니다. 그분이라면 저희의 감시는 능히 감지하고도 남을 분이시라서 오히려 저희가 자리를 피해야만 했습니다."

아무리 은밀하게 잠복을 한다 해도 보리스와 그의 동료들이 베르크너 공작의 감각을 속일 수는 없었다. 차라리 그를 피해 버리는 것이 가장 안전한 방법이었다.

"잘했다. 어차피 베르크너 공작도 국왕의 주위에 감시가 붙은 것 정도는 짐작하고 있을 터라 진짜 중요한 이야기는 하지 않았을 거야. 괜히 위험을 무릅쓰며 확인할 것도 없겠지. 그 밖에 별다른 상황은?"

"전하께선 보마르셰 후작에게 섭섭한 감정이 깊으신 것 같았습니다."

"그래?"

"며칠 전에 보마르셰 후작이 에브람 후작과 전하를 배알한 적이 있었는데, 내내 그의 말을 씹으며 툴툴거리셨습니다. 하지만 그가 간 후에 시종장에게 어렸을 적에는 그를 무척이나 따른 기억이 나지만 이제는 서먹해서 어찌 대해야 할지 모르겠다고 하셨습니다. 그러나 기회가 된다면 예전의 관계로 돌아가고 싶은 의중이 있음을 은근히 밝히셨습니다."

보리스의 보고에 이라이언 공작의 미간에 잠깐 주름이 생기다가 사라졌다. 섭섭하다는 것은 상대에게 바라는 것이 있기에 생기는 마음이었다. 바라는 것이 없으면 섭섭할 것도 실망할 이유도 없는 것이었다. 즉, 보마르셰 후작에 대한 마음이 있기에 그동안 자신을 나 몰라라 했던 그가 서운하기도 하고 그립기도 했다는 소리였다.

"국왕 전하도 예전과는 많이 달라졌다고 해야 하나? 점점 당신 주장이 강해지고 있어. 게다가 여론이 전하를 중심으로 호의적으로 변하는 듯하고, 원래 중도파였던 베르크너 공작의 요즘 움직임을 보면 뭔가 노리는 게 있는 것도 같고. 마치 사람들이 동시에 짜고 노름판에 끼어들고 있는 게 아닌가 하는 의심이 들 정도로 말이야."

근래 베르크너 공작이 움직이는 동태를 보자면 그가 지금껏 지켜왔던 중도적인 입장을 버렸다는 것을 알 수 있었다. 군부를 중심으로 돌아가는 모양이 심상치가 않았다. 베르크너란 이름은 군부 사람들에겐 영원한 정신적 지주였다. 어릴 적부터 들어온 옛날이야기에 꼭 한 번씩은 등장하는 영웅들의 후손이란 얼마나 편리하고 유리한 존재인지 톡톡히 보여주는 예이기도 했다.

가문의 이름 하나로 이렇게나 단순할 정도로 우직하고 맹목적인 신뢰를 얻어낼 수 있다는 것은 일종의 세뇌와도 같았다.

실수를 하지 않는 사람은 없다. 하지만 베르크너 가문만은 오랫동안 한 번도 실수를 저지른 적이 없었다. 가문의 사람이 문제를 일으키거나 내부적인 문제로 시끄러운 적은 있었으나, 가문 자체가 역사와 바르제바 국민에게 실수를 한 적은 한 번도 없었다는 말이다.

그것이 바로 사람들로 하여금 베르크너라는 이름에 지금과 같은 존경심과 믿음을 가지게 한 근본일 것이다, 이라이언 가문에는 절대로 없는.

"마침 마이야르와 노는 게 슬슬 지겨워지던 차였는데 잘됐군, 잘됐어."

결코 자신에게 유리한 조건들이 아님에도 이라이언 공작은 즐거웠다. 보마르셰 후작이 흩어진 국왕파들을 하나씩 결집시키고 있는 것도, 베르크너 공작의 심상치 않은 움직임들도 그에겐 위기라기보다는 새로운 유희에 지나지 않았다.

강한 적일수록 무너뜨릴 때 짜릿할 것이고, 그렇지 못하다면 최고의 적에게 생애 최초의 패배를 맛보게 되는 것이다. 어차피 이라이언 공작에겐 모두가 그의 장난감에 지나지 않았다. 장난감을 가지고 노는데 진지해질 수는 있지만 심각해질 필요는 없었다. 이것이 그가 인생을 즐기는 방법이었다.

"보리스, 너는 전하께 가면서 에드가 상단에 들러 내가 좀 보잔다고 전해라."

"알겠습니다."

보리스가 명령을 받고 돌아가자 이라이언 공작은 엄지로 다른 손톱들을 다듬으며 혼자 중얼거렸다.

"키라이 상단을 너무 봐줬어. 국왕파의 찌꺼기들이 뭘 하는지 보려고 그냥 두었더니 이젠 고개를 치켜들고 덤비는 게 제법 귀엽단 말이야. 하지만 이제 슬슬 손을 봐줘야만 할 때가 오긴 온 것 같군."

에드가 상단과 현 바르제바의 상업을 양분하다시피하고 있는 키라이 상단의 배경이 바로 국왕파의 잔존 세력들이었다. 겉에서 보자면 꽤나 이름있는 상인들을 앞세워 포장을 하였지만, 그 자본과 원천은 귀족들의 파티에서 살아남은 이들이라는 것을 이라이언 공작은 이미 알고 있었다.

하지만 눈감아주었다. 되레 그 정보가 다른 이들에게 들어가지 않도록 조치까지 내렸다. 어린 싹을 미리 제거하는 것도 좋지만, 그렇다면 나중에 밟는 재미가 없다. 자란 만큼 자라서 저항도 할 수 있어야 괴롭히는 맛이 있는 법이었다.

지렁이도 밟으면 꿈틀거린다는 말이 있다. 하지만 지렁이가 꿈틀거리지 않는다면 애초에 신발을 더럽혀 가면서까지 지렁이를 밟을 이유는 어디에도 없는 것이다.

파티가 다시 열리려 하였다. 조용하고 은밀하게 초대된 몇몇만이 폭죽을 터뜨리며 파티가 시작되었음을 알리고 있었다. 그리고 이라이언 공작은 충분히 파티를 즐길 준비가 되어 있었다.

전국의 상단에 물품의 거래권에 대한 대대적인 검열이 내려졌다.

상업은 물품을 사고파는 과정에서 이윤을 얻는 것이다. 그리고 상단은 생산을 뺀 나머지 과정을 도맡아하며 상업을 주도하는 주축이었다. 하지만 거래권을 가지지 못하면 아무리 날고 기어봤자 아무것도 할 수가 없었다.

각 지역의 특산품에서 일반 생산품이나 수입품에 관한 거래권은 모두 귀족들이 가지고 있었다. 그리고 그 거래권을 상단에 임대해 줌으로써 서로 이익을 나눠 가지는 것이 귀족과 상인들의 상관관계였다.

이 거래권이 없으면 어떠한 물품도 거래의 목적으로 사들이거나 소매업자나 소비자에게 팔 수가 없었다. 또한 이 거래권에 명시한 비율만큼의 거래밖에 할 수 없었다.

이게 무슨 소리인가 하면, 예를 들어 페르스에서 직물을 수입하고 팔 수 있는 거래권을 가진 귀족들은 한 명이 아닌 다수였다. 즉, 한 물품에 대한 거래권은 한 명의 귀족이 독점할 수 있는 것이 아니라는 말이다. 하지만 거래권이라고 해서 모두가 같은 가치를 가지는 것은 아니었다.

거래권마다 많게는 50퍼센트에서 적게는 3퍼센트 정도로 그 물품을 취급할 수 있는 점유율이 달랐던 것이다. 이는 각 거래권에 명시되어 있는 비율을 초과한 거래는 허용하지 않는다는 뜻이다. 때문에 점유율이 높은 거래권을 가진 고위 귀족들과 상단 간의 결탁은 당연한 결과였다.

하지만 각 물품마다 한 해에 생산되는 양과 소비되고 수입되는 양이 일정한 것도 아니고, 그것을 일일이 다 조사할 수는 없는 일이었다. 해서 규율이 느슨해져서 거래권만 가지고 있다면 점유율과는 상관없이 거래를 허용하던 것이 관례였다.

한데 이번에 이라이언 공작이 그것에 제동을 건 것이다. 항구마다 수입해 들어오는 물량들과 생산지에서 나오는 물품들이 어느 상단으로 흘러 들어가는지 철저한 검열을 시작한 것이다. 이번엔 관리자들에게 뇌물도 통하지 않았다. 워낙 위에서 엄중하게 시키는 일이라 조사는 확실하고 정확하였다.

이를 바탕으로 각 상단이 법적으로 거래할 수 있는 점유율을 넘었을 시에는 과도한 벌금을 부과함과 동시에 일정 기간의 영업 정지를 내리는 법도 만들어 버렸다.

당연히 현 바르제바의 정국을 주도하는 귀족들과 밀접한 관계를 유지하고 있는 에드가 상단에게는 큰 피해를 주지 못하는 법이었다. 어차피 높은 점유율을 가진 거래권을 귀족들에게 임대 중이었기에 오히려 환영하는 분위기였다.

하지만 군소 귀족들과 불과 몇몇밖에 안 되는 고위 귀족들의 거래권을 임대하고 있는 키라이 상단으로서는 큰 타격이라고 할 수 있었다. 그들에게 허용된 점유율만으로 물품을 취급하자면 지금 거래를 하고 있는 상인들에게 앞으로 물품을 대주는 것은 아예 불가능한 일이었다.

그러나 키라이 상단이라고 앉아서 이번 사태를 그냥 받아들인 것은 아니었다. 처음 보마르세 후작이 발라로 돌아올 계획을 세웠을 때부터 그들도 이럴 경우에 대비해 만반의 준비를 갖춘 상태였다.

키라이 상단과 국왕파의 관계를 알고 말고를 떠나 섭정 여왕파나 마이야르 백작 측이라면 보마르셰 후작의 등장으로 가장 먼저 취할 것이 경제 정책이었기 때문이다.

어떤 식으로든 에드가 상단에 유리한 정책으로 섭정 여왕파의 귀족들과 마이야르 백작이 자신들에게 떨어지는 이익금을 높이려 할 거라는 예상은 이미 하고 있었다. 자금이 넉넉해야 무어라도 일을 꾸밀 수 있는 것이 이 바닥의 생리였다.

국왕파가 다시 등장하려고 한다면 먼저 자신들의 재정부터 돌아볼 것이고, 에드가 상단의 수익이 올라가야만 그들의 주머니가 가득 찰 것이니 말이다. 이는 그들의 보호를 받지 못하는 키라이 상단에게는 어떠한 식으로든 불리한 조건일 수밖에 없다는 뜻이었다.

그래서 키라이 상단은 이미 몇 년 전부터 지금의 사태에 대비하고 있었다. 언젠가 국왕파가 대두할 것이고, 보마르셰 후작이 등장하게 된다면 키라이 상단도 그에 맞춰 대책을 세워두는 것이 안전했다.

먼저 이들이 모색한 방안은 거래권이 없어도 유통할 수 있는 물품들을 찾는 일이었다. 이는 호마린 자작의 경우를 보고 얻은 발상이었다. 바르제바는 물론, 다른 외국에서도 자유로이 무역을 하는 호마린 자작은 지금까지 거래권에 구애를 받은 적이 없었다.

호마린 자작이 귀족들과 거래권과는 상관없이 장사를 할 수 있었던 것은 그가 이종족들의 물건을 사고파는 중간 거래상을 하였기 때문이다. 거래권은 인간과 인간 사이에서나 통하는 개념이었다.

이종족들에게는 전혀 통용이 되지 않는 거래권을 만들어 제재를 가해봤자 통할 리가 없었다. 아무리 다른 사람들이 거래권을 가지고 있다고 해봤자 이종족들이 호마린 자작이 아닌 다른 이에게 물건을 팔 경우는 백 년이 지나도 없을 테니 말이다.

또한 호마린 자작은 자신에게만 발효되는 거래권을 만들어 통제하려 한다면 바르제바에서의 모든 상업 행위를 중단해 버릴 거라 엄포한 적이 있었다.

그가 내다 파는 이종족들의 물건은 거의가 사치품과 고가의 장식품들이었다. 즉, 귀족들이나 돈 많은 이들이 애용하는 것들로 호마린 자작에게서 살 수가 없다면 당장 아쉬운 것은 바로 귀족들이었던 거다.

호마린 자작이 다른 나라에서만 물품을 판매하게 된다면 그들은 자신이 원하는 것을 가지기 위해서 다시 역수입을 할 수밖에 없다.

그렇다면 그 과정에서 붙는 수수료와 관세와 웃돈들 때문에 자작과의 직거래보다 더 큰 손해를 감수해야만 한다는 이야기가 나온다. 차라리 자작 마음대로 하도록 그냥 두는 것이 가장 큰 이익이었던 것이다. 그것은 다른 나라도 마찬가지였다. 그가 자신들 나라에 수출하는 물품에 대해 제재를 가한다면 손해를 보는 것은 서민들이 아닌, 바로 귀족들 자신이었던 것이다.

이 점을 감안해서 키라이 상단도 자신들만이 판매할 수 있는 것들을 찾아내거나 개발하기 위해 노력을 하였다. 그러나 호마린 자작과는 경우가 달랐기에 귀족과 상류층들을 위한 물품은 포기해야만 했다. 이미 그 분야는 호마린 자작이 장악한 상태로 틈새를 공략할 거리가 없었다.

그래서 키라이 상단은 시선을 아래로 내렸다. 모든 물품과 생산품에 거래권이 적용되는 것은 아니었다. 일반 서민들이 사용하는 자질구레한 생활 용품이나 식품들은 언제나 제외의 대상이었다.

큰 이윤을 남길 수가 없는 것들은 자연적으로 시장이 형성되도록 그대로 묵과해 버린 것이다. 가령 가위 같은 생활 도구나 음식을 만드는 도구들은 마을 단위로 자급자족형으로 생산하고 소비하는 형편이었다.

하지만 각 지역마다의 특색이 있다 보니 어느 곳에서는 그 지역에서만 사용하기엔 아까울 정도로 품질이 좋은 것들이 있었다. 다른 지역에다가 내다 팔면 생산지보다 더 좋은 가격을 받을 수 있는 것들이 말이다.

고액의 이익을 만들어낼 수는 없었다. 하지만 몇몇 소수를 상대로 얻는 거액의 순이익만큼이나 이미 전국에 형성된 유통망을 이용해서 각 지역의 품질 좋은 물건들을 다른 지역에 유통하는 것도 제법 솔솔한 이윤을 남겼다. 순이익은 적지만 수요가 많았기에 박리다매로 이익을 쌓아갈 수 있었던 것이다.

문제는 공급이었다. 원래가 마을 단위의 자급자족으로 생산하던 것이라 전국적인 소비를 감당하기 위한 생산망을 갖추지 못한 경우가 많았다. 하지만 영세한 마을의 경우엔 이것은 오히려 기회였다. 마을의 대다수가 생산에 참여하여 공급을 맞추는 일이 늘어가며 마을과 키라이 상단 모두가 서로 이윤을 챙길 수 있었던 것이다.

무엇보다 귀족들에게 지불해야 하는 거래권의 수수료가 없었기에 물건 값이 비정상적으로 오르거나 하는 경우는 없었다. 또한 여기서 얻은 이익은 말 그대로 키라이 상단의 순수한 몫으로 남길 수가 있었다.

그리고 지금은 바르제바뿐만 아니라 다른 나라에까지 수출을 모색하고 있는 중이었다. 서민들이 사용하는 생활 용품들의 대부분은 관세가 붙지 않는데다 수출입의 절차가 굉장히 간소한 편이라 시도해 볼 가치가 충분히 있었다.

거기에다가 알려지지는 않았지만 키라이 상단의 가장 큰 수입처는 바로 카트린느지의 발매에서 얻는 중간 수수료였다. 대외적으론 그저 단순한 발매인으로 보이지만 발라와 티로이에서 카트린느지를 발매하는 이들은 모두 키라이 상단의 소속이었다. 정확히 말하면 국왕파가 키워온 사람들이라는 것이 맞을 거다.

특히 게일이 국왕의 실사를 인쇄할 수 있도록 마법 보조품을 만들어 준 이후로는 발행 부수를 늘렸음에도 판매량이 턱없이 부족한 판이었다.

해서 레미나와 상의한 그들은 카트린느지의 전국 발매까지 계획 중이었다. 또한 이를 바탕으로 사교계 주간지인 카트린느지뿐만 아니라 신문이나 잡지에까지 영역을 넓혀가기 위해 준비 중이었다.

이는 다이안 국왕을 중심으로 여론을 조성하는 역할을 하는가 하면 막대한 자금을 얻을 수 있는 사업이기도 했다. 거기엔 레미나라는 유능한 편집장의 역할이 컸다. 그녀의 세련된 언론 플레이는 치밀하면서도 흥미로워 사람들의 시선을 한눈에 끌어당기는 재미를 가지고 있었다.

물론 이번 실사를 이용한 카트린느지의 성공은 그녀 혼자 주간지의 모든 것을 책임지고 있었을 때는 꿈도 꾸지 못할 발전이었다. 이를 보면 레미나와 키라이 상단, 즉 국왕파의 결합은 꽤나 서로에게 이익이 되는 만남이었다.

카트린느지의 전국적인 발매는 이미 전국에 유통망이 형성되어 있기에 어려운 일은 아니었다. 카트린느지와 키라이 상단과의 관계를 극비로 해야 하는 문제는 있었지만, 그것이야 어려워도 불가능한 일은 아니었다.

마지막으로 키라이 상단은 밀수에도 손대고 있었다. 국왕파라는 사람들이 밀수를 한다니 일견 말이 되지 않는 행위였다. 국가에서 밀수를 금지하는 것은 그만큼 국고에 들어오는 관세가 줄어들기 때문이다. 또한 서로 이해관계를 맺고 있는 상인들을 보호하고 물가를 조절하는 차원에서 금지하는 것이다.

하지만 지금의 상황에서 관세라고 해봤자 고스란히 국고에 들어가는 경우는 거의 없었다. 게다가 에드가 상단이 아니라면 수입 과정에서 관리들에게 먹여야 하는 뇌물이라는 것 때문에 오히려 물가가 오를 수밖에 없는 모든 조건을 갖추고 있었다. 오히려 그들이 밀수한 물건으로 인해 바르제바의 물가가 안정이 되고 있다는 웃지 못할 통계가 나오기도 했다.

해서 키라이 상단은 이번 이라이언 공작이 내린 탄압 정책으로 일단은 내외부적인 상단의 규모를 줄여갈 참이었다. 그리고 상단이 아닌 상인으로서 상업 활동을 넓혀갈 예정이었다.

덩치가 큰 것보다는 산개한 조직망을 이용하여 활동하는 것이 일단은 감시에서 벗어나기에도 좋은 방편이었던 것이다. 또한 이제 상단을 뒤에서 끌어가던 몇몇 중요 요인들이 양지로 나올 때였다. 그래서 명실상부한 국왕파로서 활동을 재개할 것이다.

이제 국왕도 혼인을 한 성인이었다. 나이가 적고 많은 것을 떠나 일단 혼인해서 배우자를 얻었다는 것은, 그의 선택과 행동에 부모라 할지라도 제재를 가하기는 어렵다는 뜻이었다. 또한 어린 국왕을 대신해 섭정이 나라를 꾸려간다는 것도 더 이상 설득력이 없었다.

하지만 역시 조심에 조심을 해야만 했다. 예전처럼 섣불리 도화선에 불을 붙이는 짓 따위는 누구도 먼저 할 생각은 없었다. 이번엔 시작하면 그냥 단순한 파티만으로는 끝나지 않을 테니 말이다.

어느 누구도 지금까지 노력하지 않은 사람이 없었다. 치열한 삶 속에서 최선을 다해 자신이 원하는 꿈을 위해 달려왔다. 유희와 즐거움을 좇는 이라이언 공작마저도 그가 원하는 것을 얻기 위해 분명 그가 할 수 있는 모든 일을 다 해보았다. 타인에겐 어떻게 보일지 몰라도 쉽게 인생을 살아온 이는 하나도 없었다.

그랬기에 모두가 자신이 원하는 결말을 위해 열심히 달려갈 것이다. 숨이 턱까지 올라 고통스러울망정, 실패자가 되어 사라지더라도 후회하지 않도록.

*   *   *

세상을 사는 모든 사람들에게 인생은 하나뿐이고, 그러기에 어떻게 무엇이 되어 살아갈 것인가 하는 물음은 누구에게나 진지한 문제였다. 만족스런 결과를 얻기 위해서는 역시 과정이 중요했다. 결과보다 때론 과정에 의해 평가되는 삶이 있다는 것을 감안하면 이는 무엇보다 신중한 문제였다.

그레이스에게 한 번 해보겠다고, 마지막이라 여기고 끝까지 해보겠다고 당당하게 말은 했지만 막상 시작을 하자니 무엇부터 해야 할지 사비나는 답답했다.

자신이 뛰어난 머리를 가진 지력가가 아니라는 것은 그녀도 잘 알고 있었다. 그렇다고 용감하거나 빼어난 특기와 능력을 가진 특별한 여자애도 아니었다. 존재하는 것만으로도 사람들에게 사랑을 받는 그런 사람은 더 더욱 아니었다. 그녀에겐 아버지와 같은 관용과 여유, 삼촌인 드노엘이 가졌다는 빼어남과 매력이 없었다.

무엇 하나 당당하게 내보이며 사람들을 설득시킬 거라곤 없는 평범한 계집애에 불과했다. 있다면 몸에 흐르는 베르크너 가문의 피밖에는 없었다. 하지만 사비나의 경우 그것만으로 정통성을 주장하는 것은 사람들에게 먹히지도 않을뿐더러 우선 그녀가 싫었다.

도서관에 가서 도움이 될 만한 책을 읽어보며 공부를 해보는 것도 좋겠지만 유감스럽게도 이미 읽을 만한 책은 모두 읽은 후였다. 남들보다 우수하다고 자랑할 수준인지는 자신할 수 없지만 공부라면, 지식이라면 충분할 만큼은 가지고 있었다.

하지만 지식이 많다고 해서 현명한 사람이 되는 건 아니었다. 책을 많이 읽고 기억하고 있다고 해서 세상의 어려움을 헤쳐 나갈 수 있는 자신감을 가질 수 있는 것도 아니었다. 현실에 적용하지 못한 지식은 말 그대로 정보이지 방법 그 자체는 될 수 없었다.

그리고 이렇게 성에 앉아 방법을 모색한다고 해서 뾰족한 수가 나오는 것도 아니었다. 중요한 것은 정보로서의 지식이 현실과 얼마나 상충되고 이용할 수 있는지를 알아야 했다. 그러기 위해서는 직접 부딪치는 것 말고는 다른 좋은 수가 없다는 결론을 얻은 사비나는 그때부터 발품을 팔기 시작했다.

지형과 토지에서부터 수십 년 동안의 인구 변화와 산업 활동으로 인해 얻어지는 경제성까지, 수치로서 막연히 알고 있는 것과 현실을 서로 대치해 보았다.

또한 다른 대도시의 경우 어떤 식으로 산업 활동을 장려함으로써 수익을 얻는지에 대해서도 조사해 보고, 그것을 어떻게 셰어도란트와 베르크너 공작령에 적용시킬 수 있는지를 연구해 보기도 했다.

근엄하고 강함을 추구하는 공작은 될 수가 없었다. 아무도 그녀에게 그런 모습은 기대하지도 않을 것이고, 그녀 스스로도 자신이 없었다. 그렇다면 그녀는 자신만이 가질 수 있는 이미지를 찾아야만 했다.

무가(武家)이지만 무인이 되는 것은 포기했다. 이제부터 손에 물집이 생기고 군살이 배기도록 노력한다고 해서 그녀가 아버지와 선대들처럼 될 수 없다는 것을 사비나는 잘 알고 있었다. 결국 그녀가 선택할 수 있는 건 무인으로서 군건함을 지키는 지도자가 아닌 불편함없이 잘 먹고살 수 있게 해주는 지도자의 길이었다.

선대와 아버지와는 다른 것을 확실하게 제공하지 못한다면 인정받는 것에 앞서서 비웃음만 살 게 분명하니 말이다.

언제나 우아하고 다소곳했던 사비나가 간편한 옷차림을 하고 세어도란트와 공작령 할 것 없이 돌아다니자 사람들은 하나씩 그녀에게 관심을 가지게 되었다. 이유야 어쨌든 그녀는 공식적인 베르크너 공작의 유일한 자식이었다.

그녀의 언니인 에드윈은 종교에 귀의해 버렸으니 세속의 인간관계는 무의미한 존재가 되어버렸고, 공작님의 사생아는 가문의 성조차 물려받는 것을 거부한 상태였다. 이런 상태가 유지된다면 앞으로 그녀에게 태어날 아들이 리카도의 후계자가 될 수밖에 없는 게 현 베르크너 가문의 실정이었다.

그녀의 행보에 사람들이 관심을 가지는 것은 당연한 이치였다. 특히 언제부터인가 소소한 분란이나 문제가 생기는 곳이라면 그녀가 나타났다. 물론 그녀가 직접 문제를 해결해 주는 것은 아니었다. 처음에는 그냥 지켜보는 거뿐이었다. 싸움의 시작과 과정에 대해 자세히 묻고 들으면서 그 결말이 어떻게 끝나는지 살펴보았다.

건물이나 시설물이 부서졌다거나 하면 누가 와서 고치고 어떠한 방법들로 보수가 이루어지는 꼼꼼하게 기록까지 했다. 가게들마다 찾아가서 장사를 어떻게 하고 어떤 손님들이 찾아오는지를 파악하고, 길목마다 있는 가게와 없는 가게들의 종류와 수를 정리하여 보기도 했다. 그러자 하나씩 눈에 들어오고 체계가 잡히기 시작했다.

사비나는 그녀에게 가장 필요한 것이 사람이라는 것을 깨달았다. 그녀가 모든 일에 완벽하지 않은 이상 각 분야별로 그녀보다 더 뛰어난 사람들이 필요했다. 계산이 빠른 사람, 힘이 센 사람, 손재주가 뛰어난 사람, 말을 잘하는 사람, 훌륭한 치유사, 능력좋은 농사꾼과 사냥꾼 등등.

그녀에게 중요한 것은 사람을 볼 수 있는 안목과 그들을 자신의 편으로 끌어들일 수 있는 인덕이었다. 다행히 그녀는 사람을 보는 눈은 빼어났다. 수많은 사람들 중에서 자신에게 필요한 사람들을 골라낼 수 있는 능력을 가지고 있었던 것이다.

하지만 중요한 것은 그들에게 어떻게 자신의 계획을 말하고 설득을 시킬 수 있는가였다. 세상 사람들이 그레이스 같은 편리한 사고를 가지고 있는 건 아니니 말이다. 그들을 감화시킬 수 있을 정도로 말주변이 좋은 것도 아니고, 그렇다고 믿음직스러운 외모를 가진 것도 아니었기에 사비나는 있는 그대로의 자신을 그들에게 보여주기 시작했다.

사람이라는 것이 자주 만나야 정이 들고, 정이 들어야 믿음을 줄 수 있고, 그래야 비로소 설득이라는 것을 해볼 여지가 생기는 것이라고 생각했다. 덕분에 하루의 대부분을 사람들과 만나는 데 소비하는 그녀였다.

"왜 이런 피곤한 일을 하는 거야?"

마마린느는 귀여운 얼굴을 찡그리며 이해가 안 간다는 표정으로 물었다. 대체 무얼 하는지는 모르지만 놀지도 못하고 종일 돌아다니다가 통통 부은 다리를 주무르고 있는 사비나가 마마린느는 이해가 가지 않았다.

"재미있으니까."

"응?"

"처음엔 어쩔 수 없이 시작한 일이었는데, 하다 보니까 너무 재미있어서 멈출 수가 없어."

"뭐가?"

"사람들이 살아가는 모습을 보는 것, 그리고 알아가는 것. 하나도 같은 삶이 없고, 하나도 똑같은 사람이 없어. 그들이 만들어가는 세상이 너무 신기하고 재미가 있어서 이젠 도저히 멈출 수가 없어."

하는 수 없이 택한 길이라고 생각했다. 아무리 가문과 아버지를 위한다지만 종마처럼 아들이나 낳기 위해 결혼하고 살아가고 싶지는 않았다. 인생의 목적이 오직 아들을 낳고 대를 잇게 하는 것이 끝인 삶을 살아가는 것이 무서웠다.

그래서 선택한 것이 아버지의 뒤를 자신이 잇겠다는 당찬 꿈이었다. 너무 당차서 그녀에게는 벅차기까지 했지만 그 꿈을 향해 가다 보니 즐기고 있는 자신을 발견하고 말았다.

"아버지 때문이다, 가문을 위해서라고 했지만 결국 나 자신을 위해서였어. 내가 좋아서 하는 일이야. 하고 싶어서 줄곧 누군가가 내게 말해 주기를 기다렸는지도 몰라. '네가 한번 해봐라!' 이 말이 듣고 싶었던 거야, 나는. 그래서 그렇게 쉽게 설득당한 거지. 한 번도 생각해 본 적이 없다고, 자신없다고 중얼거렸으면서 네가 하라는 말에 절로 고개를 끄덕여 버렸어. 그 누구 때문도 아닌 오직 나를 위해서 이러고 있는 거야."

사비나가 베르크너 공작의 후계자가 되고 싶다고 결심을 했고, 지금 그 과정을 차곡차곡 밟아가고 있다는 것을 모르는 마마린느는 하나도 알아들을 수 없는 소리에 다시 얼굴을 찡그리고 말았다.

"나는 편한 게 좋은데."

"마마린느는 어리니까."

"피이, 어려도 생각은 다 있어! 나는 나중에 카마인님과 결혼해서 아이 낳고 행복하게 살 거야. 내가 이 말을 하면 아빠는 머리부터 쥐어박으려고 하는데, 아무도 내가 얼마나 진지한지 몰라줘."

"미, 미안해. 그런데 카마인님이 그렇게 좋아?"

"으응!"

마마린느는 카마인의 이야기에 고개를 크게 끄덕이며 대답했다. 소녀다운 열정보다는 호기심과 동경으로 가득한 마마린느의 환한 얼굴에 사비나는 슬쩍 웃고 말았다. 마마린느는 아직 사랑한다는 것과 좋아한다는 것의 구분이 명확하지 않은 나이였다.

잘생겨서 좋아하고, 좋아하니 함께 있고 싶고, 그래서 나중에 결혼을 하고 싶다는 단순한 생각이 너무 순수하고 귀여워서 손가락으로 볼을 아프지 않게 가만히 꼬집어주었다.

"꼭 꿈을 이루기를 바라. 세상에 우스운 꿈은 없으니까. 자기가 진정 원한다면 그것으로 된 거야, 중요한 것은 네 자신이니까."

"흐응~ 마린느도 그렇게 생각해. 그런데 조금 우스운 꿈도 있어."

사비나의 말을 진지하게 듣던 마마린느는 그레이스를 떠올리며 가까스로 웃음을 참았다.

"……?"

"그레이스 아저씨는 집사가 되고 싶대! 그 아저씨가 집사가 된다면 뭔가 많이 어울릴 것도 같으면서도 우스워. 그것보다는 더 대단한 사람이 되어도 어울릴 것 같은데, 고작 집사라고 하니까 조금 맥이 빠지기도 하고."

마마린느가 그레이스를 떠올리고는 코끝을 찡그리며 말하자 사비나도 마주 고개를 끄덕여 주었다.

"나도 처음엔 그 이야기를 듣고 너무 웃어버렸지 뭐야. 하지만 지금 생각하니까 굉장히 미안한 짓을 했다 싶어."

"언니도 웃었어? 나도 웃었는데."

"우리 나중에 오라버니한테 같이 사과하러 갈까? 너도 네가 카마인 님과 결혼하겠다는 말에 사람들이 비웃으면 싫겠지?"

"마린느가 잘못한 거야?"

"큰 잘못이라기보다는 실례를 했던 것 같아, 너나 나나. 그러니까 우리 언제 함께 사과하자."

"지금, 지금!"

"지금?"

"응!"

실수했다는 생각에 바로 의기소침해하는 마마린느를 사비나는 그레이스에게 나중에 사과하자며 다독여 주었다. 하지만 마마린느는 이왕 말이 나온 거 바로 당장 하러 가자며 그녀의 팔을 끌어당겼다.

몇 개월이나 지난 일이었기에 새삼스럽게 사과한다는 것이 쑥스럽기는 했지만, 이미 너무 늦은 사과였다. 언젠가 꼭 할 사과라면 더 이상 미룰 이유 없이 지금 하는 게 덜 미안하고 쑥스러울 것 같았다.

"잘못했다고 생각하면 바로 사과하는 거랬어."

"그래, 그러자."

웃으며 길을 나선 사비나와 마마린느가 그레이스를 찾은 곳은 마을의 뒤편에 있는 공원에서였다. 먼저 에스더의 제과점에 들렀다가 그가 여기에 있다고 해서 이곳까지 찾아온 것이다.

"아저씨, 뭐 하고 있어요?"

꽤나 높은 아름드리 나무 밑에서 작은 삽으로 땅을 파고 있는 그레이스를 발견한 마마린느는 먼저 그에게 뛰어가며 물었다.

"거름을 주고 있었어."

"거름이요? 이 나무한테? 마린느가 보기엔 건강하게 보이는데."

마마린느는 나무의 주변에 구멍을 파서 거름을 묻고 있는 그레이스와 나무를 번갈아 보며 고개를 갸웃했다. 크고 건강해 보이는 나뭇가지들이라 굳이 거름을 줄 필요가 없어 보였기 때문이다.

"이래 봬도 제법 늙은 나무야. 영양이 부족해서 나무껍질이 벗겨지고 있어. 여기를 봐."

그레이스가 나무의 줄기를 손톱으로 살살 긁자 진한 회갈색의 껍질들이 부스러기가 되어 떨어져 나가는 게 보였다.

"들으니까 몇 년 전부터 꽃도 피지 않았다나 봐. 이런 상태로 가면 나중엔 잎도 안 나고 그대로 말라 죽을지도 몰라."

"나무도 죽어요?"

"응. 꽃도 안 피고, 잎사귀도 나오지 않게 되면 점점 말라서 죽게 된다고 해."

그레이스는 클리프 가의 저택에 있을 적에 정원사에게 들은 정보를 이용해 설명해 주었다.

"그럼, 이렇게 거름을 주면 꽃도 피우고 잎도 나서 살 수 있는 거예요?"

"그건 잘 모르겠다. 운에 맡겨야지. 그런데 여긴 왜 왔니, 날도 추운데."

마마린느에게 말하면서 언뜻 뒤에 서 있는 사비나를 보며 그레이스는 고갯짓으로 인사를 건넸다.

"사과하려고요."

"사과?"

"전에 아저씨가 집사가 되겠다는 말에 웃었던 거요. 언니도 그것 때문에 아저씨한테 미안해서 둘이 사과하러 온 거예요. 헤헤!"

"저도 사과할게요. 웃는 게 아니었는데……. 생각지도 못한 소리를 들어서 그만 경솔하게 웃고 말았어요."

나란히 서서 미안하다고 사과하는 사비나와 마마린느에게 그레이스는 눈을 가늘게 뜨면서 진지하게 물었다.

"그럼 이제 집사라는 직업이 우습지 않다는 거니? 그런 건가요?"

마마린느와 사비나를 차례로 쳐다보며 그레이스가 묻자 두 사람은 교묘히 그의 시선을 피하며 고개를 숙여 버렸다. 그레이스에게 이야기를 듣자마자 무례하게 웃었던 것은 미안하지만 '집사를 꿈꾸는 그레이스'를 생각하면 아직도 웃기는 게 사실이었다.

그녀들이 보기에 그레이스는 무엇을 꿈꾸더라도 일단은 이룰 수 있는 배경을 가지고 있었다. 설마 하니 베르크너 공작이 자기 아들이 집사를 하도록 그냥 내버려 둘지도 의심이었다.

"진심으로 사과할 생각이 없다면 하지 않는 게 좋아. 형식적인 사과
만큼 기분 나쁜 것은 없으니까요."

"아니에요. 정말 사과하는 건데, 사실 집사는…… 언니."

그레이스의 대답에 마마린느가 손까지 저어가며 부정을 했지만 어
떤 말을 해야 할지 몰라 뒤를 돌아보며 사비나에게 도움을 요청했다.

"집사 자체가 웃기다는 건 아니에요. 좋은 직업이죠, 인정해요. 하
지만 오라버니가 집사가 되겠다니까 많이 아까워서 그러는 거예요. 오
라버니라면 무얼 하더라도 할 수 있을 테니 말이에요."

"우리의 구두 계약 잊으셨나요?"

"네?"

"공녀께선 저를 집사로서 원하지 않았나요? 집사가 아닌 저는 공녀
께 아무런 의미가 없는 존재라는 걸 명심하셨으면 합니다. 제가 집사
의 자격을 갖추지 못하고, 공녀께서 후계자가 되지 못한다면 우리의 구
두계약은 자연 깨지는 것이 아니던가요?"

다시 땅에다가 구멍을 파며 그레이스가 건조한 목소리로 대답을 했
다. 집사와 공작만이 서로에게 의미있는 존재임을 확실하게 줄을 그은
것이다.

입을 다물어 버린 사비나와 나무에 거름을 주는 그레이스의 중간에
서 어색해진 분위기에 어쩔 줄을 몰라 하던 마마린느가 어렵게 입을
열며 물었다.

"하지만 집사보다는 역사에 길이 남는 위대한 사람이 더 좋지 않아
요? 저는 아저씨가 그런 사람이 되면 굉장히 멋있을 것 같은데……."

살살 눈치를 보며 조심스럽게 묻는 마마린느에게 그레이스는 고개
를 살래살래 저으며 대답해 주었다.

"그거 싫어."

"뭐가요?"

"역사에 남는 거. 오랜 시간이 지나도 나를 기억하는 사람들이 있다는 거. 내가 죽고 나서도 나와는 전혀 상관없는 사람들이 내 이야기를 할 거란 생각을 하면 죽어서도 편치 못할 것 같아."

"……."

"잊혀진다는 것이 꼭 나쁜 것은 아니야. 난 내가 모르는 불특정 다수에게 기억되고 싶은 마음은 전혀 없거든."

누구나 역사에 자신의 흔적을 남기고 싶어한다. 하지만 모두가 그런 것은 아니었다. 특히 그레이스는 자신에 대해 쥐뿔도 모르는 사람이, 그게 비록 먼 후세의 사람들이라도 그들에 의해 자신의 이야기가 오르락내리락하는 것은 전혀 달갑지가 않았다.

그러느니 그냥 잊혀진 사람이 되었으면 하는 게 그의 선택이었다.

"풋!"

"……?"

사비나가 손으로 입을 가리며 웃자 그레이스는 자신이 또 무슨 웃긴 이야기를 했나 싶어서 천천히 자신이 한 말들을 되새겨 보았다. 이번엔 그렇게 우스운 소리를 한 것 같지 않은데 왜 저러나 싶어 의아하기도 했다.

"오라버니하고 저, 꼭 반란을 꿈꾸는 사람들 같아요."

"……?"

"사람들이 보면 우린 분명 반란자이고 일탈자일 거예요."

"그런가요?"

사비나라면 모를까, 자신이라면 절대 반란자나 일탈자라는 소릴 들을 일이 없을 거라 생각하고 그레이스는 시큰둥하게 그녀의 말에 대꾸했다. 하지만 사비나는 자신의 말에도 여전히 무관심해하는 그레이스를 보며 약간은 고소하다는 표정으로 계속 말을 이었다.

"그런데 아세요? 반란자와 일탈자일수록 역사에 오랫동안 남을 수밖에 없다는 것을요."

사비나의 선언에 그레이스는 그러기에 난 더욱 상관이 없지 않느냐는 표정으로 그녀를 보았다. 집사가 되겠다는 게 반란이란 소린 정말 금시초문이었다. 그러기에 문제가 될 것도, 역사에 길이길이 남을 것도 사비나 혼자였다.

"하지만 만약."

"……."

"공녀께서 후계자가 되고 절 고용하게 된다면, 그래서 세상 사람들이 당신을 두고 비난을 하게 된다면 제가 지켜 드리겠습니다. 기꺼이 당신을 위해, 세상을 위해 싸워 드리죠."

그레이스의 진지한 목소리가 바람인 양 공원에 울려 퍼졌다. 시원하고 막힘없는 그 의지에 사비나는 순간 말문이 막히고 말았다. 그레이스의 맹세는 한 손에는 삽을 한 손에는 거름을 가득 거머쥐고 할 만큼 결코 가벼운 소리가 아니었다.

늙은 고목 밑에서 듣기에는 너무 아까운 소리였다. 충분히 감동받을 만했고, 그의 마음이 고맙기도 했다. 그러면 자신의 말을 지켜 그녀의 절대적인 우방이 되어줄 것 같았다. 하지만 분명하게 지켜야 할 순서가 있었다.

"제가 오라버니를 지켜줄 수 있는 사람이 된다면요."

"……!"

"자신의 사람 하나 지켜주지 못하는 이를 위해 희생할 생각은 하지 마세요. 오라버니는 제가 지켜요. 그 후에 오라버니가 저를 위해 싸워주세요. 뒤는 걱정할 것 없이, 마음껏."

"너무 여러 가지를 한꺼번에 장담하지는 마세요."

너무도 당당하게 지켜주겠다고 선언하는 사비나에게 그레이스가 약간의 걱정을 섞어 말했다. 저러다가 못하고 실패하게 된다면 실망이 이만저만이 아닐 거라 괜히 걱정이 되기도 했다.

"말에는 힘이 있다고 하잖아요. 그리고 무엇보다 이렇게 이것저것 맹세를 해놔야 나중에 창피한 일이 생기지 않도록 더욱 분발하죠. 오늘은 이렇게 증인까지 있으니까, 못하면 정말 배로 창피할 거예요."

마마린느를 앞에다가 세우며 사비나는 활짝 웃었다. 요즘의 그녀는 자주 웃었다. 예전엔 음침한 소녀의 분위기였다면 지금은 조금씩 의식하지 않고도 자연스럽게 웃음이 나왔다. 너무도 좋아하는 마마린느와 자신의 말을 진지하게 들어주는 오빠가 있어서 좋았다.

아버지에게 사랑받고 싶어서 몸부림치던 소녀는 점점 세상 밖으로 나와 더 많은 사람들을 보게 되었다. 사랑받을 수 있고, 자신이 사랑할 수 있는 사람들이 얼마나 많은지 비로소 깨닫기 시작한 것이다.

하지만 사비나의 기쁜 마음과는 다르게 마마린느는 별로 기분이 좋지 않았다. 도무지 사비나와 그레이스가 하는 말이 무슨 뜻인지 이해가 가지 않았던 것이다. 소외당하고 있다는 기분에 마마린느는 입술을 쭉 내밀며 토라져 버렸다.

"제발 마린느도 알아들을 수 있는 이야기를 하란 말이야!"

툴툴거리며 투정을 부리던 마마린느가 오늘의 대화를 이해하게 된 것은 나중의 일이었다.

결국은 원하지 않게도 사비나의 짐작대로 시대의 반란자가 되어버린 그레이스가 자신의 처지에 어처구니없어할 때마다 그녀는 오늘을 생각하며 웃기도 했다.

자신이 너무도 좋아하는 두 사람의 맹세에 뜻하지 않게도 증인이 되었다는 것이 자랑스럽기도 했다. 하지만 진실을 고백하자면 다음 해에 다시 꽃을 피우기 시작한 나무와 자신을 위해 세상과 싸워줄 수 있는 오빠, 아니, 집사가 있는 사비나가 너무 부러워서 이상하게 가슴 언저리가 쓸쓸할 때가 간혹 생기는 마마린느였다.

*   *   *

난폭한 속도로 달리는 마차가 발라의 도심 한가운데를 가로지르고 있었다. 발라에서, 영광의 땅에서 이렇듯 속도를 내며 달리는 마차는 없었기에 모두 길을 가다가도 멈추고 마차를 쳐다보았다.

하지만 워낙에 빠른 속도로 달리다 보니 그들이 본 것은 네 마리의 말이 이끄는 검은색 사륜마차와 그 마차가 지나갈 때 공중에 뿌려지는 황금빛 문장의 잔상이었다.

하지만 너무도 빠르게 달리는 바람에 마차에 달린 가문의 문장을 확인하지 못한 사람들은 대체 어느 귀족이 이렇게 교양없는 행동을 할까, 가볍게 혀를 차며 가던 길을 계속 가기 시작했다.

사람들의 궁금증을 뒤로하고 마차가 도착한 곳은 바로 발라에 있는 베르크너 공작의 저택이었다. 붉은색 벽돌로 만들어진 웅장하고 오래된 저택 앞에서 마차를 멈춘 마부는 정문을 지키는 경비에게 로켓이 달린 백금의 목걸이를 건네주며 그것을 공작에게 전해 달라고 부탁했다.

"이것을 갖다 드린다면 허락하실 거라고 제 주인께서 말씀하셨습니다."

마부의 말에 경비는 굳건히 닫혀 있는 마차를 얼핏 쳐다보곤 신분을 확인하는 증표로 받은 목걸이를 공작께 전하도록 아랫사람에게 지시했다. 공작의 허락이 없는 이상 약속을 잡지 않고 찾아온 신원 미상의 손님을 함부로 저택에 들일 수는 없었다. 아니면 신분이라도 확실하게 밝힌다면 모를까, 이도저도 아닌 손님은 경계의 대상이었다.

목걸이는 몇 사람을 거쳐 마지막으로 시종에 의해 리카도에게 도달하였다.

"이게 뭐지?"

로켓이 달린 백금의 목걸이를 보며 리카도가 의아해하자 시종은 전해 들은 이야기를 그대로 전하였다.

"저택 앞에 공작님을 찾아온 손님이 있는데 신원은 밝히지 않고 이 것만 내밀었다고 합니다. 이걸 보여주면 공작 저하께서도 분명 아실 거라고 했답니다."

"대체 무슨……."

시종의 말에 미간을 찌푸리며 목걸이를 받아 보던 리카도의 얼굴이 순식간에 하얗게 굳어버렸다. 로켓에 새겨진 그림은 독수리가 쌍두사를 잡고 있는 트로웰 왕가의 문장이었다. 그냥 독수리만 그려진 것이 아닌 오직 한 사람, 국왕만이 사용할 수 있는 문장이었던 것이다.

하지만 리카도가 경악해하는 것은 그가 이 로켓을 확실하게 기억하고 있었고, 이것의 주인이 누구라는 것을 알고 있었기 때문이다. 알다뿐인가, 리카도가 직접 이 목걸이를 '그'에게서 받아 '그녀'에게 전해 주었는데, 아무리 시간이 지나도 잊을 리가 없었다.

"그, 이것의 주인이 지금 어디에 있다고?"

당황한 리카도의 목소리가 살짝 갈라졌다.

"밖에서 기다리고 계십니다."

"지금 당장 귀빈실로 모셔오게."

시종에게 명령을 내리고 먼저 귀빈실에 도착한 리카도는 초조한 마음으로 로켓의 주인을 기다렸다. 그가 느끼기에 꽤나 긴 시간이 흐르고 나서야 귀빈실을 향해 걸어오는 작은 발소리가 들렸다.

문이 열리고 시종의 안내로 들어오는 귀부인을 보며 리카도는 자리에서 일어나 그녀를 맞이했다. 역시나 그가 기억하는 그녀였다. 오랜 시간이 지나 자신만큼이나 그녀도 늙었지만 절대 잊지 못할 그리운 얼굴이었다. 진녹색의 드레스를 우아하게 맞춰 입은 여인도 리카도를 보자 볼우물을 만들며 두 팔을 활짝 벌렸다.

나이가 들었음에도 여전히 아름답고 당당한 여인의 모습에 리카도는 어쩔 수 없다는 표정으로 그녀에게 다가가 두 팔로 살며시 안아주었다.

"정말 오랜만이군, 카트린느!"

귀부인의 이름은 카트린느였다. 이십 년 전에 사교계를 휘어잡았던 '카트린느 여사'가 바로 그녀였던 것이다. 레미나가 창간한 사교계 주간지가 바로 그녀의 이름에서 가져왔을 정도로 그녀의 이름은 한때 사교계의 모든 것을 대표했던 적이 있었다.

"어쩜 리카도 당신은 그 세월 동안 하나도 변한 게 없죠?"

리카도의 얼굴을 두 손으로 감싸며 카트린느는 옛일이 생각나는 듯 중얼거렸다.

"당신도. 여전히 아름답고, 여전히 우아한 카트린느 여사."

리카도는 카트린느에게 자리를 내어주며 그녀를 칭찬했다. 오랜만에 들은 자신의 별명과 리카도의 찬사에 그녀는 왼손을 가슴 부위에 올려놓으며 허리가 뒤로 젖혀질 정도로 크게 웃었다.

"호호호, 여전하다는 말은 당신이 나를 한때나마 아름답다고 여긴 적이 있긴 있다는 건가요?"

"그거야 당연한 이야기지. 당시 당신 때문에 눈물 흘린 남자들과 당신 때문에 새벽에 이슬을 맞아가면서 결투를 했던 남자들이 어디 한둘이었나? 모두가 다 그 빼어난 미모가 문제였지."

"그런 사람이 내가 그렇게 유혹을 해도 넘어오지 않았나요?"

카트린느가 새치름한 표정으로 옛일을 꺼내자 리카도는 어깨를 으쓱하며 대답했다.

"나는 당신이 좋았거든. 여자로서가 아니라 친구로서. 그리고 날 정말 좋아해서 유혹했던 것도 아니었잖아, 그 뭐였더라?"

"승부욕이었죠. 결국 내가 유일하게 유혹하지 못한 남자가 되었으니 이긴 것은 당신인가요?"

카트린느의 말에 리카도는 목걸이를 그녀에게 돌려주며 씁쓸하게 대답했다.

"하지만 당신이 진정으로 원하고 사랑했던 남자는 얻었잖아, 이렇게!"

국왕의 문장이 깊이 새겨진 로켓이 리카도에게서 카트린느의 손바닥으로 떨어지자 그녀는 힘을 주고 그것을 꼭 쥐었다. 다시는 손 안에서 놓지 않겠다는 듯이.

"하지만 그것은 너무도 달콤하고 짧았던 꿈과도 같았어요. 그리고 그분은 한 번도 저의 것이 되었던 적이 없었죠."

"그러나 함께했던 그 순간만큼은 그분도 진심이었을 거야. 아무리 짧았다고 해도 그 시간 동안은 당신의 것이었다는 것을 아무도 부정하지 못할걸, 그분조차도."

리카도의 조용한 위로에 카트린느의 얼굴에 짧은 순간이지만 한 시대를 풍미했던 여인의 감출 수 없는 아름다운 미소가 스치고 지나갔다. 현왕(賢王)이었으며, 왕비에 대한 지극한 연정으로 굳건할 것만 같던 오덤 왕조차도 쓰러뜨린 그 미소였다.

"당신은 정말 여전하군요."

애수에 젖은 그녀의 목소리가 아련하기까지 했다.

"당신을 보니 안심이 되네요. 그래서 어려운 부탁을 하러 여기까지 온 내 선택이 다행이라는 생각이 드네요."

"부탁?"

"리카도, 제발 당신이 들어주었으면 하는 게 있어요."

잠시 망설이던 것도 잠깐. 카트린느는 한숨을 내쉬면서 천천히 이야기를 시작하였다. 그녀가 죽을 때까지 발라에는 오지 않겠다는 다짐을 깨고 돌아올 수밖에 없었던 사연을 말이다.

늙은 물푸레나무가 해주는 이야기

늙은 물푸레나무가 해주는 이야기

나는 물푸레나무다. 사람들이 나를 그렇게 부르니 아마도 그게 맞을 것이다. 옛날 숲 속에 살았을 적에 그곳의 친구들과 땅속과 바람 속에 살던 요정들이 불러주던 이름이 있었지만 이제는 그저 물푸레나무일 뿐이다.

잘 기억이 나지 않지만 가끔은 내가 태어나 잠시 동안 살았던 산이 생각난다. 산 벌레 소리, 아침이 깨어나는 소리, 땅 밑에 숨어서 우리의 뿌리를 가지고 놀던 요정들과 향긋했던 풀냄새들. 그러면 나도 모르게 잎사귀들로 기분 좋은 소리를 내며 몸을 떨었다.

나의 노래를 듣고 주위의 친구들은 나와 함께 푸른 풀빛 춤을 추며 내 노래를 따라 불렀다.

그렇다고 지금 사는 곳이 나쁘다는 소리는 아니다. 내가 살고 있는 이곳도 참 좋은 곳이다. 가까운 곳에 개울가도 있고, 주위에 나보다는 어리지만 여러 종류의 친구들도 살고 있다. 자주 서로에게 말을 걸지는 않지만 우린 서로의 존재로 인해 마음이 편하고 행복했다.

가까운 곳에 사람들이 사는 마을이 있는 이유로 하늘을 축복하고, 바람을 노래하고, 우리에게 옛 이야기를 해주는 요정들은 더 이상 찾아오지 않지만 그래도 사는 데는 지장이 없다. 아마 익숙해졌다는 게 맞을 거다.

처음엔 그들이 그리워서 그들을 기다렸지만 어느 순간부터 난 그들을 잊고 살아갔다. 잊고 사는데 익숙해지니 그들이 없어도 불편하거나 외롭지 않았다.

나무는 다른 이가 옮겨주지 않는 이상 그 자리를 떠날 수가 없다. 떠나는 것도 머무는 것도 우리의 의지는 아니다. 또한 움직일 수 없기에 언제나 기다리고 그리워할 줄밖에 모른다.

하지만 언제나 기억하고 마지막까지 기다리는 건 아니다. 우리도 잊어버리기도 하고 그러면 더 이상 그리움도 남아 있지 않게 된다.

그때부터 나무는 늙게 된다. 소위 인간들이 말하는 고목이라는 게 되어버리는 것이다. 어렸을 적에 내겐 이름이 있었다. 그리고 이곳으로 옮겨와 나는 그냥 물푸레나무라고 불렸다. 그런데 또다시 나는 고목이라 불리고 있다.

더 이상 꽃을 피우지 못하는 나를 사람들은 이제 쓸모없는 늙은 나무라고 한다. 이젠 나는 아무도 기다리지 않고 누구도 그리워하지 않는 나무가 되어버린 걸까.

한 번 가지를 흔들어보았다. 아직은 푸른 물을 잃지 않은 잎사귀들이 귀엽게 흔들린다. 바람 속에서 따뜻한 햇볕 냄새가 났다. 아마도 곧 가을이 멀지 않은 것 같다.

"이곳이라면 안심하고 이야기해도 좋을 겁니다. 마을 뒤편인데다가 저녁이나 돼야 가족 단위로 산책 나오는 사람들이 가끔 보일 정도죠. 공작님께서 주민들의 여가를 위해 섬세히 신경 쓴 부분이기는 하지만 생각만큼 사람들의 호응을 많이 받지는 못한 곳이랍니다."

어느 나이 든 남자와 젊은이 하나가 내 밑에 와 이야기를 나누는 것 같았다. 노인의 말처럼 이곳은 원래 마을 뒤편에 있던 작은 숲에 지나지 않았다. 그런데 사람들이 와서 뚝딱뚝딱 공사를 하더니 공원이란 곳으로 바뀌었다.

처음 공사를 할 때는 시끄럽고 이것저것 옮긴다고 몸이 부들부들 떨리는 게 너무 싫었는데, 웬걸 공원이라고 만들어진 걸 보니 썩 싫지만은 않았다. 무엇보다도 친구들은 모두 그대로였다. 잘리거나 아주 다른 곳으로 옮겨진 친구들은 하나도 없었다.

오히려 너무 좁은 지역에 밀집되어 있어 제대로 볕도 못 받고 살았던 녀석들이 넓은 공간에서 마음껏 뿌리를 내릴 수 있게 되었다. 물론 뜻하지 않은 이사로 인해 후유증은 있었지만 이제는 뿌리를 사방에 내뻗으면서 신나 하고 있었다.

산책로도 새로 길을 만든 게 아니라 넓적한 바위들로 길이 통하게 만들었다. 최대한 우리에게 피해가 가지 않는 범위에서 사람들과 어울리게 만들어놓은 것이다.

사실 불만이 있어도 우리는 그냥 순응하고 사는 편이다. 변화 속에서 우리만큼 운명을 그대로 받아들이는 존재도 없을 거다.

공원이 만들어지고 사람들이 찾아와 우리를 보고 자기들끼리 이야기를 나누는 것을 우리는 그냥 지켜만 본다. 이미 변화는 일상이 되어 버렸다.

그런데 오늘 내 밑에 온 두 사람은 서로 싸우는 것 같았다. 이러는 건 싫은데. 인간들의 싸우는 소리만큼 싫은 건 없다. 귀찮아서 나뭇잎을 한 번 흔들어줬더니 젊은 남자가 고개를 들어 나를 쳐다봤다. 뜻밖에도 청년은 내가 아는 사람이었다.

아니, 정확히 말하면 내가 알고 있던 이와 많이 닮은 사람이었다.

그라면 저렇게 젊지가 않았다. 몇 년 전에 보았을 때만 해도 눈 밑에 주름이 생기고, 요정의 머리카락 같던 은발 사이로 하얀 머리칼이 자라나고 있었던 그가 이렇게 다시 젊어졌을 리는 없으니 말이다.

내가 아는 이의 이름은 리카도였다. 처음 보았을 적에는 그도 참 귀여운 개구쟁이였다. 언제 나를 봤다고 가지를 타고 올라와서는 잎사귀들에게 속삭인 첫말이 이거였다.

"우와! 이 위에 올라오니 마을이 다 보이네. 넌 매일 좋은 것만 보고 사니 이렇게 아름다운가 보다. 너에게선 좋은 냄새가 나. 햇볕 냄새, 흙 냄새, 달콤한 벌꿀 냄새 같은 게."

작은 손바닥으로 가지를 쓰다듬어 주며 이런 말을 하는 사람은 그가 처음이었다. 그래서일까, 그 다음부터는 그가 가지를 타고 위로 올라와도 그리 싫지가 않았다. 자주는 아니었지만 그는 종종 나를 찾아와서 여러 이야기들을 해주며 그렇게 나와 시간을 보내다 가기도 했다.

시간이 지나 리카도는 점점 자라 어느덧 지금 저 밑에 있는 청년처럼 자랐다. 그의 몸무게가 예전 같지 않아 무겁기는 했지만 그가 자란 만큼 내 줄기들도 그만큼 굵어져 갔기에 못 견딜 정도는 아니었다.

그런데 어느 날은 그가 아무 말도 하지 않고 종일 울기만 하던 날이 있었다. 어찌나 서럽고 크게 울던지 나까지 기분이 울적해지고 말았다. 가지를 움직일 수만 있다면 다정하게 보듬어 안아줄 수 있었을 텐데. 처음으로 내 몸이 움직일 수 없다는 게 싫어졌다.

"걱정하지 마. 어제 부모님 장례식이 있었거든. 하지만 울 수가 없었어. 이제부터 내가 우리 가문을 이끌어가야 하니까. 사람들에게, 동생에게 약한 모습을 보일 수는 없잖아. 그래서 어제 울지 못했던 거 여기서 우는 거야."

오히려 나를 위로하는 리카도의 눈동자는 너무도 내가 좋아하는 하늘을 닮아서 나는 그가 좋았다.

그날 이후로 그는 예전처럼 나를 자주 찾아오지는 못했다. 간혹 올 때도 힘이 없는 몸으로 가지에 앉아 머리를 내게 기대고만 있었다. 언제나 종알종알 해주던 이야기도 더 이상 하지 않고 그는 매일 지쳐만 갔다.

여기는 마을과 가까운 곳이기는 했지만 사람들이 자주 찾는 곳은 아니었다. 나무들이 옹기종기 모여 있어 아이들이 놀 만한 너른 공간도 없었고, 사람들이 좋아하는 나무들도 없어 거의 버려진 땅이라고 할 수도 있었다.

그래서 어쩌다가 찾아오는 사람들도 그리 오랜 시간을 머물고 가지는 않았다. 리카도만이 자주, 그리고 오랫동안 나와 시간을 보내고 갈 뿐이었다.

그런데 어느 날부턴가 조그마한 여자 애가 내 주위를 돌아다니고 있었다. 아마도 한창 화려하게 피웠던 내 꽃들에게 홀딱 반한 것이 아닌가 했다. 내 꽃이 너무 탐이 나는데 그 작은 키로는 가지에 닿지 않아 그냥 바라만 보는 것이었다.

꽃이 지면 다시 찾아오지 않겠거니 했는데 소녀는 그 후로도 매일 내게 찾아왔다. 그리고 언제부터인가 내게 리카도가 그랬던 것처럼 말을 걸기 시작했다.

"오늘 에스더가 얼마나 말을 안 듣던지 속상해서 혼냈어. 다행히 옆집 아줌마가 젖이 남는다고 에스더에게도 젖을 물려주었거든. 그런데 그 아이가 아줌마를 콱 물어버린 거야. 이도 하나 없으면서. 어휴~ 아줌마한테 어찌나 미안하던지. 다음부터 어떻게 부탁해야 할지 모르겠어."

"에스더가 잠을 자다가 쉬를 한 거 있지. 아침부터 침대 시트를 빠느라고 팔이 빠질 뻔했지 뭐야."

"난 앞으로 빵집, 그러니까 제과점을 차릴 거야! 대단하지? 그래서 우리 에스더하고 아빠하고 우리 가족이 다 함께 행복하게 살고 싶어."

소녀는 아마 자기 말을 들어줄 누군가가 필요했던 것 같다. 속상한 이야기, 기쁜 이야기, 앞으로의 미래 등등을 비웃지 않고 모두 들어줄 이를. 그래 찾은 게 결국 나였던 것이다. 나는 듣기만 할 뿐 비웃지도 다른 이에게 소문내지도 않으니까.

하지만 소녀가 모르는 게 있었다. 아이의 이야기는 나만이 듣는 게 아니었다. 리카도 때도 그랬지만 우리 모두는 리카도와 소녀의 이야기를 함께 듣고 있었다. 그네들의 푸념과 기쁨, 슬픔까지도 모두. 그래서 언제부터인가 우리는 그 둘을 사랑하게 되었다.

그 작고 귀여운 생명들을, 너무도 연약해서 언제라도 다른 이기적인 인간들처럼 변할 수 있는 그들을 사랑했다.

소녀가 매일 찾아오는 것과 달리 리카도는 어쩌다가 한 번씩 그것도 저녁에나 찾아왔기에 두 사람이 함께 만나는 일은 없었다. 하지만 우연히도 리카도가 오후에 나를 찾아온 적이 있었다. 무슨 화가 나는 일이 있었던지 그의 인상이 너무 험악해서 안타까웠다.

한 번도 이런 적이 없었는데.

괜스레 잎사귀 하나를 그의 머리 위에 떨어뜨려 주었다. 그러자 이마에 붙은 잎을 떼어내는 리카도의 얼굴에 언뜻 미소가 스치려다가 말았다.

"우아아앙~ 나무야! 나 어떻게 해!"

소녀가 찾아온 것이다. 리카도는 나무 위에 있었고, 소녀는 달려와 나를 끌어안으며 비명 비슷한 소리를 내질렀다.

"오늘 나 베르크너 공작님 댁에 취직했어. 어쩜 좋아!"

소녀는 혼자서 까악까악 비명도 지르고 제자리에서 폴짝폴짝 뛰어오르다가 발을 헛디뎌 넘어지기도 했다. 그래도 뭐가 좋은지 내 옆에 쪼그리고 앉아 작게 속삭였다.

"나 너무너무 좋아해! 정말정말 좋아."

당장 눈물이라도 흘릴 것처럼 소녀는 말을 했다. 뭐가 좋다는 건지는 모르겠지만 그녀가 기뻐하는 것 같아서 나도 축하의 의미로 그녀에게 몇 개의 잎사귀를 떨어뜨려 주었다. 내 잎사귀들은 위로의 용도로도 쓰이지만 축하의 의미로도 사용된다.

"있지, 이제 매일 멀리서도 볼 수 있어. 나 어쩜 좋아! 내일부터 출근인데 너무 떨리는 거 있지. 실수라도 해서 미움받으면 어떻게 하지?

아! 그리고 앞으로 이 시간에는 나 못 올 거야. 일을 해야 하니까 올 수가 없어. 하지만 저녁에는 올게. 어쩌면 매일 오지 못할 수도 있지만 그래도 올 거야."

소녀는 함박웃음을 지으며 그 뒤로 집에서 있었던 이야기들, 동생인 에스더가 요즘 반항기인지 말을 듣지 않는다는 것에서부터 기르는 암탉이 오늘 알을 낳지 않았는데 아무리 봐도 건너편에 사는 아이들이 의심스럽다는 등등의 이야기를 하다가 갔다.

"훗, 하하하!"

소녀에게 들키지 않으려고 나무 위에서 꼼짝 않고 있었던 리카도는 그녀가 떠나자 배를 잡고 웃기 시작했다. 처음 우울했던 분위기는 모두 사라지고 그는 이미 내가 좋아하는 리카도로 돌아와 있었다.

하늘을 닮은 눈동자에 담긴 즐거움이 나를 기쁘게 했다.

소녀의 말처럼 그녀는 이전처럼 매일 찾아오지는 못했다. 하지만 그 반대로 리카도는 매일 저녁때면 나를 찾아왔다.

나는 두 사람과 함께 있는 게 너무 좋았다. 그리고 그건 리카도도 마찬가지였던 것 같았다. 소녀를 보며 웃음 짓는 그 온화함이 밤바람마저도 따스하게 만들 정도였으니 말이다.

"오늘은 너무 속상했어. 그냥 속이 상했어. 이유는 묻지 마! 아무리 너라고 해도 말 못할 사연이란 게 있으니까. 나도 이제 숙녀라고, 비밀을 만들 때잖아. 아휴~ 속상해라! 그 여자 정말 싫어. 너무 싫은 거 있지. 그런데 사실은 이러는 내가 더 싫어."

말을 하다가 소녀는 결국 울고 말았다. 무릎에다가 얼굴을 묻고 간헐적으로 흐느끼면서 계속 속이 상한다는 말만 중얼거렸다. 그러다가

문득 중얼거리던 소리도, 움찔거리던 어깨도 잠잠해졌다. 울다가 잠이 들고 만 것이다.

가만히 소녀를 내려다보던 리카도가 밑으로 내려가 그녀의 옆에 가만히 앉았다. 무척이나 조심스러운 동작이 소녀를 깨우기 싫은 것 같았다.

리카도는 손을 내밀어 소녀를 만지려다 말고 자신의 손을 내려다보며 쓴웃음을 지었다. 그리곤 아무것도 하지 않은 채 소녀의 앞에 밤새도록 그렇게 앉아만 있었다. 이왕이면 그가 그녀를 깨워 집으로 돌려보내 주었으면 했는데 말이다.

그 후로도 비슷한 일이 몇 번 있었지만 리카도는 한 번도 소녀를 깨우지 않았다. 대신 그 역시 다음날 소녀가 일어날 때까지 그녀의 얼굴만을 보며 밤을 새웠다.

"여기가 공원이었으면 좋겠어. 그리고 이 길이 저기까지 산책로가 되는 거야. 넓적한 돌들로 이어진 산책길 있잖아. 그러면 많은 사람들이 여길 찾아올 거고, 그러면 여기 있는 나무들도 외롭지 않을 텐데."

소녀는 두 팔을 활짝 벌려서 숲을 가리키며 말했다. 하지만 그건 어디까지 인간들의 기준이었다. 인간들이야 자기네들끼리 뭉쳐 사는 게 좋으니까 다른 생명들도 자기들을 좋아할 거라 생각하는 것이다.

리카도나 소녀 같은 인간이라면 좋겠지만 그렇지 않다면 사양하고 싶은 마음이 컸다. 하지만 소녀는 껑충껑충 뛰어다니며 여기에다 무엇을 두고, 저기는 어떻게 하면 더 좋겠다고 계속 이야기했다.

"하지만 그렇다고 나무들이 잘리거나 하는 건 싫어. 여긴 나무가 너무 빽빽해서 공간을 조금 더 넓게 잡고, 넉넉하게 자랄 수 있도록 자리를 옮겨주는 거야. 그럼 볕도 잘 받고 나무들도 숨통이 트일 텐데 말이야."

그렇게 즐겁게 몇 해를 보냈다.
하지만 점점 내게서 피어나는 꽃들이 줄어들어 갔다. 꽃이 피지 않는다. 그건 나무에게 있어서 늙어간다는 뜻이었다. 그래도 여전히 나를 아껴주는 두 사람 때문에 나는 행복했다. 매일 나를 찾아오는 두 사람 때문에 다른 친구들은 가끔 가다 나를 질투하기도 했다.
그러나 재미있게도 매일 나를 찾아오는 두 사람이 서로를 만나는 일은 한 번도 없었다. 몇 년을 같은 장소에서 함께 시간을 보냈는데도 말이다. 리카도는 가지에 앉아서, 소녀는 그의 바로 밑 내 옆자리에 앉아 그렇게 시간을 보냈다.
소녀가 말이 많을 때는 그것 나름으로, 그녀가 아무 말도 하지 않고 내게 기대 고요를 즐길 때는 그것 나름으로 우리는 함께 있는 것을 즐겼다.
그런데 어느 날부터인가 소녀가 오지 않았다. 몇 달 동안 리카도만이 밤새 내 가지에 앉아서 새벽을 맞이했다. 한마디도 하지 않았지만 그도 그녀를 기다렸던 게 분명했다. 그리고 또 하루하루가 지나고 나서 그마저도 나를 찾지 않는 날이 지속되었다.
그들이 보고 싶었지만 나는 나무였다. 나무는 기다리고 그리워하는 것밖에는 아무것도 할 수가 없다.
그러다가 결국 봄이 되어도 꽃이 피지 않게 되었을 때 나는 그들을 잊었다. 우리 나무들의 우직함은 이래서 좋았다. 보고 싶어도 보지 않으면 참을 수가 있었다. 잊고자 한다면 아파도 잊을 수가 있었다. 또한 잊혀지는 것을 원망하지도 않는다.

한데 몇 년 전에 리카도가 나를 찾아왔다. 잊어버렸는데 찾아오는 건 또 무슨 심보인지.

"오랜만이지?"

언제나 앉던 가지에는 올라오지 않고 그는 예전 소녀가 앉았던 자리에 앉아 나를 불렀다. 그래, 정말 오랜만이었다. 이런 인사를 하며 슬머시 내 옆에 앉는 그는 우리가 처음 만났을 때처럼 자연스럽고 한결같았다. 또한 나는 그를 잊었는데 그는 나를 잊지 않은 것처럼 보였다.

아니, 나에겐 그런 것이 중요한 게 아니었다. 무슨 일에서인지 그토록 빛나고 투명했던 리카도의 눈동자가 흐릿하게 변해 있었다. 아픔에 찌들고 슬픔에 젖어 더 이상 하늘을 닮아 있지 않았다.

"이곳에 오면 너무 아플 것 같아서 오지 못했어. 많이 그리웠는데 올 수가 없더라. 아마 여기엔 다신 오지 못할 거야. 만약 내가 너를 다시 찾게 된다면 그때는 행복해서일 거야. 그 아픔마저도 행복이었다고 느낄 때… 과연 내게 그런 날이 올 수 있을까?"

그 말을 마지막으로 그는 나를 찾아오지 않았다. 그날로 몇 년이 지났는데도 오지 않는 것을 보면 그는 아직 행복하지 못한가 보다.

하지만 만약 리카도가 아픔에 젖은 눈을 하고 나를 찾아왔더라면 나는 정말 견디기 힘들었을 것이다. 차라리 보지 않고 사는 게 편했다. 그것이 그리움보다 더 마음이 편안했다.

잠시 옛날 일을 회상하는 동안에 리카도를 닮은 젊은이는 어떻게 했는지 노인을 분홍색 끈 같은 것으로 둘둘 말아버렸다.

그러곤 몇 마디 하더니 휑하니 그냥 가버렸다. 냉랭한 표정이나 말투가 리카도를 닮긴 했지만, 또한 전혀 달랐다. 리카도는 좀 더 다감하고, 따뜻하며, 온후했다. 청년과 리카도를 비교하다 보니 갑자기 다시 그가 보고 싶어졌다. 또한 작은 몸으로 나비처럼 돌아다니며 내게 말을 걸던 소녀도 보고 싶었다. 하루라도, 딱 하루라도 옛날 우리 셋이 함께 시간을 보냈던 그날 같던 하루가 다시 한 번만 찾아왔으면 좋겠다.

잊으려고 했는데 완전히 잊지 못했나 보다, 가끔 가다 그가 생각나는 것을 보면. 차라리 몇 년 전에 찾아오지 않았다면 좋았을 것을. 그렇게 슬픈 눈으로 나를 보지 않았다면 나는 너를 완전히 잊을 수 있었을 텐데.

리카도를 닮은 젊은이를 봐서 그런지 오늘은 왠지 울적하다. 역시 나이가 들었기 때문인가 보다. 잎사귀들은 싱싱하고 푸르지만 난 내가 나이가 들었다는 것을 안다. 아마 앞으로 몇 년 후에는 잎사귀도 나지 않을 것이다.

그런데 내가 정말 늙기는 많이 늙었나 보다.

지금 내 앞에 리카도가 서 있으니 말이다. 그는 다시 하늘을 닮은 눈동자로 나를 보며 미소 짓고 있었다. 여전히 아름다운 미소로 나를 보고 있었다.

행복한 거니? 그래서 나를 다시 찾아온 거야?

그는 고개를 끄덕이며 내 옆에, 예전 소녀가 앉았던 그 자리에 앉아 내게 머리를 기댔다. 나는 여전히 그를 보듬어줄 수가 없었다.

나는 물푸레나무다.

이제는 늙어서 기억하는 것보다 잊어버릴 게 더 많은 늙어버린 나무이다. 하지만 더 이상 내게 잎이 나지 않고, 내 몸에서 물이 흐르지 않게 되더라도 잊을 수가 없는 게 내게는 있다.

『집사 그레이스』 6권에 계속…

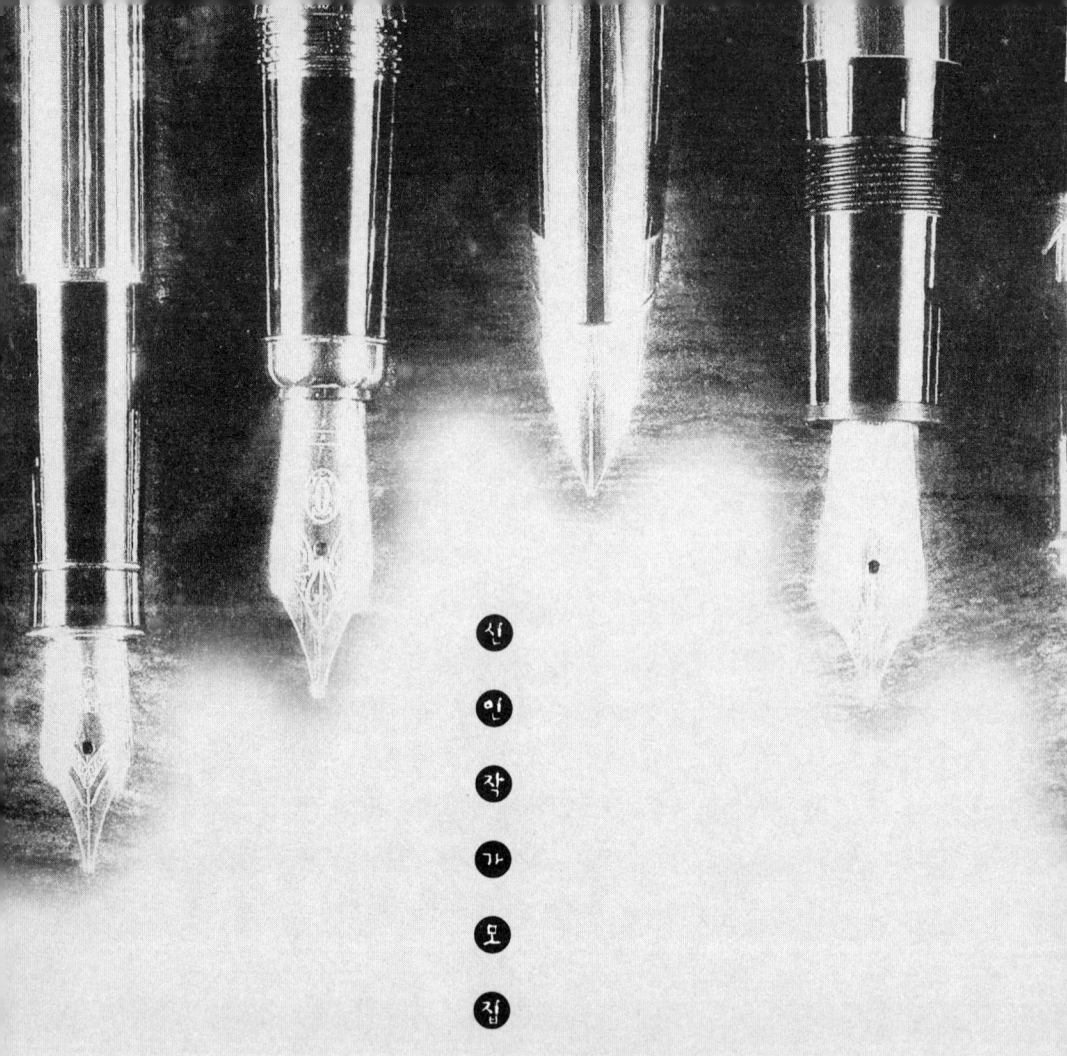

신인 작가 모집

시작이 반이라고 했습니다.
작가의 길에 대한 보이지 않는 벽을 과감히 깨뜨리십시오!
청어람은 작가 지망생 여러분들의
멋진 방향타가 되어드리겠습니다.

저희 도서출판 청어람에서는
소설 신인 작가분들을 모집합니다.
판타지와 무협을 사랑하시는 분들의 많은 참여를 바랍니다.
소정의 원고(A4용지 150매)를 메일이나 우편으로 보내주시면
검토 후 출판 여부를 알려드리겠습니다.

주소:경기도 부천시 원미구 심곡1동 350-1 남성B/D 3F 우편번호420-011
TEL:032-656-4452 · **FAX**:032-656-4453
http://**www.chungeoram.com**
e-mail:chungeoram@chungeoram.com